Bibliothek der Abenteuer

James Fenimore Cooper

DER ROTE FREIBEUTER

James Fenimore Cooper

DER ROTE FREIBEUTER

Übersetzt und bearbeitet von Roland Vocke

Arena

Die Reihe »Bibliothek der Abenteuer«
wird herausgegeben von Heinrich Pleticha

Die Deutsche Bibliothek – CIP-Einheitsaufnahme

Cooper, James Fenimore:
Der Rote Freibeuter / James Fenimore Cooper.
Übers. und bearb. von Roland Vocke
- 2. Aufl., - Würzburg: Arena, 1991
5. - 8. Tsd.
Einheitssacht.: Red rover <dt.>
ISBN 3-401-04362-5

2. Auflage 1991
5. - 8. Tausend

Originaltitel: »Red Rover«
Übersetzt und bearbeitet von Dr. Roland Vocke

Umschlaggestaltung nach einem Stich
Reihengestaltung: Karl Müller-Bussdorf
Gesamtherstellung: Chemnitzer Verlag und Druck GmbH
Werk Zwickau
ISBN 3-401-04362-5

I

Das Städtchen Newport auf Rhode Island war in der Mitte des 18. Jahrhunderts einer der wichtigsten und meistbesuchten Handelsplätze an der ganzen Küste von Nordamerika. Die Natur selbst schien den Ort in besonderer Weise zu begünstigen, denn die Hafenbucht bot alles, was sich die Seefahrer nur wünschen konnten: sichere, vor Stürmen geschützte Ankerplätze, eine weite Reede und eine gefahrlose Durchfahrt zur offenen See.

Daneben war Rhode Island dank seines Klimas und seiner natürlichen Reize auch Treffpunkt und Erholungsort für die Pflanzer aus dem Süden, die dort zusammenkamen, um sich vor der Hitze des Sommers zu retten und die frische Seeluft zu genießen. Nicht ohne Stolz nannten die Einwohner von Rhode Island ihr Land »Garten Amerikas«, und ihre Gäste hatten keinen Grund, diese Behauptung in Zweifel zu ziehen.

Allerdings nahmen die frommen und schlichten englischen Puritaner des Nordens bei diesem Umgang mit den Pflanzern des Südens nicht nur Gutes an. Sie wurden zwar eleganter und weltmännischer in ihren Umgangsformen, aber sie wurden auch anspruchsvoller und vergaßen, daß vor Gott alle Menschen gleich sind. So wurden die Kaufleute von Newport durch dieses Zusammentreffen von Umständen und neuen Erfahrungen zugleich Gentlemen und Sklavenhändler.

Doch in den ersten Oktobertagen des Jahres 1759 waren die Menschen von Newport, wie die Menschen in jeder anderen amerikanischen Stadt, von dem Gefühl der Freude und des Triumphs erfüllt. Der blutige Krieg zwischen den beiden Kolonialmächten England und Frankreich, der zu Anfang Unglück und Niederlage gebracht hatte, ging seinem Ende entgegen. Frankreich hatte seinen letzten Besitz am Weltmeer eingebüßt, während die unermeßlichen Gebiete zwischen der Hudsonbai im Norden und den spanischen Besitzungen im Süden unter die Herrschaft Englands gerieten. Auch die englischen Kolonien hatten einen bedeutenden Anteil an den Erfolgen des Mutterlandes gehabt. Die Freude über diesen Triumph wurde nur getrübt durch den Tod des Generals Wolfe. Doch jetzt, da Quebec, das französische Bollwerk in Kanada, gefallen war, gab es in den englischen Kolonien in Nordamerika kaum einen Menschen, der nicht voll und ganz zu England und zum englischen König gehalten hätte. Der Abfall der Kolonien vom Mutterland lag für die Menschen dieser Zeit noch in weiter Zukunft.

Der Tag, an dem unsere Geschichte beginnt, war dazu bestimmt, die Gefühle der Stadtbewohner und des Landvolks über den Sieg der königlichen Waffen laut und lebendig werden zu lassen. Schon am frühen Morgen wurden die Glocken geläutet, die Kanonen donnerten, die Volksmenge erfüllte die Straßen mit festlichem Treiben, das sich erst gegen Abend wieder auflöste, nachdem auch die Festredner ihre Pflicht getan hatten. Nur die Wirte der Kneipen, die es damals in Newport gab, waren mit dem, wie sie meinten, zu frühen Aufbruch der Landbevölkerung nicht zufrieden. Nur eine kleine Anzahl lärmender Matrosen, die zu den Schiffen im Hafen gehörten, und ein paar stadtbekannte Zechbrüder folgten ihrer Einladung, die Wirtsstuben zu betreten.

Doch wir verlassen nun das Treiben auf den Straßen der Stadt und wenden unseren Blick einem bescheidenen Häuschen am Rande Newports zu, wo ein Schneider in seiner Werkstätte bei der Arbeit saß. Das Haus, oder besser gesagt: die Hütte, die er seine Wohnung nannte, lag dicht am Wasser, so daß er durch das Fenster nicht nur das innere Hafenbecken überblicken, sondern durch eine Öffnung zwischen zwei Inseln auch den Blick über den äußeren Hafen genießen konnte, der sich dort wie ein See ausdehnte. Eine schmale, kaum belebte Kaimauer erstreckte sich vor dem Haus; der schlechte Zustand der Mauer und der geringe Verkehr dort bewiesen, daß dieser Teil des Hafens nicht zu den lebhaftesten und betriebsamsten gehörte.

Ein kühler Wind strich über das Wasser und erregte kleine Wellen, und der Schneidermeister genoß den schönen Herbstabend in seiner ganzen Fülle. Er saß auf seinem Arbeitstisch am offenen Fenster, zufriedener als mancher, der das höchste Glück darin zu sehen glaubt, unter einem Baldachin auf Samt und Seide zu thronen. Draußen vor dem kleinen Haus stand in der Haltung eines Faulenzers ein langer, tölpischer, dabei aber starker und wohlgewachsener Landmann; mit einer Schulter lehnte er sich an die Wand, als wären seine Beine zu schwach, die ganze Last des Körpers allein zu tragen. Er wartete darauf, daß ein Kleidungsstück, woran der Meister emsig nähte und womit er am nächsten Sonntag in seinem Dorf Staat machen wollte, fertig würde.

Um die Zeit zu verkürzen und wohl auch, weil der Mann mit der Nadel von Natur aus gerne sprach, verging kaum ein Augenblick, in dem nicht er oder sein Kunde etwas zu reden gehabt hätte. Und da ihre Unterhaltung den Hauptgegenstand unserer Geschichte berührte, wollen wir aus ihrem Gespräch das mitteilen, was für das Verständnis der folgenden Erzählung wichtig ist. Wir wollen dabei nicht vergessen, daß der Schneidermeister nicht mehr der jüngste war und daß ihm das Leben bisher nicht selten übel mitgespielt hatte; er hatte sich stets nur kümmerlich durch die Welt geschlagen, und nur durch größten Fleiß und strengste Sparsamkeit war er der bittersten Armut entgangen. Sein müßiger Zuschauer aber war ein junger Mann, für den ein neuer Rock und neue Beinkleider eine höchst bedeutende Angelegenheit waren.

»Ja«, rief der unermüdliche Kleidermacher aus und begleitete dieses Ja mit einem Seufzer, der seine Unzufriedenheit verriet. »Ja, mein lieber Pardon, als wir da heute vom Donner der Schlachten hörten, da regte sich etwas in mir, da fühlte ich in meinem Inneren, ich weiß nicht was; aber ich glaube, ich hätte das Herz gehabt, Nadel und Fingerhut von mir zu werfen und in die Schlacht zu ziehen, Ruhm zu ernten und für die Sache des Königs zu kämpfen.«

Der junge Mann, dem seine frommen Taufpaten den Namen Pardon gegeben hatten, wandte sich in diesem Augenblick dem heldenmütigen Schneider zu; sein Gesicht verriet, daß ihn die Natur mit Humor ausgestattet hatte.

»Hört mal, Meister, da gibt's für einen Mann, der Ehrgeiz hat, eine prächtige Gelegenheit, sich hervorzutun, seit Seine Majestät Ihren besten General verloren hat.«

»Ja doch, ja«, erwiderte der Nadelheld, der als Junge einst den Fehler begangen hatte, das falsche Handwerk zu erlernen, »eine herrliche Aussicht für einen, der erst fünfundzwanzig Jahre zählt; aber leider ist meine Zeit bald abgelaufen, und ich muß den Rest meiner Jahre hier zwischen Zeug und Futter verbringen. Wer hat Euch übrigens das Tuch gefärbt, Pardy? Schöne, echte Farbe! Ich habe wer weiß wie lange kein so feines unter der Nadel gehabt.«

»Glaub's wohl! Ich lobe mir die Alte, die versteht's Färben wie's Weben. Ehrlich und wahrhaftig, Herr Nachbar, wenn Ihr aus dem Zeug was Gutes macht, daß es sitzt wie angegossen, so soll auf der Insel keiner so glatt und stramm zum Tanzen gehn wie meiner Mutter Sohn. Aber, um auf das andere zurückzukommen, so könnt Ihr Euch wenigstens damit trösten, daß es mit dem Schlachtenschlagen sowieso vorbei ist und daß Ihr in Zukunft nichts mehr versäumt. Sagt man doch allgemein, daß sich die Franzmänner nicht mehr länger halten können und daß wir Frieden bekommen müssen, weil wir keinen Feind mehr haben.«

»Desto besser, Freundchen, desto besser; denn wer so viel von Kriegen und Kriegsnöten erlebt hat wie ich, der weiß den Frieden zu schätzen.«

»Dann habt Ihr also schon reichlich Pulver gerochen? Und was abgekriegt?«

»Ich? Keine Spur. Ich bin, wie ich hier sitze, durch fünf blutige Kriege gegangen und habe Gott zu danken, der mir aus allen fünfen geholfen hat ohne Wunde – nicht einmal so groß wie ein Nadelstich. Fünf lange, blutige Kriege, sag' ich und setze hinzu: fünf glorreiche habe ich durchgemacht – frisch und gesund wie ein Fisch!«

»Das muß eine gefährliche Zeit gewesen sein, Herr Nachbar. Aber ich weiß nur von zwei Kriegen gegen die Franzosen.«

»Ihr seid ja auch ein junger Naseweis neben mir, denn ich bin schließlich schon über die Sechzig. Zählt mal selber nach: Da haben wir erstens diesen Krieg, der gottlob wohl bald zu Ende gehen wird; der Himmel in seiner Güte und Weisheit sei gepriesen! Dann hatten wir zweitens die Ereignisse aus dem Jahr 45, als der kühne Warren an unseren Küsten entlangfuhr, eine Geißel für alle Feinde Englands und ein Schirm für alle treuen Untertanen Seiner Majestät. Dann gab es einen Krieg in Deutschland, von dem wir in den Zeitungen lasen, mit vielen blutigen Schlachten, in denen die Menschen weggemäht wurden wie Wiesengras unter der Sense. Das macht drei.« Er schob seine Brille in die Höhe und zählte mit seinem Fingerhut an den Fingern der anderen Hand ab. »Nummer vier war die Rebellion von Anno 15, von der ich nicht eben viel gesehen habe, weil ich damals noch ganz jung war. Und fünftens rechne ich das entsetzliche Gerücht, das durch unsere Provinzen ging, daß sich Neger und Indianer in Massen erhoben und zusammengerottet hätten, um uns guten Christenmenschen in einer Minute das Lebenslicht auszublasen.«

»Nanu, Herr Nachbar«, wunderte sich der junge Mann, »ich habe Euch seit jeher für einen stillen und friedlichen Mann gehalten und hätte es mir nicht im Traum einfallen lassen, daß Ihr Euch in so vielen Kriegen herumgetummelt habt.«

»Ich bin kein Prahler, Pardon, sonst hätte ich die Liste verlängern können. Da war zum Beispiel Anno 32 im Osten ein gefährlicher Krieg um den persischen Thron, bei dem das Blut wie Wasser durch die Straßen floß. Doch da es kein Christenblut war, so mag ich den Krieg nicht zu meinen eigenen Erfahrungen zählen. Doch immerhin gab es in dieser Zeit auch Kämpfe in Schottland, die ich erwähnen könnte, weil sie in einem Teil meines Vaterlandes stattfanden.«

»Da müßt Ihr weit herumgekommen sein, guter Freund, und Euch überall gut umgesehen haben; denn Ihr habt so manches erlebt und seid immer mit heiler Haut davon gekommen.«

»Allerdings, Pardy, ich habe ein gutes Stück dieser Erde mit meinen beiden Fußellen gemessen. Zweimal war ich zu Fuß in Boston und einmal gar zu Schiff durch den Long-Island-Sund in New York, und das war besonders gefährlich, wenn man die Entfernung bedenkt und weiß, daß man die Stelle passieren muß, die Höllentor heißt.«

»Vom Höllentor hab' ich schon oft gehört! Mehr noch! Ich habe einen Mann von hier persönlich gekannt, der – stellt Euch vor – zweimal durch dieses Tor mußte; einmal, als er nach New York fuhr, das anderemal, als er von dort zurückkam.«

»Nun, der wird es sicher nicht nochmals wagen. Hat er Euch von dem großen Topf erzählt, der kocht und brodelt, als schürten tausend Teufel ein riesiges Feuer unter ihm? Wir hatten zum Glück erfahrene Seeleute und waren selbst lauter beherzte Passagiere, und so kamen wir mit einem blauen Auge davon. Denn das laßt Euch gesagt sein: Es gehört eine tüchtige Portion Mut dazu, sehenden Auges in diese schreckliche Straße hineinzufahren. Wir gebrauchten auch alle Vorsicht, warfen Anker und ließen uns ans Ufer setzen, während das Schiff vor uns weiterlief. Mit Gottes Hilfe ging alles glücklich ab. Unsere und unserer Gemeinde Gebete waren höheren Ortes gnädiglich erhört worden.«

»Wie? Ihr gingt zu Fuß ums Höllentor herum?« wunderte sich der Mann vom Lande.

»Freilich! Alles andere wäre ja sündhafter Trotz, ein frevelhaftes Versuchen von Gottes Vorsehung gewesen. Was sollten wir unser Leben aufs Spiel setzen? Nun, diese Gefahr ist, wie gesagt, glücklich vorüber. Wolle Gott, daß auch dieser blutige Krieg, an dem wir beide teilgenommen haben, ebenfalls glücklich vorübergehen möge, damit seine Majestät nun Zeit gewinnt, sein königliches Augenmerk auf die Seeräuber zu richten. Lange genug verheeren sie die Küsten und plagen die Bewohner. Das wäre eine Freude in meinen alten Tagen, wenn ich es noch erleben dürfte, daß ein königlicher Kreuzer den berüchtigten Roten Korsaren in den Hafen schleppt.«

»Ist denn der Rote, von dem Ihr sprecht, wirklich ein solches Scheusal?«

»Der? Sein ganzes Schiff steckt voll von seinesgleichen! Bis zum letzten Schiffsjungen sind sie einer wie der andere blutdürstige Räuber und Mörder. Mein lieber Pardy, es ist entsetzlich, nur mit anzuhören, was diese Kerle auf der hohen See Seiner Majestät für Greuel und Unheil anrichten.«

»Ich habe oft vom Roten Freibeuter oder, wie die Leute ihn auch nennen, Roten Korsaren erzählen hören«, bemerkte der Jüngere, »aber genaueres habe ich bisher noch nicht erfahren.«

»Wie solltest du auch, junge Landratte? Die Nachrichten von der See kommen nicht bis zu deinem Bauernhof. So etwas ist nur für uns, die in einem belebten Hafen wohnen. Doch lassen wir das; du wirst zu spät nach Hause kommen«, setzte er hinzu und sah gleichzeitig auf bestimmte Linien, die er auf seinem Fensterbrett gezogen hatte, um mit ihrer Hilfe den Stand der Sonne feststellen zu können. »Es geht auf Fünfe, und Ihr habt noch doppelt so viele Meilen zu gehen, bis Ihr zum Hof Eures Vaters kommt.«

»Ach was! Der Weg ist eben, und die Leute unterwegs sind ehrlich«, erwiderte der Bauernsohn, denn ihm war es einerlei, ob er erst um Mitternacht nach Hause kam, wenn er nur Neuigkeiten aus der Stadt und Geschichten von dem Seeräuber erzählen konnte. Er wußte, danach würde man ihn zu allererst fragen. »Und ist er denn wirklich so schrecklich, wie man sagt? Macht man denn Jagd auf ihn?«

»Jagd auf ihn? Auf ihn? Geht denn ein frommer Christ in die Hölle? Glaubt mir, auf See gibt es nur wenige, und seien sie so tapfer wie Josua, die nicht tausendmal lieber Land als die Bramsegel des verdammten Piraten sähen. Die Menschen kämpfen um Ruhm, das könnt Ihr mir glauben; ich habe genug

Kriege erlebt. Aber niemand findet Vergnügen daran, gegen einen Feind zu kämpfen, der beim ersten Schuß eine blutige Flagge aufzieht und bereit ist, sich und seinen Angreifer in die Luft zu sprengen, wenn Satans Hand nicht mehr stark genug ist, ihm zu helfen.«

»Trotzdem begreife ich nicht«, erwiderte der junge Mann und warf sich mächtig in die Brust, »trotzdem begreife ich nicht, warum die Insel und ihre Bewohner nicht ein Fahrzeug ausrüsten, um ihn aufzubringen, damit er mal sieht, was ein ehrlicher Galgen ist. Sollen sie doch heute oder morgen hier die Trommel rühren, und ich wette meinen Hals, daß sie wenigstens einen Freiwilligen finden.«

»Ihr redet so daher, weil Ihr kein Pulver gerochen habt! Wozu sollen denn eure Dreschflegel und Heugabeln nützen, wenn es gegen den Teufel geht? Wie oft ist der Räuber nicht von königlichen Kreuzern bei Sonnenuntergang oder bei Nacht gesichert worden? Wie oft war er schon umzingelt und im Netz? Wie oft glaubte man ihn schon auf der Folter zu sehen? Wenn aber der Morgen graute – husch, war er weg, kein Mensch weiß, wie.«

»Sind denn die Kerle so blutgierig, daß man sie deshalb die Roten nennt?«

»Den Namen haben sie von ihrem Anführer«, erwiderte mit wichtiger Miene der ehrwürdige Kleidermacher. »Es ist sein Name und auch der Name seines Schiffes. Jedenfalls hat niemand, der mal den Fuß auf seine Planken setzte, das Schiff wieder verlassen, um zu sagen, ob es einen anderen Namen führe. Niemand, das heißt kein ehrlicher Seemann oder braver Passagier. Das Schiff soll übrigens nach Größe und Ausrüstung einem königlichen Kriegsschiff gleichen, und wie durch ein Wunder ist es schon mancher Fregatte entgangen. Einmal schien es gar unter den 50 Kanonen eines Linienschiffes vor aller Augen wie ein Klumpen Blei zu versinken, und am nächsten Morgen lief in den Hafen ein Westindienfahrer ein, den der Seeräuber in der Nacht nach seinem Untergang rein ausgeplündert hatte; und während das Linienschiff ausgebessert werden mußte, fuhr das Piratenschiff an der Küste spazieren, so heil, als wäre es eben vom Stapel gelaufen.«

»Das ist unerhört!« rief der junge Mann, auf den die Geschichten einen tiefen Eindruck zu machen begannen. »Ist es denn überhaupt ein wirkliches Schiff?«

»Da ist man verschiedener Meinung. Die einen sagen ja, die anderen nein. Aber ich kenne jemanden, der eine Woche lang mit einem Matrosen gearbeitet hat, der mal bei einem Sturm kaum hundert Schritt am Roten vorübergesegelt ist. Sein Glück war's, daß des Herrn Hand so mächtig auf dem Meer war, daß der Korsar alle Hände voll zu tun hatte, sich und sein Schiff zu retten. Dabei konnte der Bekannte meines Freundes Schiff und Kapitän in aller Ruhe betrachten, ohne etwas zu wagen. Und er hat ihn so klar und deutlich gesehen, wie ich Euch hier vor mir sehe.«

»Das ist kühn, dem Teufel so nahe auf den Leib zu rücken.«

»Vergeßt nicht, Pardon, es war nicht seine Absicht, und außerdem war die Nacht so finster, daß man ...«

»So finster?« unterbrach ihn der andere, dem trotz seiner Leichtgläubigkeit Zweifel kamen. »Wie konnte er denn alles so genau sehen und hinterher beschreiben?«

»Das weiß kein Mensch«, sagte der Schneider. »Das macht aber nichts. Hauptsache, er sah alles und konnte es hinterher haarklein wiedererzählen. Noch mehr: er merkte sich das Schiff genau, um es wiederzuerkennen, wenn es seinen Weg mal wieder kreuzen sollte. Ein langes schwarzes Schiff, ging flach im Wasser, hatte ein bösartiges Aussehen und eine ganz verrückte Bauart. Und wenn es dahinfährt, scheint es durch die Wolken zu schweben und braucht sich um den Wind nicht zu kümmern. Ja, und wenn ich mir's so recht überlege, dann hat das Seeräuberschiff etwas von dem Fahrzeug dort drüben, von dem Guineafahrer, der, weiß der Himmel, warum, seit voriger Woche hier im äußeren Hafen liegt.«

Der geschwätzige Schneider hatte bei seiner Erzählung natürlich Zeit verloren, die er jetzt durch fleißiges Nähen wieder hereinzubringen suchte. Das gab dem Bauernbuben

Gelegenheit, sich umzuwenden, um dorthin zu schauen, wohin der Schneider gewiesen hatte. Er wollte sich ja zu all den Erzählungen, mit denen er sich den Kopf vollgestopft hatte, auch noch ein Bild von dem Schiff machen. Die Pause, die jetzt entstanden war, unterbrach schließlich der Schneider, nachdem er das Kleidungsstück endlich fertiggestellt hatte. Er warf jetzt alles von sich, Rock, Nadel, Fingerhut, rückte die Brille auf die Stirne und schob sich so weit zum Fenster hinaus, daß er nun ebenfalls das Schiff voll in Augenschein nehmen konnte.

»Wißt Ihr, Pardon«, sagte er dabei, »daß ich über dieses Schiff die seltsamsten Gedanken und furchtbarsten Ahnungen hege? Die Leute nennen es Sklavenschiff und sagen, es nehme Holz und Wasser an Bord. Und da liegt es schon volle acht Tage, und in all dieser Zeit ist kein Stück Holz, dicker als ein Ruder, an Bord gebracht worden; und ich möchte wetten, daß zehn Tropfen Rum auf einen Tropfen Wasser kommen. Und dann seht doch, wo es vor Anker liegt, wie es nur von einer einzigen Kanone der Batterie bestrichen werden kann. Wäre es ein gewöhnliches Handelsschiff, es hätte sich einen Platz im Schutze der Kanonen gewählt.«

»Lieber Alter«, bemerkte der junge Mann, »Ihr habt ein bewundernswert scharfes Auge. Ich wäre darauf nicht gekommen, auch wenn das Schiff dicht vor der Batterie-Insel läge.«

»So ist es, Pardon. Das machen Gewohnheit und lange Erfahrung. Ich habe so manchen Krieg erlebt und sogar einen Feldzug von acht Tagen im Fort selbst mitgemacht, als es hieß, die Franzosen wollten Kreuzer an der Küste entlangschicken. Da stand ich gerade an jener Kanone Schildwache und visierte ihren Lauf entlang.«

»Aber wer sind denn diese Leute dort?« unterbrach ihn Pardon mit jener Art von träger Neugier, die sich nach längeren Erzählungen einstellt. »Sind's Matrosen vom Sklavenschiff oder Newporter, die nichts zu tun haben, als auf- und abzugehen?«

»Die dort?« rief der Schneider. »Gewiß und wahrhaftig, das sind Fremde, und in unseren unruhigen Zeiten kann man nicht wachsam genug sein. Hier, Nab, nimm mir das Stück ab und bügle die Nähte, du faules Stück. Unser Freund hier hat's eilig, seine Zeit ist kostbar, er kann nicht nur herumstehen und schwätzen wie du. Rühr dich und schwing das Eisen!«

Mit diesen Worten übergab er das eben vollendete Stück einem schmollenden Mädchen, das mit der Nachbarin ein lebhaftes Gespräch geführt hatte. Er selbst schob seine kleine, hinkende Person – denn er hatte das Unglück gehabt, mit einem kürzeren Bein auf die Welt zu kommen – vom Fenster weg und zur Tür hinaus in die freie Luft.

2

Dort standen die Fremden, drei an der Zahl. Homespun, der Schneidermeister, war ein Mann, der nicht nur die Namen, sondern auch die geheime Geschichte aller Männer und Frauen auf zehn Meilen in der Runde kannte. »Fremde sind's«, flüsterte er aufgeregt, »und noch dazu Fremde von geheimnisvoller, drohender Art.«

Doch wie sahen die Fremden aus, die das Pech hatten, von Meister Homespun nicht gekannt zu werden?

Der erste, zugleich der auffallendste unter den drei Fremden, war ein junger Mann von etwa 26 oder 27 Jahren. Daß sein bisheriges Leben nicht eitel Sonnenschein bei Tage und erholsame Ruhe bei Nacht gewesen war, das verriet sein Gesicht, das vom Wetter gegerbt und dunkel gefärbt war; seine Gesichtszüge waren männlich und kühn, wenn auch nicht eben schön; umrahmt war es von pechschwarzem Haar, das in wilden Locken auf die Stirn herabfloß; die Gestalt des jungen Mannes war ebenmäßig, doch verriet sie Kraft und Gewandtheit. Die Kleidung, auf die der Schneider sein besonderes Augenmerk richtete, war die eines einfachen Seemannes; und doch wagte der Meister Homespun nicht, den Fremden anzureden, denn der stand, ganz in den Anblick des geheimnisvollen Schiffes versunken, am Kai, lächelte seltsam vor sich hin und murmelte unverständliche Worte.

Von den beiden anderen war der eine ein Weißer, der andere ein Neger. Beide waren über ihre mittleren Jahre hinaus; beiden sah man es an, daß sie des Lebens Last und Mühen getragen hatten, daß sie sich den Stürmen der See ausgesetzt hatten. Sie trugen die einfache Kleidung der Seeleute, abgenutzt und teerbefleckt.

Der Weiße war von kurzer, dicker, stämmiger Gestalt, mit muskelbepackten Armen und Schultern, auf denen ein runder, grober Kopf saß. Und während er sich auf einem Faß niederließ und ebenfalls hinüber zu dem Sklavenschiff blickte, machte er zu dem Neger hin einige Bemerkungen, die ihn als einen Mann von Erfahrung und guten Kenntnissen auswiesen. Der Neger, der offenbar eine untergeordnete Stellung innehatte, wirkte nicht minder kraftvoll als der Weiße, doch war er höher gewachsen, und seine Gestalt war ebenmäßiger. Sein Gesicht hatte etwas Einnehmendes, sein Lachen verriet die Gabe des Humors.

Nun hätte der Schneider die beiden ohne weiteres ansprechen können, denn in ihrem Wesen lag durchaus nichts Abweisendes. Er zog es aber vor, seinem jungen Begleiter vom Land zu zeigen, wie man Fremden ihr Geheimnis listig entlockt. So schlich er um die Fremden herum und versuchte, ihre Unterhaltung heimlich zu belauschen. Zwar verstand er nicht viel, aber jedes Wort, das er hörte, bestärkte ihn in dem Verdacht, bei den Fremden müsse es sich mindestens um Landesverräter handeln.

»Sieh mal die schöne Bucht hier, Guinea«, bemerkte der Weiße, schob seinen Kautabak im Mund hin und her und wandte seinen Blick dem Neger zu, »ist das nicht ein Plätzchen, wo man sein Schiff gern unterbringen möchte, wenn man ohne Anker anlegt? Ich versteh' nur den Kerl da draußen nicht, warum läuft er nicht in den inneren Hafen ein? Wozu die Boote unnütz arbeiten lassen? Was meinst du, schwarzer Sip, he?«

Der Neger hatte nämlich in der Taufe den Namen Scipio

Africanus – abgekürzt Sip – erhalten; eine Art von Witz, wie er früher in Amerika üblich war, nämlich die Diener und Sklaven mit den Namen römischer Helden und Kaiser zu schmücken. Nun, dem Scipio aus Guinea war es im Grunde einerlei, ob das Schiff auf offener See oder im Hafen lag.

»Vielleicht denkt er, das Binnenwasser ist 'nem Mastkorb verschlossen.«

»Ich sage dir, Guinea«, erwiderte der andere hart und entschieden, »der Kerl da draußen hat Stroh im Kopf. Meinst du, daß einer, der von Seefahrt was versteht, sich auf der Reede abplagt, wenn er ins ruhige Becken einlaufen könnte?«

»Reede? Reede?« wiederholte spöttisch der Schwarze, denn der andere hatte den Außenhafen von Newport mit der Reede verwechselt. »Was verstehst du von Reede? Noch nie was von Reede gehört?«

»Hört mal, Meister Goldküste«, brummte der Weiße drohend, »wenn Euch Eure Haut lieb ist, dann behaltet Eure Witze für Euch.«

Der Streit zwischen den beiden dauerte noch eine Weile, wobei besonders der Weiße mit Grobheiten nicht sparte. »Nun denk aber nach, Guinea«, so schloß er seine Rede, »der Mensch dort hat seinen Ankerplatz gewählt mit oder ohne Grund. Ohne Grund? Dann wäre es aufs Geratewohl geschehen. Mit Grund? Kannst du mir einen nennen? Ich bin bereit, dir zuzuhören.«

»Angenommen, ein frischer Wind bläst aus Nordwest«, erwiderte der Schwarze und deutete in die genannte Richtung, »und ein Schiff will in Eile in See stechen, liegt er dann richtig, Meister Dick, he?«

»Der Schwarze hat recht«, mischte sich der dritte Seemann ein, der dem Streit zugehört hatte. »Der Sklavenhändler hat sein Schiff im äußeren Hafen gelassen, weil er weiß, daß in dieser Jahreszeit der Wind meistens nach Westen bläst. Aber könnt ihr erkennen, ob er einen zweiten Anker unter sich hat oder ob er nur an einem liegt?«

»Der Mann muß ein Narr sein«, bemerkte der Weiße, ohne

zu bedenken, daß es bei Seeleuten auch andere Gründe geben kann als die Regeln der Seefahrt. »Ein Narr, daß er sich und sein Schiff ohne Wurfanker der Strömung von Ebbe und Flut überläßt. Alles ist nur einem einzigen Tau anvertraut.«

»Sieh da, sieh da«, fiel der Neger ein, der seinen Blick ebenfalls auf das Schiff gerichtet hatte, »sie haben den Wurfanker heruntergelassen und alle übrigen Anker gestaut. Er hat die Strömung unterm Bug, Misser Harry, und kann jederzeit davongehen.«

Der angeredete Harry starrte wie gebannt auf das Schiff; doch in diesem Augenblick schienen sich seine Zweifel zu lösen. »Recht, Scipio, ganz recht; du hast recht, mein Junge. Das Schiff reitet ganz auf seinem Wurfanker; alles ist bereit zum baldigen Aufbruch. In zehn Minuten könnte er außerhalb des Feuers der Batterie sein, auch wenn er nur eine Mütze voll Wind hat.«

»Sir, Sie scheinen sich in diesen Dingen gut auszukennen«, unterbrach ihn da plötzlich eine unbekannte Stimme von hinten.

Der junge Mann drehte sich schnell auf dem Absatz herum und bemerkte jetzt erst, daß er mit seinen beiden Gefährten nicht mehr allein war. Doch war er nicht der einzige, der völlig überrascht war, denn auch der Schneider war beim Dazwischentreten des neuen Gesprächspartners zunächst sprachlos vor Staunen.

Der Neue war ein Mann zwischen dreißig und vierzig; Miene und Gestalt waren durchaus dazu angetan, die Neugierde des guten Homespun noch mehr anzustacheln. Kaum mittelgroß, schien der Fremde nicht nur äußerst gewandt zu sein, sondern auch über ein ungewöhnliches Maß an Körperkraft zu verfügen. Seine Gesichtshaut war hell und von fast mädchenhafter Zartheit, doch verlieh ihm eine scharfe Habichtsnase männliche Kühnheit. Sein Haar fiel an den Schläfen in schönen, weichen Locken nieder. Der Blick war unstet, zuweilen fast wild. Er trug einen hohen, spitz zulaufenden Hut halb auf dem Ohr, einen hellgrünen Reitfrack, rehlederne Beinkleider, Stulpstiefel und

Sporen. In der Hand hielt er eine dünne Reitgerte, mit der er, als man ihn entdeckte, gleichgültig durch die Luft hieb.

»Sie scheinen, wie ich schon sagte, sich in diesen Dingen gut auszukennen«, wiederholte er, als er die neugierigen Blicke eine Zeitlang ertragen hatte und anfing, ungeduldig zu werden: »Sie sprechen darüber wie ein Mann, der das Recht hat, seine Meinung frei zu sagen.«

»Überrascht es Sie, daß sich einer in dem Beruf, zu dem er erzogen wurde und in dem er zeit seines Lebens gearbeitet hat, auskennt?«

»Hm, das gerade nicht. Doch finde ich es merkwürdig, daß ein einfacher Seemann so große Worte macht, wie sie eigentlich uns, den Herren Juristen, zustehen.«

»Redet, wie Ihr wollt, denn als ehrlicher Seemann möchte ich mit den Herren Juristen sowieso nichts zu tun haben«, gab der junge Seemann spitz zurück und wandte sich ab, ohne seinen Ärger zu verbergen.

»In dem steckt ein guter Kern«, murmelte der Grünrock vor sich hin und versuchte, den anderen durch freundliche Worte wiederzugewinnen. Doch das mißlang ihm, denn nach einem kurzen, unhöflichen Wortwechsel erhoben sich die drei Matrosen und gingen grußlos weg.

Der Grünrock schickte sich eben an, dem Kleeblatt zu folgen, als er eine Hand fühlte, die sich auf seinen Arm legte und ihn innehalten ließ.

»Ein Wort ins Ohr, Sir«, zischelte der Schneider und deutete an, daß er wichtige Dinge mitzuteilen habe, »nur ein einziges Wort, Sir, da Sie sich in Seiner Majestät besondern Diensten hier befinden. Nachbar Pardon«, fügte er mit freundlicher Gönnermiene hinzu, »die Sonne geht unter, Ihr habt noch einen weiten Weg vor Euch und keine Zeit zu verlieren. Mein Mädchen wird Euch Eure Kleider geben. Gott behüte Euch. Erzählt von allem, was Ihr gesehen und gehört habt, kein Wort, ehe ich noch einmal mit Euch gesprochen habe. In Kriegszeiten muß man vorsichtig sein. Lebt wohl, guter Freund, grüßt Euren Vater und Eure Mutter.«

Als sich Meister Homespun auf diese Weise seines staunenden Begleiters entledigt hatte, sah er ihm noch mit wichtigen Blicken nach, bis er in der Ferne verschwunden war, und dann erst wandte er sich wieder an den Grünrock. Dieser war inzwischen ruhig stehengeblieben und wartete darauf, bis der Schneider, den er wohl schon längst durchschaut hatte, seine Rede fortsetzen werde.

Der begann sehr vorsichtig und behutsam: »Sagen Sie, sind Sie wirklich in den Diensten Seiner Majestät?«

»Ich sage noch mehr: Ich bin deren Vertrauter!«

»Zuviel Ehre für mich, mit einem Mann, der so hoch steht, ein Gespräch zu führen. Ich fühle die Gnade in allen Gliedern«, sprach der Schneider und strich mit der Hand über die spärlichen Haare, indem er eine tiefe Verbeugung machte. »Ein so großes Glück – eine so gnädige Erlaubnis –, es ist die höchste Auszeichnung . . .«

»Schon gut, mein Freund, ich nehme es auf mich, Euch im Namen Seiner Majestät willkommen zu heißen.«

»Ich fühle mich glücklich und geehrt, mein geehrtester Herr, diese Gelegenheit zu finden, meinen brennenden Eifer für den König einem Manne vorzulegen, der es nicht versäumen wird, meine Bemühungen seiner Majestät zu Ohren zu bringen.«

»Sprecht frei«, unterbrach ihn der Grünrock mit einer Miene der fürstlichen Herablassung, aus der jeder andere als der Schneider Ungeduld und Überdruß herausgelesen hätte. »Sprecht ohne Rückhalt, wie wir es bei Hofe gewohnt sind.« Gleichgültig schlug er mit der Reitgerte auf seinen Stiefelschaft.

»Ich will sprechen, Sir. Ich sehe es als Gnade an, wenn mir ein so vornehmer Herr sein Ohr leiht. Sehen Sie doch das große Schiff dort im äußeren Hafen unserer königstreuen Stadt.«

»O ja, das Schiff scheint die Aufmerksamkeit der würdigen Einwohner sehr zu beschäftigen.«

»Eure Herrlichkeit haben mit dieser Vermutung den Scharfsinn meiner guten Mitbürger etwas überschätzt. Das Schiff liegt hier schon seit Tagen, ohne daß außer mir irgend jemand auch nur ein Wort dazu gesagt hätte.«

»Ei, ei«, der Fremde senkte die Stimme und faßte den Schneider scharf ins Auge, der angesichts der Wichtigkeit seiner Entdeckung buchstäblich anschwoll. »Und was sind Eure Vermutungen?«

»Ich kann mich irren, Sir, und Gott wird mir's verzeihen, wenn ich's tue. Die Leute auf dem Schiff dort gelten hier bei den Einwohnern als ehrliche Sklavenhändler und wären in der Stadt überall gerne gesehen. Aber bisher hat kein einziger von der Mannschaft bei mir auch nur einen Rock ausbessern oder gar neu anfertigen lassen. Das ganze Geschäft geht durch die Hände eines jungen Anfängers namens Tape, der auf jede Weise Kunden anlockt und über seine Kollegen böse Gerüchte verbreitet. Kurzum, ich habe an dem Schiff noch keinen Pfennig verdient.«

»Da könnt Ihr von Glück sagen, Freund«, erwiderte der grüne Mann, »daß Ihr mit den Kerlen nichts zu tun habt. Doch Ihr habt vergessen, mir zu sagen, was ich dem König vortragen soll.«

»Ich komme gleich zu diesem Punkt. Ihr müßt wissen, daß ich ein Mann bin, der viel gesehen und im Dienste Seiner Majestät viel gelitten hat. Fünf grausame, blutige Kriege habe ich durchgemacht, ganz zu schweigen von anderen Abenteuern, denn es ist die Pflicht eines guten Untertanen, zu dulden und zu schweigen.«

»Das alles soll dem König zu beiden Ohren kommen, das verspreche ich Euch. Doch nun macht Eurem Herzen Luft und teilt mir Euren Argwohn frei und unumwunden mit.«

»Sir, man behält, wenn man unzählige Kriege überlebt hat, einen militärischen Überblick, und so komme ich auf das Schiff zu sprechen. Hier also, an diesem Fenster saß ich und dachte darüber nach, wie die Mannschaft dort drüben von dem Pfuscher Tape um ihr gutes Geld betrogen wird. Und wie ich nun so nachdachte, daß er mir meine Kunden wie die Fliegen wegschnappt, kam ich auf folgenden Gedanken: Wären die Leute auf dem Sklavenschiff ehrliche Sklavenhändler, würden sie dann einen ehrlichen, arbeitsamen Schneider und Familienvater übergehen und ihr Geld einem Betrüger und Schwätzer in den Rachen schieben? Nein! Dann bleibt nur noch ein Schluß: Ist es kein ehrliches Sklavenschiff oder ein königlicher Kreuzer, so ist es, und jedes Kind muß es einsehen, so ist es das Schiff des übelsten Seeräubers, das Schiff des Roten Korsaren.«

»Des Roten Korsaren?« rief der Fremde aus. Seine Aufmerksamkeit, die bei dem Geschwätz des Schneiders schon merklich nachgelassen hatte, erwachte wieder. »Ja, Freund, das wäre eine Entdeckung, über die sich reden ließe. Aber wie kommt Ihr darauf?«

»Aus verschiedenen Gründen, die ich hübsch nacheinander aufzählen will. Erstens ist es ein bewaffnetes Schiff, Sir. Zweitens ist es kein gesetzlich zugelassener Kreuzer, denn ich kenne alle Schiffe des Königs, und an jedem verdiene ich ein paar Pfennige. Drittens fällt mir das rohe und raubgierige Betragen der Leute auf, die an Land kommen, auch wenn es nur wenige sind. Das also sind meine Beweise, die ich zur Prüfung durch Seine Majestät vorzulegen bitte.«

Der Rechtsanwalt im grünen Rock hatte dem Schneider aufmerksam zugehört. Seine Augen wanderten schnell vom Schiff zum Redner zurück, und dann vergingen ein paar Augenblicke, bis er eine Antwort gab. Seine sorglose Munterkeit, die er bisher gezeigt hatte, war gewichen und hatte einer gewissen Nachdenklichkeit Platz gemacht. Doch rasch wechselte er die Miene wieder, und in seinem Gesicht verbanden sich Aufrichtigkeit und Spottlust zu einer merkwürdigen Mischung. Dann legte er die Hand dem Schneider gönnerhaft auf die Schulter und begann: »Freund, Ihr habt mir hier über eine sehr wichtige Sache Auskunft gegeben und Euch als treuer Diener Seiner Majestät ausgewiesen. Ich weiß, und wir wissen alle, daß ein hoher Preis auf den Kopf des Roten Korsaren und seiner Gefährten ausgesetzt ist und daß eine glänzende Belohnung auf den wartet, den sein Glück zum Werkzeug bestimmt, durch das die ganzen Schurken den Händen der Gerechtigkeit ausgeliefert werden. Ich bin auch überzeugt, daß ein Zeichen königlicher Gnade eine solche Entdeckung lohnen wird. Da ist zum

Beispiel ein gewisser Phipps gewesen, ein Mann von geringer Abkunft, den der König gar zum Ritter gemacht hat . . .«

»Wie? Zum Ritter?« wiederholte der Schneider, ganz außer sich vor Bewunderung und Respekt.

»Zum Ritter«, wiederholte langsam der Mann im grünen Rock, »zum ehrenwerten, ritterlichen Ritter. Wie ist Euer Taufname?«

»Mein Vorname ist Hektor, gnädiger Herr.«

»Und Euer Familienname, der alte Name Eures Geschlechts?«

»Seit alters Homespun.«

»Nun, Sir Hektor Homespun wird ebenso gut klingen wie irgendein anderer Name. Aber, lieber Freund, wenn Ihr Euch Euren Lohn erhalten wollt, dann müßt Ihr besonnen und verschwiegen sein. Ich bewundere Euren Scharfsinn und beuge mich Euren Gründen. Ich zweifle nicht mehr daran, daß dieses Schiff das Schiff des berüchtigten Piraten ist, den man den Roten nennt, so wenig, wie ich daran zweifle, daß Ihr demnächst Sporen tragen und Euch Sir Hektor nennen werdet. Aber wir müssen behutsam und klug zu Werke gehen. Nicht wahr, ich kann mich darauf verlassen, daß noch kein anderer von Euch Aufklärung in dieser Sache erhalten hat?«

»Keine Menschenseele. Selbst Tape würde schwören, daß die Leute dort drüben ehrliche Sklavenhändler sind.«

»Um so besser. Erst müssen wir der Sache auf den Grund kommen, dann folgt die Belohnung von selbst. Trefft mich heute abend um elf Uhr dort drüben, wo die Landzunge nach dem äußeren Hafen hin ausläuft. Von dort aus wollen wir unsere Beobachtungen anstellen. Doch jetzt wollen wir uns trennen, damit uns niemand hier im Gespräch antrifft und Verdacht schöpft. Dreierlei müßt Ihr bedenken: Schweigen, Pünktlichkeit und die Gunst des Königs. Dies seien unsere Losungsworte.«

»Adieu, hochgeehrtester Herr«, antwortete der Schneider und machte eine Verbeugung bis zur Erde, während der andere kaum den Hut berührte.

»Adieu, Sir Hektor«, rief ihm der Grüne zu, ehe er langsam den Kai entlanggging und am Ende verschwand. Das Oberhaupt des alten Schneidergeschlechts stand noch eine Weile regungslos da, entzückt über sein Glück und benebelt von den Wolken des Ehrgeizes.

3

Sobald der Grüne sich von unserem leichtgläubigen Schneider getrennt hatte, legte er sein angenommenes Wesen ab und wirkte viel natürlicher und gesetzter. Doch schien auch dieses Wesen nur eine Maske, wenigstens aber kein ungewohntes, lästiges Joch zu sein. Doch nach einer Minute schlug er schon wieder mit der Gerte an den Stiefelschaft und trat munter und leichten Schrittes in die Hauptstraße des Ortes ein. Seinem schnellen Blick entgingen nur wenige der Passanten, und seinem raschen Geist prägte sich alles deutlich ein. Ein Fremder in diesem Aufzug konnte natürlich der Aufmerksamkeit der Gastwirte, von denen schon die Rede war, nicht entgehen. Doch er ließ sich nicht von den Höflichkeiten und Verbeugungen der beiden vornehmeren Wirte verführen, sondern betrat merkwürdigerweise die dritte Schenke, die die gewöhnliche Herberge des Hafengesindels war.

Als er diese Kneipe betrat, fand er die Stube mit den gewöhnlichen Zechbrüdern vollgepropft. Das Erscheinen eines Gastes, der sich in seinem Auftreten und in seiner Kleidung so auffällig von den anderen Gästen unterschied, erregte Aufsehen und bewirkte vorübergehend eine Pause im Gespräch. Doch hob der Lärm bald wieder an, nachdem sich der Neuankömmling auf einer Bank niedergelassen und beim Wirt seine Bestellung aufgegeben hatte. Der holte das Verlangte, setzte es dem Fremden vor und entschuldigte sich gleichzeitig, daß ein Mann, der am anderen Ende des schmalen Tisches saß, die ganze Unterhaltung an sich gerissen und alle Gäste durch das Versprechen, er werde etwas Ungeheures erzählen, auf sich aufmerksam gemacht hatte.

An den Grünen gewandt, fügte der Wirt weiter hinzu: »Squire, der Mann dort in der Ecke ist der Bootsmann auf dem Sklavenschiff im äußeren Hafen, ein Mann, der sich die Seewinde manches Jahr hat um die Nase wehen lassen und so viele Gefechte und Wunder erlebt hat, daß er dicke Bücher damit füllen könnte. Man nennt ihn hier den alten Boreas, sein wahrer Name aber ist Jack Nightingale. – Ist der Punsch nach Eurem werten Geschmack?«

Der Fremde beantwortete die zweite Frage mit einem Schmatzen und einer leichten Verbeugung. Zugleich wandte er den Kopf nach dem eben beschriebenen Mann, der nach der Art seines Vortrags als ein wahrer Redner gelten konnte.

Eine Gestalt, weit über sechs Fuß hoch; ein fürchterlicher Backenbart, der sein Gesicht halb verdeckte; eine Schmarre als Zeuge eines schlechtverheilten Hiebes, der ihm einst die Wange gespalten hatte; der mächtige Bau der Glieder; und die Seemannstracht, geschmückt durch eine schmutzige silberne Kette, an der eine kleine silberne Pfeife hing. Ohne sich durch das Eintreten des Fremdlings im geringsten beirren zu lassen, fuhr der Seebär in seiner Erzählung fort, und zwar mit einer Stimme, die ihm die Natur wie zum Hohn für seinen musikalischen Namen Nightingale (Nachtigall) verliehen hatte. Denn in Wahrheit hatten die Laute, die er ausstieß, eher Ähnlichkeit mit dem Gebrüll eines Stieres, an das man sich erst einmal gewöhnen mußte, ehe man seine Rede verstand.

Eben streckte er seinen gebräunten Arm mit geschlossener Faust aus, um den Norden des Seekompasses zu bezeichnen, und fuhr fort: »Also, angenommen, die Guineaküste liegt hier; toter Wind von der Küste und nur hier und da eine Bö, wie wenn eine Katze prustet oder der alte Windgott einen aus dem Schlauch fahren läßt. Ihr wißt doch, was ein Schlauch ist?«

Mit dieser Frage wandte er sich an den einfältigen Bauernburschen, den wir schon kennen und der, sein neues Kleidungsstück unter den Arm geklemmt, mit offenem Mund dasaß und die Wundergeschichten verschlang, um sie zu Hause, zusammen mit den Geschichten des Schneiders, brühheiß weitererzählen zu können. Allgemeines Gelächter erfolgte auf Kosten des guten Pardon.

Nightingale warf einen vielsagenden Blick in die Runde, nahm die Gelegenheit wahr, »seine Lippen anzufeuchten«, wie er witzig bemerkte, und goß ein Glas Rum mit Wasser hinunter, ehe er im Predigerton fortfuhr: »Und die Zeit wird kommen, Bruderherz, wo Ihr lernen werdet, was eine Rundschnur ist, wenn Ihr nicht ehrlich bleibt. Des Menschen Hals ist dazu gemacht, daß er den Kopf über Wasser halte, und nicht, daß er ausgerenkt werde und aus den Fugen gerate wie eine windschiefe alte Luke. Deshalb macht Eure Rechnung beizeiten und folget Eurem Gewissen, auf daß Ihr nicht auf die Untiefen der Versuchung geratet.«

Er blickte um sich wie einer, der seine moralischen Pflichten erfüllt hat, und ergriff wieder das Wort: »Nun weiter. Dort liegt das Land, und, wie gesagt, von hier kam der Wind Ost zu Süd, vielleicht auch Südost zu Ost. Bisweilen blies er stark, dann ließ er wieder nach, daß sich die Segel an der Takelage und an den Spieren zerrieben. Mir war das Wetter gar nicht recht, denn ich sah voraus, es würde etwas anderes geben als eine ruhige Wache. Ich blieb also auf den Beinen, um bereit zu sein, meine Meinung von mir zu geben, wenn man mich danach fragte. Und siehe da, alles kam, wie ich es geahnt hatte.

›Mister Nightingale‹, sagte unser Kapitän, denn er ist ein Gentleman und weiß, wie man uns an Deck anzusprechen hat, ›was haltet Ihr von dem Wolkenfetzen dort in Nord-West?‹

›Wohl, Sir‹, antwortete ich dreist, denn ich bleibe niemandem gerne eine Antwort schuldig, ›mit Eurer Gnaden Erlaubnis‹ – eine bloße Redensart, denn der Kapitän war gegen mich an Erfahrung ein Anfänger, aber ich streue nie heiße Asche gegen den Wind –, ›mit Eurer Gnaden Erlaubnis, meine Meinung wäre, die Topsegel zu bewegen. Wir haben keine Eile, denn wo Guinea heute abend liegt, wird es morgen auch noch liegen.

Um das Schiff auf Kurs zu halten, haben wir das Großsegel . . .‹«

»Das hättet Ihr ebenfalls festmachen sollen«, ließ sich von hinten eine Stimme vernehmen, ebenso bestimmt, aber nicht so brüllend wie die des Bootsmannes.

»Wer ist der Anfänger?« fragte Nightingale zornig.

»Kein Anfänger, sondern ein Mann, der mehr als einmal Afrika umsegelt hat und eine Bö von einem Regenbogen unterscheiden kann!« Das war Dick Fid, der mit seinem Begleiter, dem Neger Scipio, eingetreten war und sich nun dem wütenden Bootsmann klein, aber stämmig entgegenstellte. »Ein Mann, der es nie seinem Kapitän raten würde, so viel Segel stehenzulassen, wenn Gefahr ist, daß das Schiff backwärts vom Wind gepackt wird.«

Auf diese kühne Herausforderung erfolgte ein allgemeines Gemurmel, das sich zu einem lauten Lärmen steigerte, bis man schließlich keinen einzelnen mehr verstehen konnte, und wenig hätte gefehlt, und die Gegner wären handgreiflich geworden. Doch schließlich ebbte der Tumult ab, und man war bereit, die beiden Hauptgegner anzuhören. In dem folgenden Wortgefecht schien Fid in der Sache recht zu behalten, er beging aber den Fehler, seinen dunkelhäutigen Freund als Zeugen aufzurufen, und darüber waren die Leute empört, denn das Zeugnis eines Negers galt bei den Amerikanern nichts.

»Meine Herren«, rief Nightingale, »ich überlasse es Ihrem Urteil, ob es sich schickt, einen Neger hier auftreten zu lassen, damit er einem Weißen widerspricht!«

Beifälliges Gemurmel war die Antwort. So blieb den beiden nichts anderes übrig, als das Feld zu räumen.

Der Triumph des Bootsmannes war vollständig, und seine Freude darüber kannte keine Grenzen. »Gentlemen«, wandte er sich stolz und zufrieden an die Zuhörer, »ich mag mich nicht rühmen, ich weiß auch nicht, wer der Kerl ist, der sich da eben aus dem Staub gemacht hat. Ich will nur so viel sagen, daß der Mann zwischen Boston und Westindien erst noch gefunden werden muß, der sich besser darauf versteht, ein Schiff zu manövrieren, vorausgesetzt, daß . . .«

Hier stockte er plötzlich, sein Blick wurde starr, er stand wie verhext, als ihn der Blick des grünen Mannes traf, der aus der Menge hervorgetreten war.

»Mag sein«, fuhr der Bootsmann kleinlaut und bescheiden fort, »mag sein, daß dieser Herr hier etwas von der Seefahrt versteht und unseren Streit entscheiden kann.«

»Wir studieren auf der Universität nicht die Seefahrkunst«, erwiderte der andere kurz angebunden, »aber nach meiner geringen Kenntnis muß ich gestehen, daß der Neger recht hatte.«

Mit diesen Worten beglich er seine Zeche und verließ das Lokal. Nightingale setzte nach einer kurzen Pause seine Erzählung fort, nur, sei's aus Ermüdung, sei's aus anderen Gründen, weit weniger prahlerisch als vorher und wesentlich kürzer. Kaum war er fertig und sein Glas geleert, wankte er zum Ufer, wo bald darauf ein Boot anlegte, um ihn nach dem Schiff zu bringen, das unser Homespun fortwährend im Auge behalten hatte.

Unterdessen hatte der Grüne seinen Weg durch die Hauptstraße des Ortes fortgesetzt. Vor ihm gingen Fid und Scipio, die nunmehr nach der gemeinsamen Niederlage den Streit unter sich weiter ausfochten, denn nun wollte Fid plötzlich nicht mehr Scipios Meinung teilen. Der Grüne folgte dem schwarzweißen Paar auf eine Anhöhe, bis er sie beim Einbiegen in einen Feldweg, schon außerhalb der Stadt, aus den Augen verlor. Jetzt verdoppelte der Rechtsgelehrte, als der er sich ausgab, seine Schritte und freute sich, als er die beiden Ehrenmänner an einem Zaun wiederfand, wo sie aus einem Schnappsack gemeinsam ihr schlichtes Mahl einnahmen. Der Friede zwischen den beiden schien wiederhergestellt.

Der Fremde näherte sich und rief: »Wenn ihr mit eurem Schnappsack so verschwenderisch umgeht, dann muß wohl der dritte Mann ohne Abendessen zu Bett gehen.«

»Wer da?« rief Dick, von seinem Knochen auffahrend wie ein Bullenbeißer, den man bei einer ähnlichen Beschäftigung stört.

»Ich möchte euch nur in aller Freundschaft daran erinnern, daß es noch einen dritten Kameraden gibt.«

»Wollt Ihr eine Schnitte? Da nehmt, Bruder«, sagte der Seemann freigiebig, wie die Matrosen sind, und schob ihm den Schnappsack hin.

»Nein, nein, ihr versteht mich falsch; hattet ihr nicht drunten am Kai noch einen dritten Mann bei euch?«

»Ja so! Der ist dort drüben, wo Ihr den Steinhaufen seht, der jeden Augenblick herunterrollen kann.«

Der Fremde sah in die angegebene Richtung und bemerkte den jungen Seemann, nach dem er sich erkundigt hatte, nicht weit von der Stelle, wo sie waren, am Fuß eines verfallenen Turmes, der aussah, als müsse er bald zusammenbrechen. Der Rechtsgelehrte warf den beiden Seeleuten eine Handvoll Münzen zu, wünschte ihnen gesegnete Mahlzeit und sprang über den Zaun, um sich ebenfalls die Ruine zu betrachten.

»Der Bursche«, brummte Dick und hielt im Kauen inne, »der Bursche wirft wahrhaftig mit Kupferpfennigen um sich; weil sie aber da, wo er sie ausgesät hat, nicht Wurzel schlagen können, so heb sie auf, Sip, und steck sie mir in die Tasche.«

Während der Neger das Geld aufsammelte und dem übergab, der sich für seinen Herrn und Gebieter hielt, ging der Grüne hinüber zum Turm. An der Ruine war nicht viel Interessantes zu sehen. Es war ein kleiner, runder Turm auf rohen Pfeilern, die durch Bogen miteinander verbunden waren; er mochte in früheren Zeiten als Schutzwehr erbaut worden sein, vielleicht war er auch einst der Sockel einer Windmühle.

Als der Grüne den Ort erreicht hatte, schlug er wieder kräftig mit der Gerte gegen seinen Stiefel, um den anderen auf sich aufmerksam zu machen, und begann: »Ein malerisches Plätzchen, diese Ruine. Doch Ihre Aufmerksamkeit gilt wohl eher den Türmen da drüben«, und damit deutete er hinüber zu den Masten des Schiffes im äußeren Hafen, »dort sind Ihre Türme, und ein Wrack wäre dann Ihre Ruine.«

»Sie scheinen meinen Geschmack zu kennen, Sir«, antwortete der andere abweisend.

»Das ist nicht schwer zu erraten, auch wenn ich nur wenige Fachkenntnisse habe. Doch wir wollen uns nicht streiten, wechseln wir ein freundliches Wort. Was führt Sie denn hierher zu diesem Steinhaufen? Wie kann er Sie vom Blick auf das schöne Schiff ablenken?«

»Nun, ich bin ein Seemann ohne Anstellung und habe Zeit, mir dies und das in Ruhe anzusehen.« Dank der freundlichen Anteilnahme des Grünen wurde das Gespräch bald freier und gelöster, so daß der junge Seemann den Grünen schließlich fragte: »Sie sind ein gebildeter und weitgereister Herr. Was halten Sie von der Ruine? Wozu wurde der Turm wohl einst erbaut?«

»Um das zu beurteilen, müßte man sie genauer untersuchen und auch besteigen.« Mit diesen Worten kletterte er auf einer morschen Leiter hinauf zum Bogengewölbe; eine Falltür nahm ihn auf. Auf ein Zeichen hin folgte ihm der andere nach mit der Behendigkeit, die seinem Beruf zukam.

»Hier sind wir also!« rief der Grüne und betrachtete neugierig die nackten Wände, die aus so kleinen und ungleichen Steinen gebaut waren, daß das ganze Gebäude hinfällig und gefährlich aussah. »Wir haben eichene Planken unter den Füßen und den Himmel zum Dach. Aber nun wollen wir den Turm untersuchen, Mister ... Nun habe ich vergessen, wie Ihr Euch gewöhnlich nennt.«

»Das hängt von den Umständen ab. So wie sie sich änderten, so änderte sich gelegentlich auch mein Name. Aber wenn Ihr mich Wilder nennt, so werde ich auf diesen Namen hören und Euch antworten.«

»Wilder! Das klingt gut und paßt zu einem jungen Mann, der über die Meere schweift und zu Hause manches zärtliche Herz seufzen und gar brechen läßt.«

Nachdenklich und empfänglich für die Anteilnahme des Grünen erwiderte der junge Mann: »Nur wenige haben über mich geseufzt. Doch lassen wir das, untersuchen wir lieber den Turm. Wozu diente er, fragte ich Euch.«

»Das ist nicht schwer zu erraten. Früher waren hier oben

Kornböden, und die Bewohner waren kleine flinke Tierchen. Kurzum, es war eine Mühle.«

»Andere behaupten, es sei eine Festung gewesen.«

»Ganz ausgeschlossen ist auch das nicht. Aber ich glaube, es war eine Mühle. Die Lage und die Pfeiler und die ganze innere Einrichtung, alles deutet darauf hin. Mir ist, als hörte ich jetzt noch das Geklapper.«

Doch das Geklapper kam von unten. Ein Blick durchs Fenster zeigte ihnen, daß sich eine kleine Gruppe von Menschen näherte, die sich schließlich zu vertraulichem Gespräch unter dem Turm niederließen und so die beiden Forscher oben zu unfreiwilligen Zuhörern machten.

4

Die kleine Gesellschaft unten bestand aus vier Personen, lauter Frauen. Die eine war eine Dame in höherem Alter, die zweite war über die mittleren Jahre hinaus; die dritte war jung, an der Schwelle des Lebens, wie man zu sagen pflegt; und die vierte schließlich war eine Negerin von etwa 25 Jahren, eine Dienerin, die offenbar das Vertrauen und die Achtung der anderen genoß.

Die beiden Lauscher vernahmen zunächst die alte Dame, die sich an das junge Mädchen wandte: »Und nun, mein liebstes Kind, Schluß mit all den guten Ratschlägen. Du wirst sie beherzigen. Grüße deinen Vater und erinnere ihn an sein Versprechen, dich noch einmal zu schicken, ehe wir uns für immer trennen müssen.«

Das Mädchen schlug die Augen auf und bemühte sich vergebens, die Tränen zu unterdrücken: »Liebste Tante, ich hoffe Sie noch öfter zu besuchen, an mir soll es bestimmt nicht liegen, wenn mein Vater nicht im nächsten Frühjahr mit mir herüberkommt.«

»Und unsere gute Frau Wyllys wird uns sicher beistehen«, wandte sich die Tante an die dritte Gesprächspartnerin, die Erzieherin des jungen Mädchens, »ihr wird General Grayson schwerlich etwas abschlagen.«

»Ich bin überzeugt, die gesunde Luft dieser Insel ist meinem jungen Fräulein zuträglich, Madam; an meiner Unterstützung wird es also nicht fehlen«, erwiderte Frau Wyllys schlicht.

»Dann ist uns der Sieg sicher, wie mein verstorbener Mann, Konteradmiral de Lacey, zu sagen pflegte. Er hatte strenge Lebensgrundsätze, Mrs. Wyllys, und diesen strengen Grundsätzen verdankte er einen guten Teil seines Ruhmes und seiner Erfolge. Zum Gelingen ist nur eines erforderlich: es wirklich zu wollen!«

Gertraud, das junge Mädchen, unterbrach hier die weitschweifige Rede ihrer Tante und rief: »Ich wollte, liebste Tante, daß mein Vater sich entschließen könnte, seine Güter in Carolina zu verkaufen und für immer hierher zu ziehen!«

»Das ist nicht so leicht, wie du glaubst, mein Kind«, erwiderte Frau de Lacey, »ich habe auch meinen Bruder nie dazu gedrängt, denn ich weiß nicht, ob die Familie nicht eines Tages wieder ganz nach Hause zurückkehren möchte. Es ist jetzt über ein Jahrhundert, Mrs. Wyllys, daß die Graysons wegen gewisser Spannungen aus England in die Kolonien gekommen sind und die Güter in Carolina erworben haben. Aber seit der Zeit meines Urgroßvaters, Sir Everard, hat sich wohl manches geändert, so daß mein Bruder vielleicht eines Tages in die Hallen unserer Ahnen heimkehren wird. Doch vorher muß er über unsere Besitzungen hier in Amerika noch seine Verfügungen treffen.« Damit schloß die gutmütige, aber etwas redselige und familienstolze Dame ihre Rede.

Gertraud hatte sich ein wenig beschämt abgewandt, wie sie es immer zu tun pflegte, wenn Frau de Lacey die Gouvernante mit Familiennachrichten zu langweilen geruhte. Aber nachdem die Tante geendet hatte, trat sie wieder an die beiden anderen heran. Sie wies hinüber auf ein Schiff im inneren Hafen und rief, um der Unterhaltung endgültig eine andere Wendung zu geben: »Und in diesem finsteren Kerker sollen wir einen ganzen Monat zubringen, Mrs. Wyllys!«

»Das möchte ich nicht hoffen«, entgegnete sanft die Erzieherin, »die Fahrt von hier nach Carolina kann auch in kürzerer Zeit bewältigt werden.«

»Das kann ich bezeugen«, fügte die Admiralswitwe an, die nur ungern von einem Thema abwich, das in ihr Lieblingsfach einschlug. »Mein verstorbener, würdiger und, ich darf sagen, tapferer Gemahl führte einst ein Geschwader seines königlichen Herrn in weit kürzerer Zeit von einem Ende der Kolonien zum anderen. Freilich mag zur Eile beigetragen haben, daß er die Feinde des Königs verfolgte.«

»Da ist das furchtbare Henlopen mit seinen Sandbänken und Katastrophen und auf der anderen Seite der Golfstrom!« rief Gertraud und schauderte.

»Wenn das alles nicht wäre und die Stürme und Untiefen und die wilden Strömungen, dann könnte ich mich auf die Fahrt und auf das Wiedersehen mit meinem Vater wirklich freuen!«

Mrs. Wyllys versuchte, dem jungen Mädchen Mut zu machen durch vernünftigen Zuspruch: »Liebe Gertraud, wenn wirklich alle diese Gefahren, vor denen Sie sich fürchten, auf der Reise drohten, dann würden nicht täglich, ja stündlich die Schiffe auslaufen und ihre Ziele erreichen. Sie selbst, Madam, sind sicher oft mit Ihrem Gemahl, dem würdigen Admiral, aus Carolina zu Schiff hierher gekommen?«

»Nie«, erwiderte die Dame kurz und trocken, »ich habe die Seereise nie vertragen, ich bin immer zu Lande gereist. Und doch, Mrs. Wyllys, bin ich natürlich als Gattin und Witwe eines berühmten Seehelden mit allen Fragen der Seefahrt wohl vertraut, wahrscheinlich besser als die meisten Damen Britanniens. Diese Kenntnisse habe ich mir als Gemahlin eines Mannes verschafft, dessen höchstes Glück es war, die Flotten des Königs anzuführen. Mit Ihnen, Mrs. Wyllys, mag es anders sein. Ich vermute, diese Dinge sind Ihnen böhmische Dörfer.«

Die ruhige Miene der Gouvernante nahm einen Zug von Trauer und Schwermut an, schmerzliche Erinnerungen schienen sie zu beschäftigen. Eine Zeitlang war sie unschlüssig, ob sie das Gespräch abbrechen sollte; doch endlich antwortete sie: »Ich bin keineswegs unerfahren auf See. Mein Verhängnis hat es gewollt, daß ich manche lange und gefährliche Fahrt habe machen müssen.«

»Aber nur als Passagier«, fiel ihr die verwitwete Seeheldin ins Wort und begann zu schwärmen. »Kann es ein schöneres Schauspiel geben als ein stattliches Schiff, das die Wellen durchschneidet, dessen Bug, wie mein seliger Admiral immer sagte, die See durchfurcht, dessen Heck einen hellen Streifen hinter sich läßt, wie eine Schlange, wie ein lebendiges Tier! Ich weiß nicht, liebste Wyllys, ob Sie mich verstehen können, ob Sie begreifen können, was mein Auge sieht.«

Die Gouvernante mußte lächeln, aber ihr Gedanke, daß der selige Admiral seine Frau vielleicht gelegentlich zum besten gehalten hatte, wurde durch ein Geräusch von oben unterbrochen, das wie Blätterrascheln klang, in Wahrheit aber ein unterdrücktes Gelächter war. Auch Gertraud wurde aufmerksam.

»Haben Sie nichts gehört?«

»Die Ratten treiben sich noch immer in der alten Mühle herum«, gab Mrs. Wyllys zurück.

»In der Mühle? Liebe Wyllys, meinen Sie immer noch, diese malerische Ruine sei nichts anderes als eine Mühle?«

»Selbst wenn das alte Gemäuer in Ihren Augen an Wert verliert, so bleibt es dennoch eine Mühle.«

Der scherzhaft gemeinte Streit ging noch eine kleine Weile weiter, bis Mrs. Wyllys bemerkte, daß das Schiff, auf dem sie die Reise antreten sollten, in Bewegung geriet.

Die Admiralin stimmte ihr zu: »Sie haben recht, Mrs. Wyllys, die Matrosen bugsieren das Schiff in den äußeren Hafen. Dort liegt es vor Anker, bis sie Segel setzen und in See stechen.«

»Ein Zeichen für uns, mein liebes Kind, uns für die Reise fertig zu machen. So schön es hier oben ist, so müssen wir den Platz doch wenigstens für ein paar Monate verlassen.«

Und damit wandten sich die vier Frauen zum Gehen, nur

Gertraud blieb noch einen Augenblick gedankenverloren stehen, um von ihrer Ruine Abschied zu nehmen.

Die beiden Männer, die der Zufall so sonderbar im Turm zusammengeführt hatte, standen an ihren Fenstern und schauten dem hübschen Mädchen nach, solange noch ein Schimmer ihres weißen Kleides zu sehen war. Dann traten sie zurück und sahen einander an, als wollten sie die Gedanken des anderen lesen. Endlich brach der Anwalt das Schweigen.

»Ich bin jetzt bereit, vor dem Lord Großkanzler Seiner Majestät zu beschwören, daß dies Gebäude hier niemals eine Mühle war.«

»Ei, da habt Ihr Eure Meinung ja rasch geändert!«

»Ich bin zu dieser Überzeugung gekommen, so wahr ich hoffe, einst Richter zu werden. Der Prozeß ist von einem unwiderstehlichen Anwalt geführt und gewonnen worden.«

»Und doch sind Ratten im Turm.«

»Landratten oder Wasserratten?« fragte schnell der Grüne und blickte seinen Gefährten durchdringend an.

»Beide, wenn das Gerücht vom Herrn Rechtsanwalt im langen Talar wirklich die Wahrheit trifft.«

Der Grüne mußte über diese Antwort des jungen Seemanns lachen, und diese Heiterkeit wirkte so ansteckend, daß sie schließlich beide in ein lautes und anhaltendes Gelächter ausbrachen, als sie sich gemeinsam der hochtrabenden und törichten Reden der Admiralin erinnerten. Der Rechtsgelehrte faßte sich zuerst wieder und lenkte das Gespräch auf einen anderen Gegenstand.

»Doch was für ein leckerer Bissen, was für ein liebenswertes Geschöpf ist die Jüngste, die offenbar keine Liebhaberin von Mühlen ist, die Nichte der seekundigen Admiralin.« Als der Seemann etwas einsilbig zustimmte, fuhr er fort: »Und sagt mir im Vertrauen, lag nicht in der Stimme jener Wyllys etwas Merkwürdiges, das ans Herz rührte, etwas ganz Besonderes?«

»Ich gestehe, sie hat auch auf mich einen tiefen Eindruck gemacht, ohne daß ich sagen könnte, woran das lag.«

»Steckt dahinter ein Geheimnis?« Der Rechtsgelehrte ging

sinnend auf und ab, jede Spur von Humor und Ironie war von ihm gewichen, und auch der andere überließ sich ganz seinen Gedanken. Doch dann schüttelte der erstere die Gedanken ab und begann unvermittelt, indem er ans Fenster trat und auf das Schiff im äußeren Hafen deutete: »Habt Ihr kein Interesse mehr an dem Schiff dort drüben?«

»Im Gegenteil; das ist ein Fahrzeug, wie es ein Semannsauge am liebsten sieht.«

»Wollt Ihr es nicht besteigen?«

»Jetzt, um diese Zeit? Allein? Ich kenne weder den Kapitän noch die Mannschaft!«

»Es muß ja nicht gerade jetzt sein, und ein Seemann ist bei seinen Kameraden immer willkommen.«

»Nicht immer. Die Sklavenschiffe haben's gewöhnlich nicht gern, wenn man sich zuviel um sie kümmert. Sie sind bewaffnet und wissen, wie man sich neugierige Fremde vom Leib hält.«

»Gibt es denn bei euch Seeleuten nicht geheime Losungsworte, woran ein Bruder den anderen erkennt?«

»Wozu diese Fragen?« gab Wilder kühl zurück.

»Ein unschlüssiges Herz erobert kein Mädchen und auch kein Schiff. Ihr wünscht eine Anstellung, und das kann ich Euch sagen: wäre ich Admiral, dann wärt Ihr der Kapitän meines Flaggschiffs. Vielleicht gehe ich einem Fremden gegenüber zu weit. Doch mein guter Rat ist unentgeltlich, auch wenn er von einem Rechtsanwalt kommt.«

»Und kann ich mich dann um so eher darauf verlassen?«

»Das müßt Ihr selbst entscheiden«, schloß der Grünrock die Unterhaltung und setzte einen Fuß auf die Leiter. Er stieg rückwärts hinab. »Adieu, mein Freund. Sollten wir uns nicht wiedersehen, dann vergeßt wenigstens die Ratten hier nicht!«

Damit verschwand er und war im nächsten Augenblick auf dem Boden. Mit bewundernswerter Gewandtheit sprang er hinter die Leiter und gab ihr einen Stoß, daß sie abrutschte und fiel, so daß dem Mann oben die einzige Möglichkeit, zur Erde zu kommen, abgeschnitten war. Mit einem letzten »Adieu, mein Freund!« schlüpfte er ins Freie und machte sich davon.

»Eine Unverschämtheit!« schimpfte Wilder, der nun ein Gefangener in der Ruine war. Ein Sprung von oben war viel zu gefährlich, und ein Blick durchs Fenster zeigte, daß der Anwalt schon über alle Berge war; er hatte bereits die Vorstadt erreicht und war zwischen den Häusern verschwunden.

Während dies alles am und im Turm geschah, hatten sich Fid und der Neger Scipio tapfer an den Inhalt des Schnappsacks gehalten und waren nicht von der Stelle gewichen, wo sie der Grüne vorher angetroffen hatte. Nur, als der Hunger des ersteren einigermaßen gestillt war, kam er wieder in die Stimmung, seinem dunklen Freund einen Vortrag über gutes Benehmen zu halten. Er kam noch einmal auf den Vorfall in der Matrosenkneipe zu sprechen, doch in diesem Augenblick unterbrach er sich selbst: »Was ist das? Wer schreit da so? Wo wird ein Schwein abgestochen?«

»Herrgott!« rief der Neger. »Misser Fid, da steckt Misser Harry den Kopf aus einer Stückpforte, dort oben am Leuchtturm, und grölt wie ein Matrose!«

»Laß ihn brüllen, soviel er Lust hat. Der Kerl hat eine Stimme wie eine Trompete, wenn er sich anstrengt. Aber zum Teufel, was fällt ihm ein, sich an das strumgepeitschte Wrack zu machen. Soll er brüllen! Warum tritt er zum Sturm an, ohne die Trommel zu rühren und die Mannschaft zu mustern.«

Trotz dieses Wutausbruchs hatten sich die beiden sofort auf den Weg gemacht, um dem Gefangenen zu Hilfe zu kommen und die Leiter wieder anzulegen.

»Wo ist der Grüne?«

»Der Gestiefelte? Der ist mit gutem Wind in die hohe See gegangen und hat inzwischen eine gute Strecke zurückgelegt.«

»Ihm nach!« schrie Wilder, aber ihre Jagd war vergebens. Obwohl sie ihre Nachforschungen bis in die Nacht hinein ausdehnten und überall fragten, konnte ihnen niemand die geringste Auskunft geben. Einige hatten ihn zwar hier oder dort gesehen und sich über sein sonderbares Kostüm gewundert. Aber es ergab sich, daß er ebenso geheimnisvoll aus der Stadt verschwunden war, wie er hineingelangt war.

5

Die guten Einwohner der Stadt Newport pflegten sich zeitig zur Ruhe zu begeben. Um zehn Uhr waren alle Türen der Stadt verschlossen, und es ist mehr als wahrscheinlich, daß eine Stunde später kein Auge mehr wachte. Auch der Wirt zum »Unklaren Anker«, so hieß die Kneipe, wo es zwischen Nightingale und Fid beinahe zu einer Prügelei gekommen wäre, schloß seine Tür pünktlich um acht Uhr, womit er vermutlich all die kleinen Sünden, die er tagsüber begangen hatte, im Schlaf wieder abzubüßen gedachte. Kurz, um zehn Uhr war Newport so still, als hätte es nie eine lebende Seele beherbergt. Wir sagen absichtlich »zehn Uhr« und nicht »Als der Wächter rief: Unsre Glock' hat zehn geschlagen«. Denn damals gab es keine Nachtwächter in Newport aus dem ganz einfachen Grunde, weil es in der Provinz keine Spitzbuben und Halunken gab, die ihr Geschäft bei der Nacht betrieben hätten.

Als daher Wilder und seine beiden Gefährten durch die Straßen schlenderten, fanden sie die Stadt ausgestorben und menschenleer. Kein Licht brannte, keine Seele rührte sich. So klopften sie klugerweise auch nicht an eine Wirtshaustür, um den schläferigen Wirt herauszutrommeln, sondern gingen gleich hinunter ans Wasser. Wilder schritt voran, und Scipio bildete die Nachhut.

Am Kai lagen mehrere kleine Fischerboote, von denen Wilder eines zu nehmen gedachte. Er gab seinen beiden Gefährten diesen Auftrag und schritt selbst weiter, um eine Stelle zu suchen, wo er bequem einsteigen konnte. Nach kurzer Zeit kamen jedoch zwei Boote, das eine geführt von Scipio, das andere von Fid.

»Warum zwei?« fragte Wilder. »Was soll das? Ihr habt mich nicht richtig verstanden.«

»Doch, doch«, erwiderte Fid recht selbstzufrieden. »Das eine wolltet Ihr haben, aber das andere ist das bessere, bei meinem Ehrenwort, denn mein Vater war selbst Schiffszimmermann.«

»Kerl«, erwiderte Wilder aufgebracht, »gleich ruderst du das Boot dorthin zurück, wo du es genommen hast, und machst es fest. Du bringst es noch so weit, daß ich dich wegjage!«

»Mich wegjagen?« gab Fid in sehr entschiedenem Ton zurück. »Mich wegjagen? Was wollt denn Ihr und Scipio ohne mich anfangen, wenn wir uns trennen sollten? Habt Ihr einmal nachgerechnet, wie lange wir zusammen gesegelt sind?«

»Das habe ich. Doch gibt es Fälle, wo man eine 20jährige Freundschaft auch abbrechen kann!«

»Mit Eurer Erlaubnis, Meister Harry, ich will verdammt sein, wenn ich so etwas glaube. Hier steht Guinea, ein Neger und keine geeignete Gesellschaft für einen Weißen. Da ich aber nun schon seit 22 Jahren sein dunkles Gesicht sehe, so gefällt es mir jetzt wie jedes andere. Ich habe mich daran gewöhnt. Und zur See, in stockfinsterer Nacht, läßt sich ein weißes Gesicht nicht von einem schwarzen unterscheiden. Nein, nein, Meister Harry, so kriegt Ihr mich nicht los. Ich habe Euch noch nicht satt, und eine Kleinigkeit soll uns nicht trennen.«

»Dann mußt du dich daran gewöhnen, mir zu gehorchen.«

Nach einem kurzen Wortwechsel ruderte Fid das Boot brummend zurück zu seinem Platz am Kai. Dann bestieg Wilder das Boot, und die beiden anderen griffen zu den Riemen, um möglichst leise in den Hafen hinauszusteuern.

»Legt die Ruder an«, befahl nach einiger Zeit Wilder, »laßt das Boot am Schiff vorübertreiben!«

Sie waren in diesem Augenblick ganz nahe an dem Schiff, das am nächsten Morgen mit Mrs. Wyllys und der bezaubernden Gertraud nach Carolina absegeln sollte. Während das Boot vorübertrieb, betrachtete Wilder das Schiff beim schwachen Licht der Sterne. Nichts entging seinem prüfenden Blick. Und als sie vorüber waren und die Konturen des Schiffes verschwammen, lehnte sich der junge Mann zurück und versank in tiefes Nachdenken. Die beiden anderen fühlten sich nicht berufen, ihn darin zu stören, bis schließlich Wilder selbst das Schweigen brach: »Ein großes, festes Schiff, ein Schiff, das eine lange Jagd machen könnte.«

»Ja, ein Schiff, das bei günstigem Wind und mit vollen Segeln einem königlichen Kreuzer bis zum Entern nahe kommen könnte«, pflichtete ihm Fid bei.

»Hört her«, unterbrach ihn Wilder, »es ist Zeit, daß ich euch ins Vertrauen ziehe. Wir sind seit mehr als 20 Jahren Kameraden. Ich war nicht viel mehr als ein Kind, als du, Fid, mich zum Patron deines Schiffes brachtest und mir damit wohl das Leben gerettet hast. Und wenn ich's weiter bringe, dann habe ich es auch dir zu danken.«

»Kein Wort davon, Master Harry, Ihr wart ja bald geborgen und machtet nicht viel Umstände. Eine kleine Hängematte, das war alles.«

»Nein, Fid, ich bin dir viel schuldig für diesen ersten Dienst und für deine Anhänglichkeit in all den Jahren.«

»Da habt Ihr recht, Master Harry. In diesem Punkt bin ich nie von meiner Bahn gewichen und habe nie den Enterhaken fahren lassen, sooft Ihr auch geschworen habt, mich wegzujagen. Der Guinea hier, der hängt seinen Mantel immer nach dem Wind, während es zwischen uns beiden immer mal einen kleinen Sturm gibt. Erinnert Euch an das Boot.«

»Kein Wort davon«, unterbrach ihn Wilder, »du weißt, daß nur der Tod uns trennen kann, wenn du mich nicht jetzt verlassen willst. Ihr müßt nämlich beide wissen, daß ich einen Plan verfolge, der uns allen Tod und Verderben bringen kann.«

»Gibt's dabei viel an Land zu tun?« platzte Fid heraus.

»Nein, das nicht. Alles, was zu tun ist, wird zu Wasser erledigt.«

»Nun, dann schlagt eure Schiffsbücher auf und macht mein Zeichen, nämlich zwei Anker kreuzweise. Das heißt: Richard Fid.«

»Du weißt noch nicht alles.«

»Mehr brauch' ich nicht zu wissen und zu erfahren, Master Harry. Bin ich nicht oft mit Euch bei versiegelter Order gesegelt? Soll ich meine Pflicht vergessen und meinen alten Leichnam nicht noch einmal Euch anvertrauen? Und was sagst du, Guinea? Machst du mit?«

Der Neger brummte etwas vor sich hin, was seine Bereitschaft und volle Zustimmung andeutete.

»Ihr seht, Master Harry, Guinea ist dabei. Wir machen mit und sind mit allem voll zufrieden. Kein Wort mehr darüber.«

Wilder wußte, daß er sich auf die beiden ganz und gar verlassen konnte, auch wenn es gelegentlich einmal einen kleinen Ärger gab. »Denkt an meine Weisung, und nun zu dem Schiff im Außenhafen.«

Die beiden Ruderer gehorchten, und bald glitt das Boot an der kleinen Insel vorbei in den sogenannten großen See. Je näher sie dem Schiffe kamen, desto leichter wurden die Ruder, und dann hörten sie ganz auf. Wilder zog es vor, die Jolle der Strömung zu überlassen, damit er das Schiff in aller Ruhe überprüfen konnte, ehe er an Bord ging.

»Sieht das Schiff nicht gefechtsbereit aus?« fragte er leise, aber doch so, daß man ihm seine Erregung anhörte.

»Ganz recht«, entgegenete Fid. »Die Sklavenhändler haben kein gutes Gewissen und sind nie ohne Furcht, außer wenn sie an der Küste von Kongo Jagd auf einen jungen Neger machen. Und doch ist die Gefahr, daß hier ein Franzose auftaucht, so gering wie die Gefahr, daß ich Lord Großadmiral Seiner Majestät von England werde; wenigstens nicht so bald, weil meine Verdienste dem König zur Zeit leider noch unbekannt sind.«

»Ja«, fuhr Wilder fort, der auf die Reden Fids nicht weiter achtete, »die Kerle sind bereit, jedem, der das Schiff entern wollte, einen heißen Empfang zu bereiten. Da ist nichts zu machen.«

»Ich wette, daß jetzt ein Viertel der Mannschaft zwischen den Kanonen schläft. Ich selbst stand mal . . .«

»Still!« unterbrach Wilder den wackeren Fid, »still! Es rührt sich was an Deck!«

»Ja, sicher, der Koch spaltet ein Scheit Holz, und der Kapitän ruft nach seinem Nachttrunk.«

Wieder wurde Fid unterbrochen, doch diesmal von einem Anruf vom Schiff her, der klang wie das Brüllen eines Seeungeheuers, das unvermutet den Kopf aus dem Wasser hervorstreckt. Unsere Seefahrer erkannten sofort, daß der Ruf einem Boot galt. Ohne an die Möglichkeit zu denken, daß noch ein zweites Boot in der Nähe sein könnte, dachte Wilder, der Ruf gelte seinem Boot, und stand auf, um zu antworten.

»Wer seid ihr?« rief das Ungeheuer zurück. »Ihr gehört nicht zu denen, die hier an Bord ihr Brot verzehren. Wo steckt ihr?«

»Hier unter eurem Backbord-Bug, im Schatten!«

»Und was habt ihr hier zu suchen?«

»Ich durchfurche die Wellen mit meinem Bug«, gab Wilder zurück und spielte damit auf die Erzählung der Admiralin an.

»Wer ist der Narr?« knurrte der Fragende. »Hervor mit dem Tölpel! Kann der Kerl keine vernünftige Antwort geben?«

»Halt!« rief eine Stimme in ruhigem, aber befehlendem Ton vom Ende des Schiffes. »Laß ihn näher kommen!«

Der Mann im Bug ließ sie näher kommen. Erst jetzt bemerkte Wilder, daß der Anruf vorhin einem anderen Boot gegolten hatte und daß er voreilig Antwort gegeben hatte. Da es aber jetzt zu spät war, sich zurückzuziehen, und vielleicht auch, weil er glaubte, daß es zu seinen Plänen paßte, befahl er seinen Gefährten, ans Schiff heranzurudern.

In tiefer und, wie er fühlte, unheimlicher Stille kletterte Wilder hinauf. Die Nacht war dunkel, obwohl die vereinzelt sichtbaren Sterne so viel Licht gaben, daß das Auge eines geübten Seemannes die Gegenstände unterscheiden konnte. Sobald Wilder das Deck erreicht hatte, warf er rasch einen forschenden Blick um sich, als wollte er sich in einem Augenblick Klarheit über die Bewandtnis des Schiffes verschaffen.

Auf einen anderen hätte der Anblick, der sich hier oben bot, einen gewaltigen Eindruck gemacht, die zum Himmel ragenden Masten, die Takelage, das dunkle Tauwerk vor dem nächtlichen Himmel, scheinbar wirr und verwickelt, in Wahrhheit aber ein kunstvolles und wohlberechnetes Labyrinth. Aber für Wilder war das alles nichts Neues. Nach einem kurzen Blick nach oben faßte er das Deck ins Auge. Merkwürdigerweise befand sich hier außer einer winzigen vermummten Gestalt, wohl einem Offizier, keine menschliche Seele. Auf beiden Seiten standen in schönster Ordnung, aber bedrohlich, die Kanonen, doch nirgends war ein Mann zu ihrer Bedienung. Vielleicht lagen die Leute in ihren Hängematten, aber wo war dann die Wache? Eine befremdliche, fast unwirkliche Situation, wie Wilder jetzt empfand, der sich nun zu einer Erklärung veranlaßt sah: »Ihr wundert Euch mit Recht, Sir, daß ich zu einem Besuch eine so späte Stunde gewählt habe.«

»Ihr wurdet allerdings früher erwartet«, war die knappe Antwort.

»Erwartet?«

»Ja, erwartet. Habe ich nicht gesehen, wie Ihr und Eure beiden Gefährten, die drunten im Boot sitzen, uns den halben Tag über vom Kai aus und selbst von dem alten Turm aus beobachtet habt? Das konnte doch nur bedeuten, daß Ihr an Bord kommen wolltet.«

»Merkwürdig! Ich muß es gestehen!« rief Wilder aus, nicht ohne ein Gefühl der Unruhe. »So war Euch meine Absicht bekannt.«

»Hört mal, Freund«, unterbrach ihn der Vermummte und lächelte kaum merklich, »Ihr seht aus wie ein Seemann. Glaubt Ihr denn, daß daß wir keine Ferngläser an Bord haben und daß wir sie nicht zu gebrauchen wissen?«

»Ihr müßt wichtige Gründe haben, wenn Ihr die Fremden am Ufer so genau beobachtet.«

»Hm, vielleicht warten wir auf Ladung vom Land. Aber Ihr seid ja nicht in stockfinsterer Nacht hierher gekommen, um unsere Papiere zu kontrollieren. Wollt Ihr den Kapitän sprechen?«

»Seh' ich ihn hier nicht?«

»Wo?« fragte der andere erschrocken, als stehe er hinter ihm.

»In Eurer Person.«

»Ich? Nein, so hoch steh' ich nicht, wenn es auch mit der Zeit einmal so weit kommen mag. Hört mal, Freund, Ihr seid doch auf dem Weg hierher an dem Schiff dort drüben vorbeigerudert.«

»Ja, es liegt ja gerade auf dem Weg.«

»Ein schönes, tüchtiges Schiff, eines der besten, die ich je gesehen habe. Bereit zur Abfahrt, wie man mir sagt.«

»So scheint es. Es liegt da, als ob es voll beladen sei.«

»Und was hat es geladen?«

»Nun, das wird in den Papieren stehen. Aber Ihr hier scheint noch leicht zu sein. Und wenn Ihr hier ladet, dann werden wohl noch ein paar Tage vergehen, ehe Ihr fahren könnt.«

»Na, vielleicht nur ein paar Stunden später als der Nachbar.« Die Antwort kam etwas schnell, und der Vermummte schien sich zu besinnen, als habe er schon zuviel gesagt. So fügte er hinzu: »Wir Sklavenhändler laden, wie Ihr wohl wißt, nicht viel mehr als die Ketten und Fesseln für unsere Neger und so viel Reis, wie wir brauchen. Den Ballast machen die Kanonen aus und die Munition.«

»Ist es denn üblich, daß Handelsschiffe so schwere Geschütze mit sich führen?«

»Das kommt darauf an. Hier an der Küste herrscht wenig gesetzliche Ordnung, so daß der bewaffnete Arm oft mehr vermag als der Arm der Gerechtigkeit. Drum hält es unser Reeder für nützlich, uns mit Kanonen und anderen Waffen zu versorgen.«

»Dann habt Ihr auch Leute, die damit umzugehen wissen.«

»Die haben wir.«

Die letzten Worte wurden von der gleichen rauhen Stimme unterbrochen, die Wilders Boot angerufen hatte und jetzt wieder über den Hafen brüllte: »Boot, halt!«

Der Mann, mit dem Wilder sich unterhalten hatte, schien einen Augenblick verlegen zu sein und nicht recht zu wissen, wie er sich nun zu verhalten habe. Schon wollte er dem Fremdling anbieten, ihn in die Kajüte zu führen, als das Plätschern im Wasser die Ankunft des Bootes meldete und es zu spät war. Er bat Wilder einen Augenblick um Geduld und sprang nach der Laufplanke hin, den Leuten entgegen.

So war Wilder vorübergehend ganz allein und konnte noch einmal in aller Ruhe das Deck mustern und die Leute beobachten, die jetzt an Bord kamen.

Fünf bis sechs Matrosen von athletischer Gestalt stiegen von dem Boot aufs Schiff, ohne ein Wort zu verlieren. Dann folgte ein kurzes, geflüstertes Gespräch mit dem Offizier, der ihren Bericht anzuhören schien und ihnen dann neue Befehle erteilte. Dann wurde von der Großrah ein Seil niedergelassen, und gleich darauf sah Wilder, wie aus dem Boot eine Last emporschwebte und mit größter Sorgfalt aufs Deck niedergelassen wurde.

Während des ganzen Vorgangs, der an sich nichts Auffallendes an sich hatte, denn es kam alle Tage vor, daß ein Schiff im Hafen beladen wurde, hatte Wilder seine Augen in einer Weise angestrengt, als sollten sie ihm aus den Höhlen treten. Die dunkle Masse, die aus dem Boot gehoben wurde, hatte, als sie in das matte Licht der Sterne gelangte, etwas von der Gestalt und der Größe eines Menschen. Die Matrosen drängten sich um das Paket, hoben die Last empor und trugen sie weg, bis sie hinter den Masten, Booten und Kanonen auf dem Vordeck verschwanden.

Das ganze Ereignis hatte Wilders Aufmerksamkeit voll beansprucht. Doch hatte er sein Auge nicht nur auf die Leute gerichtet, die die eben erwähnte Bürde trugen, sondern auch auf ein Dutzend dunkler Körper, die hinter Spieren und Masten immer wieder sichtbar wurden. Es konnten Blöcke sein, es konnten aber auch Köpfe sein, die auftauchten und wieder verschwanden. Wilder entschied sich fürs letztere und vermutete, es seien Leute von der Mannschaft, die, von der Neugier, ihn zu sehen, geplagt, aus ihren Verstecken guckten. Doch jetzt kam der Offizier zurück, mit dem er nun wieder ganz allein war.

»Ihr wißt, wie schwer es ist, die Mannschaft vom Land wieder aufs Schiff zu bringen, wenn die Abfahrt nahe ist.«

»Wie es scheint, macht Ihr kurzen Prozeß«, bemerkte Wilder, »und habt Eure besonderen Mittel, das Volk zusammenzuholen.«

»Oh, Ihr meint den Kerl, den wir da eben heraufgezogen haben. Ihr müßt gute Augen haben. Der Bursche war meuterisch, nicht eigentlich ein Meuterer, aber betrunken; ein Meuterer, wie einer ist, der nicht mehr sitzen oder stehen oder sprechen kann.« Mit seinem Witz zufrieden, fuhr der Offizier fort: »Aber Ihr steht ja hier schon eine Ewigkeit auf Deck herum, und der Kapitän wartet auf Euch in der Kajüte. Kommt, ich will Euch lotsen.«

»Halt! Wollt Ihr mich nicht vorher melden?«

»Er weiß schon, daß Ihr da seid. Es gibt hier auf dem Schiff nur wenige Stellen, wohin sein Ohr nicht reicht.«

Dann führte er Wilder zu dem Verschlag, der Achterdeck und Hauptkajüte trennte, wies auf eine Tür und flüsterte mehr, als daß er sprach: »Pocht zweimal, und gibt er Antwort, so tretet ein.«

Wilder tat, wie ihm geheißen. Das erste Klopfen wurde entweder überhört oder nicht beachtet. Beim zweitenmal rief man »Herein!«. Der junge Mann öffnete die Tür und stand nun im Schein einer gewaltigen Lampe dem Fremden im grünen Rock gegenüber.

6

Das Zimmer, in dem sich unser Abenteuerer nun befand, vermittelte einen guten Eindruck von den Liebhabereien seines Bewohners. An Größe und Form unterschied es sich kaum von einer gewöhnlichen Kapitänskajüte. Die Einrichtung aber zeugte von Pracht- und Waffenliebe. Die Lampe an der Decke war aus massivem Silber und mußte wohl einst zu heiligen Zwecken auf einem Altar gedient haben. Mächtige Leuchter aus demselben Metall, vermutlich ebenfalls aus einer Kirche, standen auf einem ehrwürdigen Tisch aus Mahagoniholz, das vor Alter glänzte und auf geschnitzten Säulen und vergoldeten Klauen ruhte. Auch dieser Tisch war sicher ursprünglich nicht für eine Schiffskajüte geschaffen. Über das Bett war eine Samtdecke gebreitet, und den Schotten gegenüber stand ein mit blauer Seide bespannter Diwan, der wohl aus Asien stammte. Kupferstiche an den Wänden, geschliffene Gläser, kostbare Rahmen, Spiegel, Silberzeug, Tapeten und Gardinen vervollständigten die Einrichtung. Jedes Stück schien aus einer anderen Gegend zu stammen, keines glich dem anderen in Form und Material. Es war klar, daß bei der Wahl und Zusammenstellung mehr auf Pracht und Eleganz geachtet worden war als auf feinen Geschmack und daß alles nur die Bestimmung hatte, der Laune und der Bequemlichkeit des Besitzers zu dienen.

Doch das war noch nicht alles: In der Kajüte standen vier schwarze Kanonen, denen ohne weiteres anzusehen war, daß sie auch zum ernsthaften Gebrauch da waren. In wenigen Minuten ließ sich der Salon von allen Prunkstücken säubern und in eine Batterie umwandeln. Pistolen, Säbel, Piken, Streitäxte und ein ganzes Zeughaus kleinerer Waffen war in der Kajüte bereitgestellt, um im Notfall rasch zur Hand zu sein.

Die Waffen, die schweren Holzriegel, mit denen sich offenbar die Tür verrammeln ließ, die Luke, die zu den Kajüten der Offiziere und zu den Vorräten führte, das alles deutete darauf hin, daß man das Zimmer des Kapitäns zu einem besonderen Bollwerk, zur Zitadelle des Schiffes machen konnte. Diese Vorrichtungen kannte Wilder von anderen Schiffen nicht, und sie fielen ihm auf, ohne daß er im Augenblick Zeit hatte, weiter darüber nachzudenken.

Der Fremde in Grün – der noch immer in diese Farbe gekleidet war – verbarg, als er aufstand, um seinen Gast zu begrüßen, nicht seine Genugtuung und eine gewisse ironische Freude.

Beide standen sich einen Augenblick gegenüber, bis es endlich dem Anwalt gefiel, das Schweigen zu brechen: »Welchem glücklichen Umstand habe ich es zu danken, daß Ihr mich mit Eurem Besuch beehrt?«

»Ich glaube, der Einladung des Kapitäns.«

»Hat er Euch sein Patent gezeigt, ohne das sich ein königlicher Kreuzer auf See nicht sehen lassen darf?«

»Was sagen die Herren Juristen zu diesem Punkt?«

»Nun, ich werfe meinen Advokatentalar ab«, erwiderte der Grüne lächelnd. »Ihr seht, Wilder, ich bin wie Ihr ein Seemann und darf hinzufügen, ich habe das Glück, der Kapitän dieses schönen Fahrzeugs zu sein.«

»Dann bin ich also mit Recht hier an Bord.«

»Stimmt. Euch hat mein Schiff gefallen, und Ihr habt mir gefallen. Ich wünschte, wir wären schon früher miteinander bekannt geworden. Sucht Ihr eine Stelle?«

»In diesen unruhigen Zeiten wäre es eine Schande, nur so herumzulungern.«

»Ihr habt recht, wir leben in einer unruhigen, aufgeregten Zeit. Die einen meinen, der Mensch brauche nur zu beten, die anderen nehmen sich, was ihnen zusteht, weil sie weder Zeit noch Lust haben, darum zu bitten. Ihr habt Euch doch sicher, ehe Ihr hierherkamt, Gedanken über uns und unser Schiff gemacht?«

»In Newport heißt es, daß Ihr ein Sklavenschiff seid.«

»Oh, sie irrren sich nie, Eure Kleinstädter und Dorfklatschmäuler! Wie sie alle heißen: Doktor und Kneipenwirt, Priester, Bartscherer und Schneider!«

Der Kapitän unterbrach sich plötzlich. »Roderich!« rief er und schlug dabei an einen Gong, der vom Deckenbalken herabhing. »Roderich!«

Ein Bursche sprang aus einer der beiden Nebenkojen und meldete sich.

»Ist das Boot zurück?«

»Ja.«

»Ist alles gutgegangen?«

»Der General ist in seiner Kajüte, Sir, und kann Euch besser Antwort geben als ich.«

»So soll er kommen und berichten, wie sein Feldzug verlaufen ist!«

»Wilder war viel zu sehr mit sich selbst beschäftigt, um das Schweigen zu brechen, das nunmehr eintrat. Der Junge verschwand so leise, wie er gekommen war, und der Kapitän saß da und lehnte den Kopf auf die Hand wie in tiefen Gedanken.

Das Schweigen hätte sicher noch länger gedauert, wenn es nicht durch das Erscheinen eines Dritten unterbrochen worden wäre. Denn plötzlich erschien in der Luke eine lange, gerade, steife Figur wie ein Geist aus dem Theater. Die Gestalt trat vor den Kapitän hin und murmelte mit kaum bewegten Lippen: »Ich erwarte Befehle.«

Wilder stutzte über den unerwarteten Anblick. Der Mann mochte in den Fünfzigern sein, das Gesicht war von der Zeit mehr abgehärtet als abgenützt, überall gleichmäßig rot und nur auf jeder Wange mit einer mächtigen Narbe geziert. Der Schädel war kahl bis auf ein paar Haare, die grau und pomadisiert über die Ohren herabhingen und hinten in einer militärisch steifen Locke endeten. Den langen dünnen Hals umgab eine schwarzseidene Krause. Arme, Schultern und Brust verrieten Körperkräfte, der Rock hing formlos an ihm herab.

Kaum hatte der Kapitän die Stimme vernommen, da fuhr er auf: »Ha, General, seid Ihr auf Eurem Posten? Habt Ihr Land gefunden?«

»Ja.«

»Und die Stelle und den Mann?«

»Beides.«

»Und was habt Ihr weiter getan?«

»Die Befehle ausgeführt.«

»So ist's recht. Ihr seid ein Juwel, General. So trage ich Euch in meinem Herzen. Gab's Geschrei?«

»Der Kerl wurde geknebelt.«

»Sehr gut. Alles ist, wie es sein sollte. Ihr habt meinen Beifall verdient.«

»Und meinen Lohn.«

»Worin soll der bestehen? Steht Ihr nicht schon so hoch, wie ich Euch stellen kann? Ich müßte Euch zum Ritter schlagen.«

»Pah, kein Interesse. Aber meine Leute! Sie sehen aus wie Landmiliz, sie haben keine Röcke.«

»Sollen sie haben! Die Garden Seiner Majestät sollen nicht so schmuck aussehen. General, ich wünsche Euch eine gute Nacht.«

Damit verschwand die Gestalt mit gespenstisch steifen Bewegungen und ließ Wilder und den Kapitän wieder allein. Letzterer schien etwas verlegen zu sein, daß die sonderbare Unterhaltung in der Gegenwart eines Fremden stattgefunden hatte, und fand es daher gut, ihm eine Art von näherer Erläuterung zu geben.

»Mein Freund«, erklärte er, »hat das Kommando über das, was man bei einem regulären Kreuzer ›Marineinfanterie‹ nennen würde. Er ist stufenweise aus dem Mannschaftsstand emporgestiegen zu seiner jetzigen Stellung. Ihr werdet bemerkt haben, daß er noch nach Lager riecht.«

»Mehr als nach Schiff. Ist es denn auf einem Sklavenhändler üblich, mit Militär bemannt zu sein? Ihr seid mit allen Waffen völlig ausgerüstet.«

»Ihr möchtet gerne mehr von uns wissen, ehe wir unseren Handel schließen, nicht wahr?« erwiderte der Kapitän mit einem Lächeln. Zugleich öffnete er ein Kästchen, das auf dem Tisch stand, und nahm ein Pergamentblatt heraus, das er Wilder überreichte. Dabei blickte er Wilder scharf an und sprach weiter: »Ihr seht, daß wir Kaperbriefe haben und bevollmächtigt sind, für den König zu streiten, auch wenn wir mitunter unsere eigenen friedlichen Geschäfte betreiben.«

»Ihr habt recht, das ist eine Ausfertigung für ›das gute Schiff der sieben Schwestern‹. Aber wie steht's mit den Kanonen? Ihr habt mehr als zehn; und die hier in der Kajüte, das sind keine Vierpfünder, das sind Neunpfünder.«

»Ihr seid aber auch gar zu genau, gerade als wäret Ihr der Anwalt und ich der kleine Seemann. Habt Ihr nie von der Freiheit gehört, mit der man eine Genehmigung ausdehnen, erweitern kann?« erwiderte der Kapitän und schob das Papier wieder in das Kästchen unter einen Packen von anderem Papierkram. Dann stand er auf und schritt schnell hin und her, bis er wieder das Wort ergriff: »Ich brauche Euch nicht zu sagen, daß wir ein gewagtes Geschäft betreiben. Einige nennen es gesetzwidrig. Doch lassen wir diese Frage, ich bin schließlich kein Theologe. Ihr seid zu uns gekommen und habt Euch die Sache sicher reiflich überlegt. Um also keine Zeit zu verlieren und um ganz offen zu reden, will ich Euch gestehen, daß ich Euch brauche. Ein braver, geschickter Mann, älter als Ihr, aber sicher nicht besser, bewohnte bis vor einen Monat die Backbord-Kajüte. Aber der arme Teufel ist Futter für die Fische geworden.«

»Ist er ertrunken?«

»O nein, er starb mitten im Gefecht mit einem Schiff Seiner Majestät.«

»Des Königs? Habt Ihr Eure Ausfertigung so weit ausgedehnt, daß Ihr Euch mit den Kreuzern Seiner Majestät herumschlagt?«

»Gibt es denn nur Georg den Zweiten von England? Vielleicht trug das Schiff eine weiße Flagge, vielleicht eine dänische. Aber um wieder auf den Leutnant zu kommen. Er war ein tapferer Bursche; und nun ist seine Stelle noch unbesetzt. Er war der Mann, der mein Nachfolger werden sollte, wenn mir sein Los beschieden gewesen wäre. Ich könnte ruhiger sterben, wenn ich wüßte, daß dieses Schiff einem zufällt, der es wie ich zu leiten versteht.«

»Und was sagt der Eigentümer des Schiffs dazu?«

»Der beunruhigt mich selten mit lästigen Aufträgen und Befehlen«, gab der Kapitän zurück und musterte Wilder mit einem Blick, der diesen nötigte, die Augen niederzuschlagen.

»Und wie steht es mit den Flaggen? Gibt Euch der Eigentümer auch das Recht, unter den Flaggen nach Gutdünken auszuwählen?«

Ihre Blicke trafen sich. Der Kapitän zog aus einer Schublade eine Flagge nach der anderen heraus und rollte sie auseinander.

»Hier sind die Lilien Frankreichs, kein schlechtes Sinnbild für dieses makellose Land; hier die Holländer, ich liebe ihre Flagge nicht. Hier die Herren aus Hamburg, die mit ihren Wappentürmen und ihrem Reichtum prahlen. Der türkische Halbmond, den man nur selten auf den Meeren sieht. Und hier sind die kleinen Trabanten des Halbmondes, die Berberstaaten aus Afrika, bei denen nicht viel zu holen ist. Und das ist der prächtige Spanier, dessen gelbes Feld in der Flagge mich an den

Reichtum seiner Goldminen denken läßt, nach denen man seine Hand ausstrecken möchte. Dann die Portugiesen mit ihren Diamantenminen in Brasilien; das kleine Kruzifix dort an der Tür ist ein Pröbchen solcher Steine, wie ich sie liebe.«

Wilder drehte sich um und bemerkte in der Tat das kostbare Stück dicht neben der Tür. Er merkte, daß ihn der Kapitän genau beobachtete, vielleicht, um herauszufinden, welchen Eindruck diese Schätze auf ihn machten. Dabei hatte er das Gefühl, all diese schönen Dinge seien hier zu seinem Empfang ausgebreitet worden, um ihn zu gewinnen und zu bestechen. Doch schon kramte der Kapitän weiter in der Schublade mit den Flaggen herum.

»Hier die Dänen, die tapferen Schweden und andere kleine Fische, die alle nicht für mich sind. Und dann die übermütigen Neapolitaner. Vor allem aber hier die Flagge mit den Himmelschlüsseln des Papstes. Das ist ein Tuchfetzen, unter dem man sterben muß.«

»Was? Ihr kämpft unter dem Banner der Kirche?«

»Ja, und gerade mit den friedlichen Schlüsseln lockte ich mir manchen von den Moslems vor die Kanonen.«

»Was habt Ihr mit sonst noch zu zeigen? Ihr habt ein paar Flaggen übersprungen.«

»England habe ich noch; da noch die Flagge des Lord-Großadmirals, und dann die königliche Standarte selbst!«

»Die königliche Standarte?«

»Warum nicht? Ist nicht der Kapitän der Monarch auf seinem Schiff? Ja, die Standarte, und ich habe sie auch in Gegenwart eines Admirals aufgezogen.«

Wilder empfand eine Art von Abscheu, wie sie einen Geistlichen befallen mag, wenn er einen Kirchenraub bemerkt. »Wie, die königliche Standarte vor einem anderen Schiff aufziehen? Und Ihr fürchtet nicht die Strafe, die Ihr Euch durch diesen Frevel zuziehen könnt?«

»Mir macht es Spaß«, erwiderte der andere und lachte bitter und zornig, »den Schuften zu trotzen und sie herauszufordern. Wenn sie mich strafen wollen, dann müssen sie stark sein; sie haben es versucht, aber immer auf ihre Kosten. Schön ist es, den Gesetzen des Landes ein Stück Segeltuch entgegenhalten zu können. Muß ich noch mehr sagen?«

»Und Eure Flagge, die Ihr am liebsten führt?« fragte Wilder nach einer Pause des Nachdenkens.

»Ich wechsle oft die Flaggen, ein dutzendmal am Tag. Wenn's aber ins Gefecht geht und wenn es Ernst wird, dann war es immer vor allem eine, von der ich mir Erfolg versprach.«

»Und die ist?«

Hier ließ der Kapitän seine Hand eine Zeitlang auf der Rolle ruhen und schien tief in der Seele des anderen lesen zu wollen, so durchdringend war sein Blick. Dann hob er die Hand, der Lappen rollte langsam auf, und es wurde ein dunkelrotes, blutrotes Feld sichtbar, ohne ein Bild oder Wappen oder sonstigen Zierrat.

»Diese!«

»Die Farbe des Piraten!«

»Ja – sie ist rot, wie Ihr seht, und rot ist mir lieber als eure schwarzen Felder mit Totenköpfen oder anderen albernen Vogelscheuchen. Diese Flagge droht nicht, sie sagt nur: Dies ist der Preis, um den man mich haben kann! – Mr. Wilder«, fügte er hinzu und streifte jeden scherzhaften und ironischen Unterton ab und gab sich Ansehen und Überlegenheit, »Mr. Wilder, ich glaube, wir verstehen einander. Es ist Zeit, daß jeder von uns Flagge zeigt. Ich brauche Euch nicht zu sagen, wer ich bin.«

»Ich glaube, nicht. Ich weiß, Ihr seid . . .«

»Der Rote Korsar«, schloß der andere, als er bemerkte, daß Wilder zögerte, den Namen auszusprechen. »Ich bin es und hoffe, daß dies der Beginn einer langen und dauerhaften Bekanntschaft ist. Unerklärlicherweise hat mich etwas zu Euch hingezogen, habe ich Interesse für Euch empfunden. Vielleicht aus einem Gefühl der Leere, das mich seit einiger Zeit gelegentlich befällt. Gleichviel, ich empfange Euch mit offenem Herzen und offenen Armen.«

Zweifellos hatte Wilder schon länger eine Ahnung von dem eigentlichen Wesen des Schiffes und seiner Mannschaft gehabt, und doch war er jetzt einigermaßen verwirrt. Der Ruf des berüchtigten Freibeuters, seine Kühnheit, die Mischung aus Großzügigkeit und Gewalttätigkeit und seine absolute Gleichgültigkeit gegen den Tod, das alles ergriff unseren jüngeren Abenteuerer zutiefst.

»Ihr habt Euch in mir nicht geirrt«, antwortete er schließlich. »Ich gestehe offen, daß ich Euch gesucht habe. Ich nehme Euer Angebot an. Ihr könnt mich hinstellen, wo Ihr wollt und wo Ihr glaubt, daß ich Euch nützlich sein kann.«

»Ihr seid von nun an der erste nach mir. Das wird morgen früh der Mannschaft bekanntgemacht. Und im Falle meines Todes werdet Ihr mein Nachfolger. Wundert Euch nicht über mein rasches Vertrauen. Ich müßte ein schlechter Menschenkenner sein, oder mein Vertrauen wird mir Eures gewinnen.«

»So soll es sein!« rief Wilder plötzlich und mit Nachdruck.

»Junger Mann«, fuhr der Kapitän lächelnd und mit ruhiger Stimme fort, »junger Mann, Ihr macht aus Eurer Zuneigung kein Hehl. Und trotz unseres gegenseitigen Vertrauens muß ich Euch sagen, daß ich Euch schon früher gesehen habe. Ich war von Eurer Absicht, mich aufzusuchen, von Eurem Entschluß, in meinen Dienst zu treten, bereits unterrichtet.«

»Unmöglich«, fuhr Wilder auf, »keine Menschenseele ...«

»... kann sicher sein, daß niemand ihre Geheimnisse kennt«, unterbrach ihn der andere, »wenn er ein so unverhülltes Gesicht trägt wie Ihr. Es sind erst 24 Stunden her, daß Ihr in Boston wart.«

»Stimmt! Aber ...«

»Ihr werdet auch das andere zugeben. Ihr wart zu eifrig und zu neugierig bei Euren Erkundigungen über den Esel, der dort Klage führte, er sei von mir um Schiff und Ladung gebracht worden. Der falsche Hund! Ihm ist zu wünschen, daß er niemals wieder meinen Weg kreuzt.«

»War denn sein Bericht erlogen?«

»Sein Bericht? Bin ich denn wirklich das, was die Klatschmäuler aus mir machen? Schaut doch dem Ungeheuer ins Gesicht!« Der Pirat lachte höhnisch und bitter.

»Wo sind die Hörner und der Pferdefuß? Atmet tief ein, mein Freund! Riecht Ihr nicht den schwefeligen Gestank? Genug davon. Ich erfuhr von Euren Erkundigungen, und mir gefiel Eure Person, und ich kam nahe genug an Euch heran, um einen Entschluß fassen zu können. Ihr gefielt mir, Wilder; und jetzt hoffe ich, daß wir weiterhin miteinander zufrieden sein werden.«

Der frischgebackene Seeräuber machte eine kurze Verbeugung, schien aber um eine Antwort verlegen zu sein. Etwas hastig brachte er ein anderes Thema zur Sprache.

»Da zwischen uns alles klar ist, möchte ich Euch nicht länger beschwerlich fallen und Euch für diese Nacht noch einmal verlassen, ehe ich mich morgen früh zu meinem Dienst hier einfinde.«

»Mich verlassen?« widerholte der Kapitän, der bei diesen Worten wie angewurzelt stehenblieb und den anderen mit durchbohrenden Blicken maß. »Es ist bei meinen Offizieren nicht üblich, mich so spät noch zu verlassen. Ein Seemann muß sein Schiff lieben; er darf es nachts nie alleinlassen, es sei denn aus Not oder Zwang.«

»Wir müssen noch einen Punkt klären«, erwiderte Wilder rasch. »Soll ich Euer Sklave sein und wie ein Bolzen niet- und nagelfest auf dem Schiff verbleiben, dann ist unser Vertrag null und nichtig.«

»Nun, ich bewundere Eure Entschlossenheit mehr als Eure Überlegung. Ich möchte Euer Freund sein und mich so wenig wie möglich von Euch trennen. Gibt es hier an Bord nicht genug Dinge, die Euch zu fesseln vermögen? Ihr habt Geist – nun, hier sind Bücher; Ihr habt Geschmack – Ihr findet hier Eleganz; Ihr seid arm – und hier findet Ihr Reichtum.«

»Das ist alles nichts, wenn die Freiheit fehlt«, erwiderte Wilder kühl.

»Und was versteht Ihr unter Freiheit? Ich will nicht hoffen, daß Ihr das Vertrauen, das ich Euch schenke, so bald verraten werdet. Unsere Bekanntschaft ist jung. Bin ich zu rasch mit meiner Offenheit gewesen?«

»Ich muß ans Land«, wiederholte Wilder mit Nachdruck, »und sei es auch nur, um zu erproben, daß Ihr mir vertraut und daß ich nicht Euer Gefangener bin.«

»Ihr seid entweder sehr edel oder sehr hinterlistig«, erwiderte der Kapitän nach einer längeren Pause des Nachdenkens. »Ich will hoffen, das erstere. Gebt Ihr mir die Versicherung, daß in Newport keine Seele erfahren wird, was hinter dem Sklavenschiff steckt?«

»Mit einem Eid!«

»Auf dieses Kreuz«, lachte der Pirat spöttisch, »auf dieses mit Edelsteinen besetzte Kreuz? Nein, mein Freund«, er legte das Kreuz verächtlich zur Seite, »ich brauche nur das Wort eines ehrlichen Mannes.«

»Nun, dann erkläre ich feierlich, daß niemand in Newport von mir erfahren soll, welche Bewandtnis es mit diesem Schiff hier hat. Ja, noch mehr ...«

»Genügt schon, genügt schon, versprecht nicht mehr, als gefordert wird«, unterbrach ihn der Kapitän. »Vielleicht kommt die Zeit, wo es für Euch nützlich ist, durch ein Wort gebunden zu sein, ohne daß es mir schadet. In einer Stunde sollt Ihr an Land gehen. Bis dahin will ich Euch mit den Bedingungen Eurer Anstellung vertraut machen und meine Schiffsliste mit Eurem Namen beehren. – Roderich!« rief er und schlug wieder an den Gong. »Roderich, komm herauf!«

»Hier bin ich«, meldete sich der flinke Junge.

»Roderich«, erklärte ihm nun der Kapitän, »du siehst hier meinen künftigen Leutnant, deinen künftigen Offizier und meinen Freund. Wünscht Ihr eine kleine Erfrischung? Das ist Roderich, der wird Euch so ziemlich alles geben können, was Ihr wollt.«

»Danke, Sir, ich brauche nichts.«

»Dann folgt dem Knaben. Er wird Euch in die große Kajüte führen und Euch die geschriebenen Schiffsartikel übergeben. In einer Stunde könnt Ihr sie durchgelesen haben; dann bin ich wieder bei Euch. Leuchte die Leiter hinab, mein Junge. – Doch Ihr könnt ja eine Leiter entbehren, wenn ich mich nicht irre.

Sonst hätte ich im Augenblick nicht das Vergnügen, Euch hier zu sehen.«

Das Lächeln des Grünen, wie wir ihn noch einmal nennen wollen, wurde von Wilder, dem der Scherz galt, nicht erwidert. Er ließ seine Verstimmung dadurch deutlich merken, daß er dem Knaben ernst und schweigend folgte. Der Kapitän trat rasch auf Wilder zu, um ihn wieder zu versöhnen: »Master Wilder, ich habe mich bei Euch noch zu entschuldigen für die Unhöflichkeit, mit der ich Euch im Turm gefangenhielt. Ich sah Euch zwar schon als den meinigen an, war mir aber noch nicht ganz sicher. Ihr versteht, wie notwendig es war, mir in dieser Lage einen Begleiter vom Hals zu schaffen.«

Wilder wandte sich um ohne eine Spur von Verärgerung. Mit einer Handbewegung wischte er die Geschichte weg.

»Es war kein Vergnügen, als Gefangener in dem Mäuseturm zu sitzen. Aber ich sehe jetzt vollkommen ein, daß Ihr so handeln mußtet. Ich hätte es wohl nicht anders getan, vorausgesetzt, ich hätte so viel Geistesgegenwart gehabt. Kein Wort mehr davon.«

Damit verabschiedete er sich und folgte dem Jungen die Leiter hinab.

7

Ein Gefühl der Freude und Befriedigung über den Erfolg, den er soeben errungen hatte, als er sich einen neuen Mitarbeiter und Stellvertreter gewann, erfüllte den Kapitän. Nach einer angemessenen Frist schlug er wieder auf den Gong und erwartete den Knaben Roderich.

»Hier bin ich«, meldete sich der Kleine mit leiser, fast kleinlauter Stimme.

»Gabst du ihm die Vorschriften?«

»Ja, Herr.«

»Und er liest sie durch?«

»Ja, Herr.«

»Gut. Ich muß den General sprechen, sag's ihm. Und dann geh zu Bett, du brauchst Ruhe. Gute Nacht.«

»Ja, Herr«, sprach der Knabe, aber anstatt schnell zu gehen, wie er es gewohnt war, blieb er noch neben dem Sessel seines Herrn stehen. Doch als er merkte, daß dieser ihn nicht weiter beachtete, ging er schließlich und stieg langsam und widerstrebend die Stiege hinunter.

Bald darauf trat der General ein, lang und steif, ein lebender Gliedermann, der sich vor dem Sessel aufbaute und schweigend stehenblieb. Der Kapitän begrüßte ihn mit einem freundlichen Kopfnicken, ließ sich aber durch sein Erscheinen zunächst in seinem Nachdenken noch nicht stören. Dann endlich richtete er das Wort an ihn: »General, der Feldzug ist noch nicht beendet.«

»Was gibt es noch zu tun? Das Schlachtfeld ist unser, der Gegner ist gefangen.«

»In der Tat, Ihr habt gesiegt, aber ich bin noch nicht fertig. Habt Ihr den jungen Mann in der Kajüte gesehen?«

»Ja.«

»Wie findet Ihr ihn, sein Äußeres . . .«

»Seemännisch.«

»Das heißt, er gefällt Euch nicht sonderlich?«

»Ich liebe das Militärische.«

»Ich muß Euch noch um eine Gefälligkeit bitten.«

»Es ist spät.«

»Es ist eine Dienstsache.«

»Ich warte auf Befehle.«

»Es muß behutsam vorgegangen werden. Denn . . .«

»Ich warte auf Befehle.«

Der Kapitän verbiß ein Lächeln und begann in halb freundlichem, halb befehlerischem Ton: »Ihr werdet zwei Matrosen in einem Boot hart am Schiff finden; der eine ist weiß, der andere ist schwarz. Beide müßt Ihr auf das Schiff bringen, in eine der Vorderkojen; dann müßt Ihr dafür sorgen, daß sie sich betrinken, bis sie sich nicht mehr rühren können.«

»Soll geschehen!« erwiderte der General, machte kehrt und ging auf die Tür zu.

»Halt!« rief ihn der Kapitän zurück. »Wer soll's übernehmen?«

»Nightingale ist der Mann, um einen anderen unter den Tisch zu trinken.«

»Der hat heute schon seine Ladung. Ich schickte ihn heute morgen an Land, um zu sehen, ob er ein paar Leute für das Schiff werben könne. Dort fand ich ihn in einer Kneipe, mit schwerer Zunge lallend und wie ein Advokat daherredend, der sich von beiden Seiten bezahlen läßt. Überdies geriet er mit den beiden im Boot dort drunten in Streit. Womöglich geht das hier weiter, und sie schmeißen sich die Gläser an die Köpfe.«

»So will ich's selbst übernehmen. Mein Schlaftrunk wartet ohnehin noch auf mich. Dann nehme ich eben ein paar Schluck mehr.«

Der Kapitän war mit diesem Angebot zufrieden und nickte Beifall. »Noch eins, General. Da ist noch Euer Gefangener . . .«

»Soll ich den auch betrunken machen?«

»Bewahre, laßt ihn herbringen.«

»Gut«, sagte der General und ging.

Und wieder versank der Kapitän in Gedanken. »Es wäre unvorsichtig von mir, wenn ich seiner jugendlichen Begeisterung und seinem offenen Gesicht zu sehr vertraute. Ich darf mich nicht betrügen lassen, ich muß behutsam vorgehen. Er ist mit den beiden Matrosen gut bekannt und eng verbunden, die behalte ich zunächst als Bürgen seiner Treue. Stellt es sich heraus, daß er ein Verräter ist, nun, mancher ist schon im Dienst zur See draufgegangen. Und vielleicht dringe ich durch die beiden auch tiefer in seine Geschichte ein. Ja, so ist's am besten. Und er selbst kann unmöglich eine Ahnung von meinen eigenen Plänen haben, wenn er es redlich mit mir meint.«

Er hatte gar nicht bemerkt, daß inzwischen zwei Matrosen eingetreten und ein menschliches Bündel in der Kajüte abgesetzt hatten. Staunend und überrascht betrachtete er den Neuankömmling, auf dessen Gesicht sich Bestürzung und Schrecken malten. Der Kapitän gewann als erster seine Fassung wieder und rief aus: »Seid mir willkommen, Sir Hektor Homespun.«

Dem Schneider, denn kein anderer war der Gast auf dem Schiff des Roten Korsaren, verschlug es immer noch die Sprache. Er ließ nur unruhig die Augen umherschweifen und musterte die prunkvolle und zugleich kriegerische Einrichtung des Raumes.

»Ich heiße Euch nochmals willkommen, Sir Hektor!«

»Der Herr sei den Sünden eines miserablen Vaters von sieben kleinen Würmern gnädig!« heulte der Schneider. »Ach Gott! Ach Gott! Tapferer Pirat, was kann ein armer Handwerksmann durch sein bißchen Arbeit von morgens bis spät unter saurem Schweiß verdienen?«

»Was redet hier ein Ritter von saurem Schweiß? Sir Hektor!« unterbrach ihm der andere, griff nach der Reitgerte, die zufällig noch da lag, und schlug den völlig zerknirschten Schneider leicht auf die Schultern, wie um ihn zu verzaubern. »Munter, du ehrlicher, treuer Untertan. Das Glück ist dir endlich günstig. Noch vor wenigen Stunden beschwertest du dich, daß sich keiner auf diesem Schiff auch nur eine Jacke bei dir flicken läßt. Jetzt kannst du die ganze Mannschaft als Kundschaft haben.«

»Ach würdigster, großmütigster Herr Seeräuber«, wimmerte der Schneider, dem nun die Worte wiederkamen, »ich bin ein ganz verarmter, zu Grunde gerichteter Mann. Mein Leben ist eine Kette von schweren Leiden und Prüfungen. Fünf blutige grausame Kriege . . .«

»Genug, ich weiß alles. Doch jetzt fängt das Glück an, Euch zuzulächeln. Kleider haben Leute unseres Schlages ebenso nötig wie der Pfarrer Eurer Stadt. Ihr braucht ohne bare Bezahlung nicht eine Naht zu bügeln und keinen Knopf anzunähen. Seht!« Durch den Druck auf eine Feder öffnete er ein geheimes Schubfach, das aufsprang und einen großen Haufen von goldenen Münzen verschiedenster Prägungen zeigte. »Seht, wir können Eure treuen Dienste lohnen.«

Der Haufen Gold, der bei weitem alles überstieg, was sich

der Schneider bisher in seinen kühnsten Träumen auch nur vorgestellt hatte, verfehlte seine Wirkung nicht. Der arme Teufel stierte auf den Schatz, so lange es dem anderen gefiel, ihm diesen Augenschmaus zu gönnen. Als der die Schublade wieder schloß, fragte der Schneider, innerlich sichtlich gestärkt und ermutigt: »Und was habe ich zu tun, mächtiger Herr der See, um einen kleinen Anteil an diesem Goldschatz von Peru zu erhalten?«

»Was Euresgleichen täglich landab, landauf zu tun hat: zuschneiden, nähen, bügeln, Kleider machen, von Zeit zu Zeit auch Maskenanzüge.«

»Masken und Larven sind gesetz- und religionswidrige Erfindungen des leidigen Satans, um die Menschen zu Sünden und weltlichen Greueln zu verführen. Aber, edelster Seeheld, da ist noch meine trostlose – beinahe hätte ich gesagt: Witwe – meine Desideria. Das gute Weib ist zwar weit in Jahren vorgerückt und hat ein spitzes Maul und eine scharfe Zunge, wie's sonst keine gibt; und dennoch ist sie meine eheliche, gesetzlich angetraute Hälfte und die Mutter meiner zahlreichen Kinder.«

»Sie soll keinen Mangel leiden. Mein Schiff ist der Zufluchtsort für unglückliche Ehemänner. Ihr alle, denen es an Kraft gebricht, zu Hause das Kommando zu führen, kommt auf mein Schiff, wo ihr geborgen seid. Du wirst der siebente sein, der seine verlorene Ruhe an diesem heiligen Ort wiederfindet. Die anderen sechs sind glücklich, ihre Familien sind versorgt, und beide Teile sind zufrieden.«

»Wie preiswürdig, hochverehrter Herr Kapitän! Ich hoffe, meine Desideria und ihre Kindlein sollen nicht vergessen werden. Und sollte ich in Euren Diensten abmagern, so hoffe ich, edelster Sir, Eure Freigebigkeit wird dafür Weib und Kinder mästen und fett machen.«

»Ihr habt mein Wort, es soll ihnen an nichts fehlen.«

»Vielleicht ließe sich von diesem Goldberg schon etwas als Vorschuß für mein geängstigtes Weib abzwacken, damit sie sich nicht über meinen Verlust zu sehr gräme. Ich weiß, daß bis dahin kein Augenblick Ruhe in ganz Newport zu erwarten ist.

Nun aber, da der Himmel mir gnädiglich etwas Ruhe gönnt, so ist ja der Wunsch, sie möge von Dauer sein, keine Sünde.«

Obwohl der Kapitän keinen Grund hatte, die Stimme der Frau Desideria zu fürchten, so war er doch gerade jetzt in einer Stimmung, die auch dem Schneider günstig war. Er nahm eine Handvoll Geld aus der Lade und hielt sie Homespun mit den Worten hin: »Wollt Ihr Handgeld nehmen und mir Treue schwören, so ist dieses Geld Euer.«

»Der Herr führe mich nicht in Versuchung und erlöse mich von dem Bösen!« schrie der erschrockene Schneider und fuhr fort: »Heldenmütiger Seeräuber, ich habe Furcht vor dem Gesetz. Sollte Böses über Euch kommen, etwa in der Gestalt eines königlichen Kreuzers, so heißt es wohl ›mitgefangen-mitgeh ...‹ So darf ich wohl hoffen, daß Ihr, sooft sich die Gelegenheit bietet, Euren rechtschaffenen Erwerb mit mir teilt.«

»Die Katze läßt das Mausen nicht, und der Schneider nicht das Stehlen«, knurrte der Kapitän. Er drehte sich um und donnerte gegen den Gong, daß man ihn in allen Winkeln des Schiffes hören mußte. Sofort erschienen vier oder fünf Köpfe in der Tür. Was hatte der Kapitän zu befehlen?

»Bringt ihn in seine Hängematte!«

Der gute Homespun, der aus Furcht oder aus Verstellung keine Bewegung wagte, wurde emporgehoben und zur Tür geschleppt. In diesem Augenblick begann er zu schreien: »Halt! Ich habe noch ein Wort zu sagen! Hochachtbarer, königstreuer Rebell, ich möchte zwar keine Dienste bei Euch nehmen, ich möchte Euren Vorschlag aber auch nicht auf beleidigende Weise ablehnen. Ich möchte meinen ehrlichen Namen mit ins Grab nehmen, möchte aber andererseits einst eines natürlichen Todes sterben. Denn da ich in Ehren und ohne Wunde durch fünf blutige und grausame Kriege gekommen bin ...«

»Hinaus mit ihm!« wurde er heftig unterbrochen, und schon war er wie durch Zauber verschwunden. In der Kajüte herrschte mit einem Male, wie auf dem ganzen Schiff, tiefste Stille, die erst unterbrochen wurde, als sich der General zurückmeldete.

Bei seinem Eintreten merkte man an seinem Gang, an seinen Augen und an sonstigen Anzeichen, daß er seinen letzten Auftrag, die beiden Matrosen betrunken zu machen, wohl erledigt hatte, daß er selbst bei der Erfüllung seiner Pflicht aber nicht ganz leer ausgegangen war. Er war leicht betrunken.

»Der Weiße ist so weit, daß er nicht einmal liegen kann, ohne sich am Mast festzuhalten; aber der Neger ist entweder ein Gauner, oder sein Schädel ist aus Stein.«

»Ich will nicht hoffen, daß Ihr zu früh von ihm abgelassen habt«, erkundigte sich der Kapitän.

»Ich? Ich von ihm abgelassen? Niemals! Ich habe keine Minute zu früh den Rückzug angetreten. Es ist alles in Ordnung.«

Der Kapitän musterte den General kritisch und kam zu dem Schluß, daß wirklich alles in Ordnung sei.

»Gut. Gehen wir schlafen.«

Bei diesen Worten machte der General eine stramme Wendung und versuchte in gerader, militärischer Haltung einherzuschreiten und auf der kürzesten Linie die Tür zu erreichen. Der Kapitän war höflich genug, die kleinen Abweichungen und die Schwierigkeiten, die der General mit seinen langen Beinen hatte, nicht zu bemerken, und wartete, bis der wackere Soldat verschwunden war, ehe er sich selbst auf den Weg machte und die Treppe hinabstieg.

Die Einrichtung des Schiffes und die Aufteilung der Räume unterschieden sich nur geringfügig von denen der königlichen Kreuzer; nur war es nicht zu übersehen, daß die Querwand, die die Kajüten und Offizierszimmer von der übrigen Mannschaft trennte, weit stärker und fester gebaut war als gewöhnlich und daß eine kleine Haubitze bereitstand, ein Wort mitzureden, wenn sich eine kleine innere Unordnung einstellen sollte. Die Türen waren ebenfalls von ungewöhnlicher Dicke, und die Mittel, sie zu verrammeln, glichen mehr den Vorkehrungen zu einer Belagerung als den gewöhnlichen Maßnahmen gegen Einbruchdiebstahl. Auch die Waffen, die in diesem Teil des Schiffes zahlreich herumhingen, dienten nur scheinbar der Verzierung.

Alles deutete darauf hin, daß Kapitän und Offiziere auf diese Weise für den Fall einer Meuterei vorgesorgt hatten.

Im größten der unteren Zimmer fand der Kapitän seinen neuen Leutnant, anscheinend beschäftigt, das Dienstreglement durchzulesen und sich mit den Artikeln bekannt zu machen.

»Ich hoffe, Mr. Wilder, Ihr findet unsere Gesetze hinreichend fest und bestimmt.«

»Mangel an Festigkeit und Bestimmtheit kann man ihnen wahrhaftig nicht vorwerfen«, antwortete der andere, indem er aufstand und den Kapitän begrüßte, »und wenn man bei der Anwendung ebenso bestimmt verfährt, dann ist ja alles in Ordnung. Ich habe noch nie so strenge Regeln gefunden, nicht einmal in . . .«

»In? Wo?« fragte der Kapitän, als er merkte, daß Wilder zögerte.

»Ich wollte sagen, in den Diensten Seiner Majestät. Ich weiß nicht recht, ob es ein Nachteil oder eine Empfehlung ist, auf einem königlichen Schiff gedient zu haben.«

»Eine Empfehlung! Und das um so mehr, als ich selbst mein Handwerk in königlichen Diensten erlernt habe.«

»Auf welchem Schiff?« unterbrach in Wilder eifrig.

»Auf mehreren«, war die kühle, zurückweisende Antwort. »Ihr findet unsere Vorschriften streng. Nun, für uns gibt es weder Gerichtshöfe zu Lande noch Kreuzer zur See, die sich um unseren Schutz kümmern. So bleibt uns nichts anderes übrig, als dem Kommandeur eine gewisse Macht einzuräumen.«

»Sagt lieber eine unumschränkte«, erwiderte Wilder.

»Ich hoffe, Ihr werdet nie das Gefühl haben, daß ich sie willkürlich gebrauche. Doch jetzt ist die Stunde abgelaufen. Ihr seid beurlaubt, um an Land zu gehen.«

Während sie nach oben stiegen, sprach der Kapitän weiter. »Ihr habt noch Euer Boot am Schiff, und Eure beiden kräftigen Begleiter werden Euch bald hinübergerudert haben. Sie sind doch in unseren Vertrag mit eingeschlossen, denke ich. Oder?«

»Sie haben mich seit meiner Kindheit nicht verlassen und werden es gewiß auch jetzt nicht tun.«

»Es muß ein ganz besonderes Band sein, das sie an Euch bindet. Sie sind doch von ganz anderer Art und Herkunft.«

»Da habt Ihr recht, doch bei Seeleuten ist der Unterschied oft nicht so groß. Ich muß jetzt zu ihnen, um ihnen beizubringen, daß wir in Eure Dienste treten.«

Das Wetter hatte sich nicht geändert. Der Himmel war trübe, aber die Luft war mild; auf dem Deck herrschte Stille, nur eine einzige Gestalt war zu bemerken, eben jener Vermummte, der Wilder schon bei seiner Ankunft in Empfang genommen hatte. Die ehrerbietige Haltung, mit der er Wilder empfing und zu seinem Boot führte, bewies, daß die Würde des frischgebackenen Leutnants kein Geheimnis mehr für ihn war.

Als Wilder eben im Begriff war, hinabzusteigen, trat er verwundert ein paar Schritte zurück und rief aus: »Die Männer haben das Boot verlassen. Wo sind die Kerle?«

»Sir«, erwiderte der Vermummte, »sie sind nicht fort, sie sind im Schiff und müssen gefunden werden.«

Und während er vom Deck verschwand, um nach den beiden Vermißten zu suchen, trat der Kapitän noch einmal an Wilder heran. Sie nutzten die Pause, um sich über das Schiff, das die Mannschaft übrigens »Delphin« nannte, zu unterhalten und andere Fragen zu erörtern, die mit dem Leben an Bord, mit den Möglichkeiten, einen Hafen anzulaufen, und mit der Bewaffnung zusammenhingen. Das Gespräch verebbte schließlich, als Wilder merkte, daß sich sein Gegenüber über manche Dinge ausschwieg und immer einsilbigere Antworten gab.

Indessen kam der Offizier zurück, brachte aber nur den Neger. Ein paar Worte genügten, um über den Zustand Fids Auskunft zu geben. Dem jungen Mann war es sichtlich peinlich, daß sein Gefährte die kurze Pause wahrgenommen hatte, um sich gründlich zu betrinken; er ahnte nicht, daß dahinter die listige Absicht des Kapitäns und des Generals steckte.

»Ihr wißt«, entschuldigte er sich und den Trunkenbold, »wie das Schiffsvolk ist. Ihr werdet es meinem Mann nicht übelnehmen, daß er sich bei Euch an Bord so schlecht benimmt. Sonst ist er der beste Seemann, der je die Strickleiter emporstieg.«

»Ihr könnt von Glück sagen, daß Ihr noch einen zweiten habt, der Euch hinüberrudert«, gab der Kommandeur zurück.

»Das kann ich auch allein. Ich möchte nicht gerne, daß die beiden getrennt sind. Erlaubt, daß der Schwarze ebenfalls an Bord übernachtet.«

»Wie Ihr wollt. An leeren Hängematten fehlt es seit dem letzten Gefecht nicht.« Und so geschah es.

Wilder verabschiedete sich, sprang ins Boot und stieß ab. Ein letzter Blick hinüber zum Schiff zeigte ihm, daß sein neuer Kapitän ihm lange nachsah.

8

Die Sonne stieg über dem Meer empor, als die Einwohner von Newport anfingen, ihre Türen und Fenster zu öffnen, um den neuen Tag zu begrüßen. Auch der Wirt zum »Unklaren Anker«, dem so viel am Ruf seines Hauses gelegen war, daß er die Abendgäste immer zeitig hinauswarf, war schon zu früher Stunde auf den Beinen, um, unter der Tür stehend, die Kunden zu einem Morgenumtrunk hereinzubitten. Und wirklich blieb sein Eifer nicht unbelohnt, denn die Flut der Durstigen strömte in der ersten halben Stunde fleißig dem Hafen seines Schanktisches zu.

Dann allerdings, als einer nach dem anderen seinem Tagwerk nachging, ebbte der Strom wieder ab, so daß es der Wirt für gut hielt, abermals auf die Straße zu treten, um nach weiteren Gästen Ausschau zu halten. Ein Fremder, der nicht am Umtrunk teilgenommen hatte, stand, in Gedanken versunken und die Hand in der Weste, einige Schritte von der Tür entfernt. Der Mann entging den spähenden Blicken des Wirtes nicht; er wußte aus langer Erfahrung, daß einer, der schon so früh die Spuren von Sorgen im Gesicht trug, noch keinen Morgentrunk zu sich genommen haben konnte. Bei diesem

Fremden mußte etwas zu verdienen sein, so vermutete der Wirt, allerdings mußte man den richten Anfang finden.

»Eine reine frische Luft, mein Freund«, so begann er unverfänglich und atmete die Brise des Oktobermorgens ein, »das ist der Vorzug unserer Insel. Ist der Herr hier fremd?«

»Gestern abend spät angekommen«, war die knappe Antwort.

»Ein Seemann, nach der Tracht zu urteilen? Ihr sucht hier Arbeit? Das ist nicht so einfach, obgleich Newport ein blühender Ort ist.«

»Ich komme von Boston.«

»Und dort habt Ihr nichts gefunden? Ja, große Worte können die dort machen. Aber seht mal hinüber, dort liegt eine stattliche Brigg segelfertig; und hier ist ein prächtiges Fahrzeug, das seit gestern abend segelfertig ist und bei der nächsten günstigen Brise auslaufen soll. Die weisen sicher keinen ab. Und dann ist da draußen noch der Sklavenhändler. Vielleicht nimmt Euch der, wenn es Euch recht ist, statt Geld ein paar wollköpfige Neger in Zahlung zu nehmen.«

»Seid Ihr sicher, daß das Schiff im inneren Hafen mit dem ersten Wind segelt?« fragte der Fremde.

»Ganz sicher, ich weiß es genau; es fehlt nur an Wind. Ja, da liegt es, ein schönes Schiff, die ›Royal Carolina‹. Sie macht regelmäßig einmal im Jahr die Reise von Bristol nach den Kolonien und zurück, legt dabei hier an, bringt uns Vorräte und nimmt Holz und Wasser ein.«

»Eine Frage. Ist die ›Carolina‹ gut bewaffnet?« fragte nun der Fremde, der sich für das, was der Wirt zu sagen hatte, mehr und mehr zu interessieren begann.

»Ja sicher, die hat ein halbes Dutzend Bullenbeißer, die bellen können oder auch ein Wörtchen sprechen, wenn es um die Ehre Seiner Majestät des Königs geht. Gott möge ihn erhalten ... Judith! Judith!« unterbrach sich hier der Wirt. Er meinte ein kleines Negermädchen, das hier am Schiffbauerdamm Hobelspäne sammelt. »Judith, spring doch mal rüber zu Nachbar Homespun und klappere mit den Fensterläden. Der

Mann hat verschlafen. Es ist schon sieben, und die durstige Seele hat ihren Bitteren noch nicht geschluckt!«

Das Mädchen gehorchte und klopfte an die Läden bei Meister Homespun. Doch statt der Stimme des Meisters vernahm man das schrille Geschrei der Dame Desideria, die dachte, ihr Mann sei ein Nachtschwärmer geworden, der nun komme, um sie aus dem Schlaf zu schrecken.

»Wagst du es, zurückzukommen und die unschuldige Ruhe einer Mutter von sieben Kindern zu unterbrechen? Hektor, o Hektor, was für ein abscheuliches Beispiel gibst du der jungen Brut, welchen Kummer machst du der armen Mutter!«

Der Wirt und seine Frau, die die ganze Szene mit angesehen und angehört hatten, überschlugen im stillen den Schaden, den ihnen das Verschwinden des Schneiders verursachte, und es stellte sich heraus, daß er für Morgenschnäpse und Abendtränkchen mit 23 Pence in der Kreide stand. Doch sie trösteten sich bei dem Gedanken, daß er dem Kleinen des Wirts ein hübsches Kleidchen für die Schule gemacht hatte, das auch noch nicht bezahlt war.

»Der Mann, der hier so spurlos verschwunden ist«, wandte sich der Wirt wieder an den Fremden, »der Mann ist ein guter, fleißiger Handwerker und Familienvater, dem die Sonne niemals in die Werkstatt gelacht hat, obwohl die Wände wahrhaftig dünn genug sind.«

»Glaubt Ihr denn wirklich, daß er sich davongemacht hat? Habt Ihr denn irgendwelche Beweise?«

»Ei«, erklärte der Wirt und gab sich ein wichtiges Aussehen, »dergleichen Dinge sind wohl schon öfter geschehen. Wir Gastwirte kennen die Leute, denn ein Gläschen in Ehren löst nicht selten die Zunge; wir wissen, wie's beim Nachbarn zugeht. Könnte der gute Homespun seine Ehehälfte so bügeln und pressen wie seine Nähte, dann wäre manches nicht geschehen . . . Wollt Ihr nicht eins trinken?«

»Ein Gläschen vom Besten.«

»Ihr könnt auch bei mir zu Mittag essen; ein schönes Gänschen will ich Euch braten.«

»Ich sage nicht ja, ich sage aber auch nicht nein«, erwiderte der Fremde, indem er das Glas, aus dem er kaum genippt hatte, bereits bezahlte.

»Das hängt vom Erfolg ab, den ich bei den Schiffen im Hafen habe.«

»Oh, dann rate ich Euch ganz uneigennützig, auch in meinem Hause Quartier zu nehmen, solange Ihr in Newport bleibt. Bei mir gehen die meisten Seefahrer aus und ein, und der Wirt zum ›Unklaren Anker‹ ist der Mann, der Euch besser als jeder andere über alles Auskunft geben kann.«

»Ihr habt mir ja schon den Rat gegeben, mich an das Schiff zu wenden, das da drüben liegt. Geht es wirklich so bald in See?«

»Mit dem ersten Wind. Ich kenne die ganze Geschichte des Schiffs und seiner Passagiere.« Und damit begann er, dem fremden Seemann von der schönen Tochter des Generals Grayson und der Witwe de Lacey zu erzählen und schloß seine Rede mit dem Hinweis, daß der, »dem Miss Gertraud Grayson ihre Hand gibt, nicht nur ein glücklicher, sondern auch ein sehr reicher Mann werden wird«.

Bei dieser letzten Bemerkung wurde auch der Fremde aufmerksam, der die ganze Geschichte eher gelangweilt angehört hatte.

»Ihr sagt also, daß das Haus der Witwe de Lacey hier ganz in der Nähe auf der Anhöhe steht?«

»Nun ja, es sind ein paar tausend Schritt von hier, ein ansehnliches Haus inmitten von schönen alten Bäumen.«

Der Fremde verabschiedete sich mit ein paar belanglosen Bemerkungen und mit dem Versprechen, daß er wahrscheinlich zum Essen wiederkommen werde. Dann schlug er den eben bezeichneten Weg zur Anhöhe ein und verschwand. Der Wirt hätte vielleicht über diesen plötzlichen Abschied noch eine Weile nachgesonnen, wenn nicht in diesem Augenblick Frau Desideria aus ihrer Wohnung herausgestürmt wäre und die ganze Nachbarschaft mit ihrem Geschrei auf sich aufmerksam gemacht hätte.

Der Fremde, den der Leser vielleicht inzwischen schon als Wilder erkannt hat, eilte die Anhöhe hinauf und fand auch bald das Haus, in dem die verwitwete Admiralin lebte. Als er an der niedrigen Mauer entlangging, vernahm er Stimmen, die ihm ganz nah schienen und von denen eine seine besondere Aufmerksamkeit erweckte. Ein günstiger Zufall wollte es, daß er außen an der Mauer eine Bank fand, die er nur zu ersteigen brauchte, um den Sprechenden heimlich ganz nahe zu sein. In einer kleinen Laube entdeckte er die drei Frauen, die wir schon von dem Turm her kennen, im Gespräch mit einem älteren grauhaarigen Mann, der, obwohl er einen Stock in der zitterigen Hand trug, noch den ehemaligen Seemann erkennen ließ.

»Alter Freund«, sprach eben die Admiralin, »Ihr seid also der Meinung, daß ein Schiff in See gehen muß, wenn es segelfertig ist, sei das Wetter, wie es wolle. So hätte auch mein edler, oft beweinter Gemahl, der Seeheld de Lacey, gesprochen.«

»Hier kommt noch ein zweiter Seekundiger wie gerufen!« unterbrach in diesem Augenblick Gertraud ihre Tante sehr lebhaft, denn sie hatte den jungen Wilder bemerkt, der ihr gerade jetzt sehr willkommen war, weil sie hoffte, er werde den Redefluß ihrer Tante stoppen. »Der soll unser Schiedsrichter sein.«

»Was können Sie uns sagen?« fügte Mrs. Wyllys hinzu. »Was halten Sie vom Wetter?«

»Dem Wetter ist nicht zu trauen, Madame«, erwiderte er. »Wer nur ein wenig Kenntnis von der Seefahrt hat, wird daran nicht zweifeln.«

Der junge Mann machte auf die Damen keinen üblen Eindruck, obwohl er nur die Kleidung eines einfachen Seemanns trug. Selbst die Admiralin bemühte sich um äußerste Höflichkeit, als sie ihn jetzt anredete.

»Die beiden Damen hier sind im Begriff, sich diesem Schiff dort im Hafen anzuvertrauen, um nach Carolina zu segeln, und wir waren eben dabei zu erforschen, welchen Wind wir heute haben würden. Doch denke ich, bei einem solchen Schiff haben sie nichts zu befürchten, gleichgültig, woher der Wind auch immer weht.«

»Im Gegenteil«, war die Antwort, »dem Schiff möchte ich mich nicht gerne anvertrauen, woher der Wind auch weht.«

»Es soll aber ein guter Segler sein. Es ist in nur sieben Wochen von England herübergekommen. Aber ich weiß, die Seeleute haben ihre Vorliebe und ihre Vorurteile. Alter Freund, was sagen Sie dazu?« wandte sie sich abermals an den Alten.

»Es ist ein Schiff, wie es sich ein Seemann nur wünschen kann, ein braves, ein sicheres Schiff, darauf will ich schwören.«

»Wir haben also zwei völlig verschiedene Meinungen«, bemerkte die Admiralin. »Ich höre es gerne, daß sie das Schiff ein sicheres Schiff nennen, nicht ein schnelles ... Und Sie, junger Mann«, wandte sie sich wieder Wilder zu, »werden hoffentlich nicht bestreiten wollen, daß es sicher ist.«

»Doch«, erwiderte der, »genau das möchte ich bestreiten.«

»Merkwürdig, höchst merkwürdig. Hier steht ein alter Seemann, der ganz anderer Ansicht ist.«

»Er mag zu seiner Zeit ganz gute Augen gehabt haben, vielleicht bessere als ich; aber ich zweifle, ob sie heute noch so gut sind, Madame. Wir sind zu weit vom Schiff, um alle Einzelheiten beurteilen zu können. Ich bin ihm näher gewesen«, beharrte Wilder auf seiner Meinung und begann, all die Fehler aufzuzählen, die er an dem Schiff zu erkennen vorgab.

»Ei, du lieber Gott«, meinte da der alte Seebär und lachte, »der junge Mann sieht da ganz neumodische Fehler und Mängel, von denen man zu meiner Zeit nichts wußte. Schließlich pflegte auch mein verstorbener Kommandeur sein Schiff auf die gleiche Weise zu takeln. Und ich bin stolz, behaupten zu können, daß nie ein besserer Seemann in der Flotte Seiner Majestät das Kommando geführt hat.«

»Ihr habt in der Flotte Seiner Majestät gedient?« unterbrach ihn da die alte Admiralswitwe. »Und wie hieß Euer lieber Kommandeur?«

»Wie er hieß? Wir, die wir unter ihm dienten, nannten ihn immer nur Kommandeur Fairweather, denn unter seinem Befehl gab's immer nur schönes Wetter. Doch für alle anderen war er der tapfere, siegreiche Konteradmiral de Lacey.«

»Und ließ mein hochverehrter Gemahl wirklich seine Schiffe auf diese Weise takeln?« fiel ihm die Witwe ins Wort, bebend vor Aufregung und geschmeicheltem Stolz.

Der alte Mann trat langsam und ehrfurchtsvoll näher, verneigte sich und sagte: »Habe ich wirklich das Glück und die Ehre, die Lady meines Admirals zu sehen, so ist dies ein Trost und eine Freude meiner alten Tage. Sechzehn Jahre habe ich auf seinem Schiffe gedient und zwanzig in seinem Geschwader. Vielleicht kennen Eure Gnaden gar meinen Namen, Bob Bunt, Robert Bunt.«

»Das ist leicht möglich, guter Mann, denn mein Gemahl sprach gerne von seinen treuen Dienern. Ich sehe, daß Ihr ein wahrhaft erfahrener Mann und aufrechter Freund seid. Hat mein Mann seine Schiffe tatsächlich in dieser Weise takeln lassen?«

»So gewiß, wie ich hier vor Ihren Augen stehe. Ich habe es selbst unter seinen Augen getan.«

Madame de Lacey wandte sich würdevoll an Wilder: »Wir danken Ihnen für Ihre Meinung, doch sind wir der Ansicht, daß Sie die Gefahr übertreiben.«

Und ehe Wilder noch etwas sagen konnte, forderte sie den Veteran auf, ihr ins Haus zu folgen und weiter mit ihr zu sprechen. Die beiden anderen Damen folgten ihr. Wilder glaubte noch zu erkennen, daß Gertraud einen besorgten Blick auf ihn warf, doch konnte er nicht wissen, ob dieser Blick Anteilnahme oder Sorge vor der Zukunft bedeutete.

9

Damit mußte sich Wilder geschlagen geben. Der Zufall oder, wie er meinte, die Schönrederei des Alten hatte seinen Plan verhindert, die Damen vor der Reise mit der »Carolina« zu warnen. Mürrisch machte er sich auf den Weg zur Stadt zurück.

Mehr als einmal machte er auf der abschüssigen Straße halt, um die verschiedenen Schiffe im Hafen zu mustern.

Auf dem Schiff im inneren Hafen, das nach Carolina bestimmt war, herrschte sehr reges Leben. Wilder sah, wie die Matrosen in die Takelage hinaufkletterten; er sah, wie hier und da eine menschliche Gestalt auf den Rahen ritt und wie sich nach einiger Zeit die Segel entfalteten und schließlich wie blendendweiße Zelttücher ausbreiteten, in denen der Morgenwind spielte. Ganz anders wirkte das Sklavenschiff. Trotz genauester Beobachtung gelang es ihm nicht, irgendwelche Vorkehrungen zur Abfahrt zu erkennen. Während auf dem ersten Schiff alles in Bewegung war, lag auf dem anderen alles in tiefster Ruhe. Der Anker blieb ausgeworfen, das Schiff selbst regungslos, und nichts deutete daraufhin, daß die dunkle Masse überhaupt bewohnt war. Und doch gab es für das geschulte Auge deutliche Anzeichen dafür, daß auch das Sklavenschiff zur Abfahrt bereit war. Das Ankertau war kurz und fast senkrecht und hatte gerade so viel Spielraum wie erforderlich war, um der Flut zu widerstehen, die den Kiel in Bewegung setzte. Alle Boote waren bereit, herabgelassen zu werden, um das Schiff aus dem Hafen zu bugsieren, alle Segel, alle Taue waren an ihrem Platz. Das Schiff konnte jeden Augenblick seinen Anker lichten und auslaufen. Wilder schüttelte den Kopf in einer Weise, die erkennen ließ, daß er die trügerische Ruhe durchschaute. Dann setze er seinen Weg fort.

Da wurde er aus seinen trüben Gedanken durch einen Schlag auf die Schulter geweckt. Der alte Seemann, der ihn vorher mit den drei Frauen verlassen hatte, stand hinter ihm. »Ihr seid mit Euren jungen Beinen noch nicht weit vorangekommen.«

»Wenn einer so schneidig segelt wie Ihr und keine Gefahr scheut, dann geht's allerdings schneller«, gab Wilder spöttisch zurück.

»Na, Bruder, ich merke, Ihr habt Euch geärgert, daß ich Euch ausgespielt habe. Wie konntet Ihr Euch einbilden, daß ein alter Seehund wie ich vor Euch die Flagge streichen würde? Wie zum Teufel konnte ich wissen, daß es unter den tausend Arten, ein Schiff zu lenken, nicht auch eine gibt, es rückwärts segeln zu lassen? Das habe ich erst von Euch gelernt.«

»Schon gut, Alter. Ihr habt Euren Lohn von der Admiralswitwe eingestrichen. Macht Euch also keine Sorgen, wie man Schiffe baut. Sagt mir, geht Ihr auch hinunter in den Ort?«

»Bis ganz unten.«

»Das ist mir sehr lieb, mein Freund, dann gehe ich den Weg wieder hinauf.«

Der Alte lachte und murmelte ein paar Worte vor sich hin; dann setzte er seinen Weg bergab fort wie ein Mann, der schwer an der Last seiner Jahre zu schleppen hat.

Auch der Junge brummte vor sich hin, als er wieder aufwärts stieg: »Alter Heuchler und Schmeichler. Der alte Halunke hat sich in der Welt umgesehen und nutzt jetzt seine Erfahrungen, um ein verrücktes altes Weib zu ködern und seinen Vorteil daraus zu ziehen.«

Als er oben vor dem Haus ankam, bemerkte, er, daß von den Bedienten bereits Koffer und Kisten herausgetragen und zur Stadt hinuntergebracht wurden. Die Hauptpersonen schienen allerdings noch im Haus zu sein, um die letzten Minuten, die ihnen noch blieben, im Gespräch zuzubringen.

Schon wollte er sich enttäuscht und verdrießlich auf den Rückweg machen, als er hinter der Gartenmauer eine weibliche Stimme vernahm. Es war Gertraud, die eben mit Mrs. Wyllys sprach, und er selbst offenbar der Gegenstand der Unterhaltung.

»Sie meinen also wirklich, daß der junge Mann ein Offizier ist, womöglich in königlichen Diensten?«

»Das kann sehr wohl sein, auch wenn im Augenblick kein Schiff im Hafen liegt, zu dem er gehören könnte.«

»Und meinen Sie, daß er wirklich das glaubt, was er uns weismachen wollte, daß wir in Gefahr sind, wenn wir dieses Schiff besteigen?«

»Möglich, denn er sprach sehr eindringlich und mit viel Anteilnahme, die mich auf unerklärliche Weise beunruhigte. Ich wünschte, ich könnte ihn noch einmal sprechen.«

Ein leiser Aufschrei der jungen Dame unterbrach sie, eine Gestalt sprang über die Mauer, und im nächsten Augenblick stand Wilder neben ihnen.

Als er sah, daß die beiden erschraken, wollte er sich schon mit ein paar entschuldigenden Worten zurückziehen. Aber Mrs. Wyllys, die sich rasch gefaßt hatte, begann, wenn auch noch etwas unsicher: »Ein merkwürdiger Zufall, denn ich wollte gerne noch einmal mit Ihnen über die ›Royal Carolina‹ sprechen und Ihre Meinung hören.«

»Nun, ich habe Ihnen vor kurzem alles gesagt, was ich über das Schiff zu sagen habe. Im übrigen ist es gut gebaut und hat einen vortrefflichen Kapitän.«

»Und doch haben Sie uns eindringlich vor einer Fahrt gewarnt. Sie müssen uns Ihre Gründe nennen. Ein paar Worte nur, denn Sie müssen doch Ihre Gründe haben.«

»Es ist für einen Seemann schwer, über ein Schiff zu sprechen und sich den anderen verständlich zu machen. Sie waren ja nie zur See, Madame.«

»Ich? Sehr oft.«

»Nun, dann sehen Sie doch die Takelage, die ...«

»... so gut ist, wie sie nur aus der Hand des besten Takelmeisters kommen kann«, ließ sich da eine Stimme hinter Ihnen vernehmen. Es war der alte Seemann von vorhin, der jetzt seinen Kopf über die Maùer streckte.

»Ich bin«, so fuhr er fort, »auf den Wunsch von Madame de Lacey, der Witwe meines verehrten Admirals, hinuntergegangen und habe mir das Schiff angesehen. Denken Sie wie Sie wollen, aber die ‹Carolina‹ ist getakelt wie das beste Schiff, das die britische Flagge führt. Ich sage Ihnen nur dieses noch: schändlich ist es, von einem solchen Schiff Böses zu sprechen.«

Der alte Mann sprach so nachdrücklich und zeigte einen so ehrlichen Unwillen, daß seine Rede Eindruck auf die Zuhörerinnen machte und gleichzeitig in Wilders Gewissen ein unangenehmes Gefühl erweckte.

»Wem sollen wir nun glauben?« wandte sich Mrs. Wyllys etwas ratlos an Gertraud. »Meine Vernunft sagt mir, daß der junge Mann sich nur einen Spaß mit uns macht, und doch haben mich seine Worte merkwürdig bewegt«, fügte sie etwas leiser, und nur an Gertraud gerichtet, hinzu.

Doch diese, der es ganz an Menschenkenntnis und Erfahrung fehlte, wußte ihr auch nicht zu raten, so daß Mrs. Wyllys schließlich das Wort an Wilder richtete.

»Es tut mir leid, Sir, daß Sie uns durch Ihre unklaren Äußerungen zwingen, Ihrem Rat zu mißtrauen. Wir werden bei unserem ersten Entschluß bleiben und mit der ›Carolina‹ segeln.«

»Ich muß Ihren Entschluß aus ganzem Herzen bedauern.« Er machte eine Pause und schien mit sich selbst zu kämpfen und mehr sagen zu wollen. Dann aber schloß er: »Es tut mir unendlich leid, Ihnen nicht mehr sagen zu können, obwohl für mich die Gefahr so klar ist wie die Sonne am Himmel.«

»So bleibt uns nichts anderes übrig, als in unserer Blindheit zu verharren.« Mrs. Wyllys verneigte sich kühl. »Wir danken Ihnen für Ihre gute Absicht. Wir verlassen Sie jetzt, denn die Stunde des Abschieds hat für uns geschlagen.«

Damit verabschiedeten sich die Damen und verschwanden im Haus.

Als Wilder mißmutig den Garten verließ, trat der Alte zu ihm und redete ihn in vertraulichem, freundschaftlichem Ton an.

»Na, Bruderherz, kommt her, Ihr habt Euch lange genug geplagt. Laßt sie segeln, wenn es ihnen Spaß macht. Im Alter denkt man anders über manche Dinge.«

»Euch wollte ich eigentlich nie wieder treffen«, gab Wilder zornig zurück und versuchte, durch einen schnelleren Gang den Alten loszuwerden.

Aber der Alte hielt, wenn auch mühsam, Schritt und schnaufte nebenher, so daß Wilder schließlich langsamer ging, um nicht gar zu unhöflich zu erscheinen.

»So ist's recht«, dankte ihm der Alte, »jetzt läßt's sich schon angenehmer plaudern. Ihr wart ja im Garten dabei, der Alten den Bären aufzubinden, daß die ›Carolina‹ eine Art ›Fliegender Holländer‹ sei.«

»Und warum habt Ihr es der Dame wieder ausgeredet?« fragte Wilder zurück.

»Ihr hättet mir wohl zugemutet, meine 50 Dienstjahre zur See zu vergessen! Die Ehre eines Schiffes gilt einem alten Seebären so viel wie die Ehre seiner Liebsten!«

»Hört mich an, Freund. Ihr lebt, vermutlich wie alle Euresgleichen, von Essen und Trinken.«

»Ein wenig von jenem, etwas mehr von diesem«, gab der Alte zurück und wollte sich ausschütten vor Lachen.

»Nun, dann will ich Euch was in die Hand drücken, damit Ihr's einmal leichter habt. Wollt Ihr mir einen Dienst tun? Da habt Ihr Handgeld, und wenn Ihr's ehrlich meint, dann soll's noch mehr geben.«

Der alte Mann streckte die Hand nach dem Dukaten aus, den ihm Wilder fast verächtlich über die Schulter reichte, ohne den anderen auch nur anzusehen.

»Ein echter«, bemerkte der Alte und prüfte die Münze an einem Stein, »echt Gold, echt Gold!«

Er steckte die Münze ruhig ein und fragte dann geradeheraus, was er dafür zu tun habe.

»Nichts, was verboten wäre«, gab Wilder zur Antwort, »nichts, was gegen Eure Ehre geht. Ihr braucht nur das zu tun, was für Euch nichts Neues ist: Könnt Ihr die Unwahrheit sagen?«

»Ja, und ich kann sie auch beschwören. Ich versteh' Euch, ich soll Euch die Arbeit abnehmen.«

»Ja, so ähnlich ist es. Ihr sollt alles, was Ihr von dem Schiff gesagt habt, wieder zurücknehmen. Und da Ihr das Vertrauen der alten Dame habt, so sollt Ihr alles noch etwas schlimmer darstellen, als ich es tat. Und jetzt verratet mir noch eines, damit ich Euch ganz genau kenne. Seid Ihr je mit dem ruhmvollen Admiral gefahren?«

»So wahr ich ein frommer, gottesfürchtiger Christ bin, habe ich von dem berühmten Herrn vorgestern früh noch kein Sterbenswörtchen gewußt. Ihr müßt mich von dieser Seite erst noch richtig kennenlernen, ich weiß mir zu helfen.«

»Ich glaub's. Nun aber hört meinen Plan.«

»Halt, würdiger Freund«, unterbrach ihn der verschmitzte Alte. »Steine haben Ohren, pflegt man an Land zu sagen. Kennt Ihr in der Stadt eine gewisse Kneipe zum ›Unklaren Anker‹?«

»Die kenn' ich.«

»Ich hoffe, Ihr werdet sie wiederfinden, denn hier müssen wir uns trennen. Macht einen kleinen Umweg, ich will den geraden Weg gehen. Wir werden uns dort wiedertreffen.«

»Wozu die Winkelzüge, Bursche? Ihr könnt wohl nicht schnell genug zu Eurer Rumflasche kommen?«

»Keine Beleidigungen, Bruderherz! Ich bin nicht der Mann, für den Ihr mich haltet, aber Ihr sollt mich mit der Zeit noch kennenlernen. Einen so nüchternen Menschen wie mich werdet Ihr schwerlich für Euren Auftrag finden. Doch im Ernst: Wenn Euer Plan bei der Lady gelingen soll, dann darf man uns nicht zusammen auf der Straße sehen.«

»Ihr habt recht. Macht, daß Ihr fortkommt, und seid pünktlich in der Kneipe, denn da das Schiff schon Segel gesetzt hat, ist keine Minute zu verlieren.«

»Keine Sorge. Mit dem Einschiffen hat's noch keine Eile«, sagte der Alte und streckte die Hand in den Wind. »Das Lüftchen genügt noch nicht einmal, um der jungen Lady dort oben die roten Wangen zu kühlen.«

Damit trennten sie sich. Der Alte warf Wilder noch einen pfiffigen Blick nach; dann verdoppelte er seine Schritte, um noch vor ihm an ihrem gemeinsamen Ziel zu sein.

10

Als Wilder sich dem »Unklaren Anker« näherte, wurde er dort Zeuge eines Schauspiels, das in der guten Stadt Newport seinesgleichen suchte. Die Hälfte der Weiber aus der Nachbarschaft war auf den Beinen, und ein guter Teil der Männer hatte sich vor der Tür der Kneipe versammelt, um zu sehen und vor allem zu hören, was da vor sich ging. Man hörte die schrille, durchdringende Stimme einer Frau, die sich mit Klagen und Beschwerden an die Umstehenden wandte. Der junge Seemann wußte nicht, um was es sich hier handelte, und er hatte auch in Gedanken an seine Pläne durchaus keine Lust, sich unter die Menge zu mischen. Erst als ihm der Alte, der schon zur Stelle war, einen aufmunternden Blick zuwarf, trat er näher und drängte sich durch die Menschenansammlung, doch nicht zu weit, damit er sich jederzeit wieder zurückziehen konnte.

»Ich rufe euch alle zu Zeugen! Euch alle! Auch dich, Potter, und dich, Green, und dich und dich!« so hörte man die entrüstete Desideria schreien, denn um keine Geringere handelte es sich. »Ihr könnt mir bezeugen, daß ich von jeher die unterdrückte Sklavin meines Lebensgefährten gewesen bin, der mich nun so schmählich verlassen hat und mir obendrein noch diesen Haufen Kinder hinterlassen hat!«

»Aber, aber«, unterbrach sie der Wirt vom »Unklaren Anker«, »seid Ihr denn so sicher, daß er Euch verlassen hat? Gestern war ein Freudentag, an dem so mancher über die Schnur gehauen hat. Warum nicht auch Meister Homespun? Ich wette, daß der ehrliche Schneidermeister in Kürze aus irgendeiner Scheune hervorkriechen wird, so frisch und nüchtern, als hätte er gestern seine Kehle nur mit Wasser benetzt.«

Ein allgemeines, wenn auch unterdrücktes Lachen belohnte den Wirt für seinen Scherz. Nur die unglückliche Desideria konnte sich kein Lächeln abzwingen. Im Gegenteil, sie schien es auf immer verlernt zu haben.

»O Gott, o Gott, der Mann hat ja nicht einmal die Courage, sich an einem Festtag einen Rausch anzutrinken. Der erbärmliche Kerl kann ja nichts als nähen und flicken. Nur deswegen hab' ich ihn ja genommen. Und jetzt soll ich mich wohl hinsetzen und alles selber machen? Aber ich will mich rächen, wenn es in Rhode Island noch Recht und Gerechtigkeit gibt. Der Strolch soll mir nur kommen!«

Da bemerkte sie das aufmerksame Gesicht des alten Seebären in der Menge. Sie unterbrach sich plötzlich und wandte sich direkt an ihn: »Hier steht ein Fremder, der eben eingetroffen ist! Sagt mir, Freund, ist Euch auf dem Weg hierher ein Streuner, ein Deserteur begegnet?«

»Liebe Frau, ich habe mit meinem alten Leib so viel zu tun, daß ich auf Namen und Rang der Landstreicher nicht achten konnte ... Doch eben fällt mir ein, da war so zwischen vier und fünf Uhr heute morgen auf dem Weg hierher im Gebüsch bei der Fähre ein armer Teufel, den ich angerufen habe.«

»Wie sah der Mann aus?« fragten sechs, sieben Stimmen gleichzeitig, doch übertönte Frau Desideria die anderen.

»Wie der Mann aussah? Na, wie ein Mann mit Armen und Beinen aussieht, wie jeder Christenmensch. Wie soll er sonst aussehen? Aber eins fiel mir auf: er schleppte ein Bein nach wie ein lahmes Schaf und schlenkerte beim Gehen wie eine Vogelscheuche.«

»Er ist's! Er ist's!« rief alles im Chor, und zugleich entfernten sich ein paar von den Neugierigen, um bei dem armen Schneider, wenn er noch in der Nähe war, nach Möglichkeit die Schulden einzutreiben. Die anderen folgten nach und nach, und schließlich stürmte alles hinab zur Fähre, wo sie sich dann nach kurzer Zeit wieder trafen, die einen um ihr Geld, die anderen um ihr Vergnügen betrogen.

Desideria blieb zurück, um sich weiter bei dem Fremden zu erkundigen. Wer weiß, ob sie sich nicht inzwischen schon mit dem Verlust abgefunden hatte und von einer neugewonnenen Freiheit träumte oder gar von einer zweiten Ehe, wenn nur ihr Schneider auch wirklich ausblieb. Kurzum, ihre erste Heftigkeit ließ merklich nach, und sie fand die Ruhe, den Fremden genauer zu befragen.

»Sah der Mann aus wie ein Dieb?« wollte sie wissen. »Wie eine Schlange?«

»So genau kann ich Euch das nicht mehr sagen. Aber wenn ich mir's so recht überlege, dann sah er aus, als trüge er schwer an einer guten Ladung.«

»Von Faulheit, wolltet Ihr sagen«, ereiferte sich Desideria von neuem, »von Faulheit! Der Mann war seit acht Tagen fast ohne Arbeit. Jawohl, so ist's, er trug schwer an ...«

»An seinem Weibe«, unterbrach sie der Alte mit Nachdruck. Und diesmal war das Gelächter derer, die noch herumstanden, laut und hemmungslos. Desideria ließ sich dadurch nicht beeindrucken, sondern fuhr fort: »Laßt nur Eure groben Scherze! Ihr wißt ja nicht, was ich ertragen habe all die Jahre. Wie er mich gekränkt hat!«

»Nun, darüber hat er mir nichts gesagt«, berichtete der Seemann weiter. »Aber er hatte ein hübsches Erinnerungsstück an sein Weib um den Hals. Goldenen Schmuck trug er um seinen Hals, als ob er um den Nacken lieber ihren Schmuck als ihre Arme trage.«

»Was!« rief Desideria mit wildem Blick. »Der Dieb! Meine goldenen Bommeln hat er mir gestohlen? Meine goldenen Bommeln?«

»Ob sie echt waren, will ich nicht schwören.«

»Der Lump!« schrie sie wütend und rang nach Luft. »Der Lump!« Damit brach sie sich mit aller Gewalt einen Weg durch die Menge, um zu Hause den ganzen Schaden zu überblicken. »Der Dieb! Der Kirchenräuber! sein Weib bestehlen, an deren Busen er geruht! Die Mutter seiner Kinder bestehlen!«

»Das wäre neu«, bemerkte der Wirt, »der gute Nachbar Homespun ein Dieb! Sein Spitzname war ›Hasenherz‹, weil er so unter dem Pantoffel stand.«

Der alte Seemann blinzelte dem Wirt bedeutungsvoll zu und flüsterte: »Wenn der Schneider seine Alte bestohlen hat, dann ist's keine Sünde, denn er trug nicht so viel Geld bei sich wie unter einen Fingernagel geht. Eine Sünde ist's aber, eine gute Kneipe so zu belagern, daß kein Christenmensch mehr eintreten kann. So sind wir die Schneiderin und den ganzen Schwarm los.«

Überrascht schaute der Wirt den Fremden an, dann brach er in ein lautes Gelächter aus, denn jetzt merkte er erst, mit welcher List der alte Seebär die Schneidermeisterin und die ganze neugierige Menge von der Wirtshaustür weggelockt hatte. Und jetzt erkannte er auch den Alten.

»Willkommen, ehrlicher Bob, willkommen, alter Knabe! Aus welcher Wolke hat es Euch herabgeregnet? Welcher Wind hat Euch hierher getragen? Woher des Wegs? Wann seid Ihr eingelaufen?«

»Zu viele Fragen auf einmal, um sie auf offener Reede zu beantworten; und überhaupt ist es hier zu trocken für eine geheime Unterredung. Quartiert mich in einer Eurer inneren Kajüten ein, stellt mir eine Kanne Grog und ein gutes Stück Rindfleisch hin – und dann so viele Fragen, wie es Euch beliebt, und so viele Antworten, wie sich mit meinen Kauwerkzeugen vertragen.«

»Und wer bezahlt mir die Zeche?« lachte der Wirt, der allerdings wohl zu wissen schien, daß er in diesem Punkt nichts zu befürchten hatte. »Wer?« fragte Bob zurück und hob das Goldstück hoch, das er von Wilder bekommen hatte, »wer sonst als dieser Herr hier auf dem Dukaten! Kein Geringerer als Seine Majestät höchstselbst ist mein Bürge!«

»Den Gott erhalten möge!« wiederholte der Wirt, »ihn und alle, die sein goldenes Bild im Beutel mit sich tragen.«

Während die beiden in einem Hinterzimmer verschwanden, trat auch Wilder in die Gaststube ein. Er dachte eben nach, wie er sich mit seinem Verbündeten in Verbindung setzen sollte, ohne viel Aufsehen zu erregen, als der Wirt schon an ihn herantrat. Und da er ihn von dem früheren Gespräch her wiedererkannte, fragte er: »Wie steht's, Sir? Ein Schiff gefunden? Es ist schwer heutzutage; es gibt mehr Bewerber als Stellen.«

»Weiß nicht, ob es mit mir etwas wird. Als ich den Hügel hinaufging, begegnete ich einem alten Seemann . . .«

»Aha«, unterbrach ihn der Wirt und gab ihm ein verstohlenes Zeichen, ihm zu folgen. »Ich bring' Euch in ein anderes Zimmer, wo Euch das Frühstück besser schmecken soll als hier.«

Wilder folgte dem Wirt, der jetzt sehr geheimnisvoll tat, über allerlei winkelige Umwege und über eine Hintertreppe bis hinauf zum Dachboden, wo er leise an eine Tür klopfte. Mit hohler, schwerer Stimme wurde »Herein!« gerufen. In der niederen, engen Kammer fanden sie niemanden anders als den ehrlichen Bob, den alten Bekannten des Wirts, dem er auch diesen Ehrentitel dankte. Der ehrliche Bob war gerade bei einem wichtigen Geschäft; er zerlegte ein riesiges Stück Ochsenfleisch und begoß es reichlich mit Bier, das, ehe der Grog aufgetragen wurde, ganz nach seinem Geschmack war. Ohne Umstände lud er seinen Besucher ein, sich niederzusetzen, während er sich in seiner Beschäftigung nicht stören ließ. »Sagt mir, Freund«, begann er, ohne seine Mahlzeit zu unterbrechen, »Ihr seid doch weit herumgekommen. Habt Ihr dabei je ein Land kennengelernt, das so prächtiges Ochsenfleisch hervorbringt wie unser herrliches Amerika?«

Wilder wollte das Gespräch noch nicht auf seinen eigentlichen Plan bringen, weil er zunächst seine Gedanken sammeln und sich vergewissern wollte, daß niemand in der Nähe war, sie zu belauschen. Er ging daher auf die Frage des Alten ein.

»Wir wollen die Vaterlandsliebe nicht zu weit treiben. England übertrifft uns in vielen Dingen, und die englischen Mastochsen sind wohl auch besser als die amerikanischen.«

»Wie Ihr meint, Mr. . . . Wie soll ich Euer Ehren nennen?«

»Mich? Mein Name ist – ist Harris.«

»Wie Ihr meint, Mr. Harris. Ich bin ein armer Teufel. Aber es verdrießt einen, wenn man so hört, wie die Herren Engländer auftrumpfen, als habe Gott die Mastochsen nur für sie geschaffen.«

Befremdet von dem Gerede des Alten, wünschte Wilder nunmehr, das Gespräch abzubrechen und zu den eigentlichen Geschäften überzugehen.

»Ihr habt doch das Handgeld nicht vergessen, Freund?«

Der Alte schob den Tisch ein wenig zur Seite, kreuzte die Arme und sah dem anderen voll ins Gesicht.

»Wenn ich einmal einen Auftrag angenommen habe, so baut man bei mir wie auf einen Fels. Ich hoffe, bei Euch ist's nicht anders, Freund Harris«, erwiderte er ruhig und mit sehr ernstem Gesicht.

»Ich wäre sonst ein Lumpenkerl. Doch ehe wir beginnen, möchte ich gern ins Nebenkämmerchen sehen, ob wir auch wirklich allein sind.«

»Wie Ihr meint. Sehen ist besser als glauben.«

Wilder hatte die Tür bereits aufgestoßen und sich überzeugt, daß die Kammer nichts weiter enthielt als ein paar Kleider und Flitterzeug, die wohl der Tochter des Wirts gehören mochten. Er kam zurück mit einem Gesicht, dem man ansah, daß er sich verrechnet hatte.

»Wart Ihr allein, als ich eintrat?« fragte er nach einer kurzen Pause.

»Nur der ehrliche Wirt und Ihr, Harris . . .«

»Sonst niemand?«

»Ich habe niemanden gesehen«, versetzte der Alte, allerdings mit einer Miene, die Verlegenheit verriet. »Doch da Ihr anderer Meinung seid, wollen wir das Zimmer untersuchen. Wehe, wenn da einer horcht!«

»Halt!« unterbrach ihn Wilder, »wer rief vorhin ›Herein‹?«

Bob, der schon aufgesprungen war, die Winkel zu durchsuchen, hielt inne, dachte einen Augenblick nach und fing dann plötzlich an zu lachen.

»Aha!« rief er, »jetzt weiß ich, wo's Euch juckt. Merkt Euch, wenn einer ein Pfund Rindfleisch im Maul hat, dann klingt das Herein! ganz anders, als wenn er nichts zu beißen hat.«

»Dann wart Ihr es selbst, der da gesprochen hat?«

»Darauf könnt Ihr Euch verlassen«, erwiderte Bob und setzte sich erleichtert wieder nieder. »Aber jetzt, Freund, wenn Ihr Lust habt, mir Euer Innneres aufzuschließen, dann bin ich bereit, Euch anzuhören.«

Wilder schien zwar nicht ganz befriedigt, aber er rückte nun den Stuhl näher heran und begann: »Wie Ihr wohl wißt, möchte ich verhindern, daß die Damen, mit denen wir heute morgen gesprochen haben, auf der ›Royal Carolina‹ absegeln. Meine Gründe brauchen Euch nicht zu interessieren.«

»Da braucht Ihr einem alten Seehund nicht viel zu sagen. Ich habe fünfzig Jahre auf dem blauen Wasser zugebracht und weiß es vom blauen Himmel zu unterscheiden. Da brauche ich kein Fernglas: Wenn die Alten sagen: ›Geht!‹, dann sagen die Jungen: ›Bleibt!‹, oder sie denken es wenigstens.«

»Da täuscht Ihr Euch und tut uns unrecht. Ich habe vor dem gestrigen Tag das Mädchen nie gesehen.«

»Nun, dann habt Ihr Euch über den Besitzer der ›Carolina‹ geärgert und gönnt ihm das Geschäft nicht.«

»So würdet vielleicht Ihr verfahren. Ich kenne keinen Menschen auf dem Schiff«, erwiderte Wilder.

»Tja, dann gibt es nur noch eines: Ihr steht mit dem Schiff im äußeren Hafen in Verbindung, und dort sollen sie die hübsche Fracht an Bord nehmen. Wollen sehen, ob wir die Damen hineinmanövrieren können.«

»Um Gottes Willen, nein!«

»Nein? Freund Harris, jetzt verstehe ich Euch überhaupt nicht mehr. Wir haben uns über die Eigenschaften der ›Carolina‹ gestritten; aber bei dem anderen gibt es keinen Meinungsunterschied. Ein vollendet schönes Schiff und so sicher, daß es ein König besteigen könnte.«

»Ich bestreite das nicht, aber ich mag es auch nicht.«

»Nicht? Nun, das ist mir eben recht. Da wir schon einmal dabei sind, möchte ich Euch im Vertrauen sagen, mir gefällt die ganze Sache auch nicht. Wie es vor Anker liegt, außerhalb des Forts, schläfrig und doch segelbereit, und dann die schöne Batterie an Bord. Glaubt Ihr, die fahren aus, um Austern zu fischen oder Schlachtvieh zu laden?«

»Ihr traut ihm ein faules Gewerbe zu? Schmuggelgeschäft?«

»Ich weiß nicht, ich weiß nicht. Der Schmuggel bringt zwar Geld, aber wenn ich mir den Sklavenjäger ansehe, dann fürchte ich, es könnte mit seinen Papieren nicht alles so genau stimmen. – Was meint Ihr dazu, ehrenwerter Kneipenwirt?«

Überrascht wandte sich Wilder um. Der Wirt war so leise eingetreten, daß Wilder, der dem Alten sehr aufmerksam zugehört hatte, nichts davon bemerkt hatte. Der Wirt erschrak über die plötzliche Frage und wußte nichts zu antworten, so daß der Alte noch einmal und jetzt noch direkter fragte: »Ich möchte wissen, ob Ihr den Sklavenhändler da draußen für ein ehrliches Schiff haltet.«

»Bob, Ihr fallt einem immer so plump mit der Tür ins Haus mit Euren verdammten Vermutungen. Was soll ich dazu sagen?«

»Keine Vermutungen? Keinen Argwohn?« forschte Bob weiter.

»Ich argwöhnen? In meinem Haus fällt kein ehrenrühriges Wort gegen einen makellos ehrlichen Sklavenhändler. Gott möge mich vor der Sünde bewahren, einen Untertan Seiner Majestät unrecht zu verdächtigen!«

»Ich bestehe auf einer Antwort! Habt Ihr an dem Schiff was Auffallendes bemerkt?« fuhr ihm der Alte dazwischen.

»Nichts! Nichts, so wahr ich ein armer Sünder bin, gar nichts!«

»Und keinen Verdacht?« drängte der Alte unbarmherzig.

»Bewahre mich der Himmel! Der Satan gibt uns zuweilen Zweifel ein, doch ein Sünder ist nur der, der ihm nicht widersteht. Die Offiziere und die Mannschaft des Schiffs sind tapfere Zecher und freigebig wie die Prinzen. Und da sie immer ihre Rechnung bezahlen, halte ich sie für ehrliche Leute.«

»Aber ich halte sie für Piraten!«

»Piraten?« wiederholte der Wirt und warf einen mißtrauischen Blick auf Wilder, »Piraten? Das ist ein hartes Wort, Master Robert, das man nur gebrauchen sollte, wenn man seiner Sache sicher ist. Aber ich nehme an, Ihr wißt, was Ihr sagt und vor wem Ihr es sagt.«

»Das weiß ich. Und nun verschwindet und fragt Eure Gäste unten, ob sie durstig sind.« Auf einen gebieterischen Wink des Alten hin verschwand der Wirt, sichtlich erleichtert, daß das peinliche Gespräch damit zu Ende war. Sobald er die Tür hinter sich gelassen hatte, begann der Alte: »Und was meint Ihr? Ihr staunt nicht weniger als der dumme Wirt!«

»Alter, Ihr erlaubt Euch da einen schweren Verdacht, den Ihr wohl schwerlich beweisen könnt. Und welcher Pirat sollte denn hier an unserer Küste sein?«

»Der berüchtigte Rote Korsar«, erwiderte der andere und senkte seine Stimme fast zu einem Flüstern, wobei er noch einen verstohlenen Blick in die Ecke warf, als sei selbst bei der Nennung des Namen Vorsicht geboten.

»Von dem heißt es doch, daß er sich hautsächlich in der Karibischen See herumtreibe.«

»Der Rote ist überall und nirgends. Der König hat einen schönen Preis auf seinen Kopf ausgesetzt.«

»Leichter gesagt, als getan!«

»Vielleicht ja, vielleicht nein. Ich bin ein alter Kerl, mit dem es mehr bergab als bergauf geht. Mit Euch steht's anders, Ihr seid wie ein frischausgerüstetes Schiff. Macht Euer Glück und verkauft das Gesindel an den König. Es geht doch nur darum, dem Teufel sein Futter ein paar Monate früher oder später zu geben.«

Wilder starrte sein Gegenüber entsetzt an. In seinem Inneren verurteilte er den Ton, mit dem der andere eben zu ihm gesprochen hatte. Da er aber einsah, daß er eine Antwort geben müsse, antwortete er mit einer Gegenfrage.

»Noch einmal: Wie kommt Ihr auf diesen Verdacht? Und wie wolltet Ihr Euren Plan ausführen, wo wir doch hier keinen einzigen königlichen Kreuzer haben?«

»Beschwören kann ich es freilich nicht. Aber wenn wir uns getäuscht haben sollten, dann können wir ja wieder von dem Plan ablassen. Einen königlichen Kreuzer kann ich Euch allerdings auch nicht beschaffen.«

»Schluß damit, ein für allemal. Das ist doch leeres Gerede, ein Hirngespinst in Eurem alten Kopf«, schloß Wilder das Gespräch unhöflich. »Je weniger davon die Rede ist, desto besser ist es. Wir haben unser eigenes Geschäft vergessen, oder wollt Ihr jetzt nichts mehr davon wissen, da Ihr Euer Geld schon habt.«

Der Alte schien mit dem Gespräch trotz der Unhöflichkeiten des Jüngeren nicht übel zufrieden zu sein, doch davon merkte Wilder nichts, da er ungeduldig in der Kammer auf und ab ging.

»Schon recht, schon recht, ich bin ein alter Träumer«, beeilte sich Bob mit seiner Antwort, »ich stehe zu Diensten und erwarte die Befehle.«

Wilder nahm wieder Platz und gab seine Instruktionen, die darauf hinausliefen, daß der Alte alles, was er zugunsten der »Carolina« gesagt hatte, widerrufen sollte.

II

Da sich während des Tages die Anzeichen mehrten, daß ein kräftiger Wind aufkommen werde, wurde es an Bord der »Carolina« lebendig; die Abfahrt schien unmittelbar bevorzustehen. Und wie stets bei dieser Gelegenheit fanden sich am Kai die Zuschauer aus allen Schichten der Bevölkerung ein, um Zeugen des Schauspiels zu sein. Doch je länger es dauerte, desto mehr Neugierige verliefen sich wieder, während sich unter denen, die ausharrten, das Gerücht verbreitete, daß einer der hohen Offiziere an Bord irgendeinen ernsten Schaden genommen habe. Das Donnern einer Kanone auf dem Schiff unterbrach das Rätseln der Menge; das war das endgültige Zeichen zur Abfahrt, wie es schien.

Wilder, der etwas entfernt vom dem Gedränge stand, erschrak bei dem Krachen des Geschützes, allerdings weniger darüber als über den Anblick, der sich ihm in diesem Augenblick bot: eine zahlreiche Gesellschaft näherte sich, und mitten drin entdeckte er Mrs. Wyllys und Gertraud in Reisekleidern. So war es also eine Gewißheit, daß sie sich einschiffen wollten.

Wilder hatte ganz fest an das Gelingen seiner List mit dem Alten geglaubt, so durchsichtig sie auch sein mochte; aber er hatte auf weibliche Leichtgläubigkeit und Furchtsamkeit gebaut, und nun wurde er in allen seinen Erwartungen so schmählich getäuscht. Halb unterdrückte Verwünschungen über seinen Mitverschworenen vor sich hin brummend, verbarg er sich vor den Damen und richtete seinen düsteren Blick auf das verwünschte Schiff.

Die Gesellschaft, die die Abreisenden bis an den Hafen begleitete, war, wie es bei Abschieden der Fall zu sein pflegt, schweigsam und ungeduldig zugleich. So war es auch hier, doch Wilder vermied jeden Blick auf die Gruppe, der seine besondere Anteilnahme galt. Diese Zurückhaltung konnte nicht verhindern, daß ihn Mrs. Wyllys entdeckte und auf ihn zutrat. Sie wiederholte ihre drängenden Fragen nach dem Beweggrund seiner verschiedenen Warnungen, aber er konnte und wollte ihr so wenig wie zuvor eine deutliche Erklärung geben. So schieden sie wieder mit der Zurückhaltung, die sich äußert, wenn man sich gegenseitig mißtraut. Wilder verharrte in düsterem Brüten, konnte aber dennoch nicht verhindern, daß er alles mit anhörte, was in der Gesellschaft der beiden Damen gesprochen wurde. Am meisten tat sich natürlich Madame de Lacey hervor, die mit Ermahnungen nicht geizte und allen Umstehenden mit ihren Kenntnissen in Fragen der Seefahrt zu imponieren versuchte.

»Und nun, meine liebe Nichte«, beschloß sie ihre lange Rede, »nun befehle ich dich der mächtigen See und einem weit Mächtigeren – dem, der dich geschaffen hat. Vergiß alles, was du über die Mängel der stolzen ›Royal Carolina‹ gehört hast, denn die Meinung des alten Seemanns, der mit meinem verewigten Admiral gesegelt ist, bestärkt mich in meinem Vertrauen.«

»Der Schuft, der Verräter«, knurrte Wilder.

Unter Tränen und in gerührter Stimmung nahm man voneinander Abschied, und gleich darauf brachte ein Boot die Reisenden hinüber zum Schiff.

Während Wilder unter trübseligen Gedanken dem Kahn nachblickte, stieß ihn plötzlich jemand in die Seite. Entrüstet wandte er sich um und sah einen Knaben von ungefähr 15 Jahren; es war der Bursche des Korsaren, den er an Bord des Piratenschiffes gesehen hatte und den wir bereits als Roderich kennen.

»Ich bin beauftragt, Ihnen diese Befehle zu übergeben«, meldete der Bursche.

»Befehle?« entgegnete Wilder unwillig.

»Jawohl, Befehle, denen man nicht ungestraft ungehorsam ist.«

»So? Dann muß ich deinen Brief wohl lesen. Sollst du auf Antwort warten?«

Doch der, an den die Frage gerichtet war, war schon verschwunden. Ihn einholen zu wollen, wäre zu dieser Zeit und an diesem Ort ein vergebliches Bemühen gewesen. So öffnete er den Brief und las:

»Ein Zufall hat den Kapitän der ›Carolina‹ unfähig gemacht, seine Aufgabe zu erfüllen. Der, dem die Ladung übergeben ist, hat kein Vertrauen in die Fähigkeiten des nächsten im Rang auf dem Schiff; absegeln aber muß es. Man lobt es als einen schnellen Segler. Wenn Sie Zeugnisse über Ihre Kenntnisse haben, dann benutzen Sie die Gelegenheit und mustern Sie an. Sie sind einigen von den Beteiligten vorgeschlagen worden, und man hat nach Ihnen überall gesucht. Erreicht Sie der Brief noch rechtzeitig, so verlieren Sie keine Zeit, und handeln Sie entschlossen. Lassen Sie sich keine Überraschung anmerken, wenn Sie unvermutet Beistand finden. Ich habe mehr Leute im Sold, als Sie anfangs glaubten. Die Ursache ist klar: Gold ist gelb. Doch ich bin der ROTE.“

Wilder hegte keinen Augenblick Zweifel, daß der Brief wirklich vom Korsaren stammte. Ein rascher Blick in die Runde, und schon sprang er in einen Kahn, und noch ehe die Reisenden das Schiff erreicht hatten, hatte er schon die Hälfte des Weges durchmessen. Kaum an Bord, bahnte er sich den Weg bis dorthin, wo er die Leute zu treffen hoffte, denen am Schicksal des Schiffes am meisten gelegen sein mußte, die Kaufleute und Reeder.

»Sehe ich hier den Eigentümer der ›Carolina‹?« fragte er.

»Das Schiff ist unserem Hause eng verbunden«, erwiderte ein gesetzter Herr mit schlauer Miene. Man sah ihm an, daß er ein Handelsmann war.

»Ich höre, hier fehlt ein erfahrener Offizier.«

»Erfahrene Offiziere sind ein großer Trost. Ich hoffe, die ›Carolina‹ ist ausreichend damit versehen«, antwortete der Kaufmann.

»Ich höre aber, man sucht einen, der die Stelle des Kommandeurs einnehmen könne.«

»Davon kann leicht die Rede gewesen sein. Suchen Sie einen Platz auf dem Schiff?«

»Ich möchte mich um die freie Stelle bewerben.«

»So? Und sind Sie sicher, daß die Stelle auch wirklich frei ist? Und haben Sie Zeugnisse vorzuweisen, daß Sie diesem Posten überhaupt gewachsen sind?«

»Ich hoffe, diese Dokumente werden genügen«, sagte Wilder und übergab dem andern einige entsiegelte Papiere.

Während der Handelsmann die Dokumente durchlas, musterte er immer wieder über den Rand seiner Brille hinweg mit schlauen Blicken den Mann, dem die Zeugnisse galten, als wolle er sich von der Wahrheit dessen, was er las, überzeugen.

»Hm, hm, nicht übel, junger Herr. Und da das Zeugnis von zwei so respektablen Firmen stammt wie ›Spriggs, Boggs und Comp.‹ und ›Hammer und Hacket‹, ist es allerdings glaubwürdig. Solidere Firmen werden sich in den Kolonien Seiner Majestät kaum mehr antreffen lassen. Aber, Mr. Wilder, Sie verlangen doch wohl nicht, daß wir extra eine Lücke machen, damit Sie sie ausfüllen können. Gewiß, gewiß, Ihre Zeugnisse sind so gut wie die Wechsel von ›Spriggs, Boggs und Comp.‹, aber . . .«

»Ich war der Meinung, der Kapitän sei so krank, daß . . .«

»Krank ja, aber nicht bedenklich«, unterbrach ihn der verschmitzte Handelsmann und blickte rasch in die Runde, »krank allerdings, aber doch nicht so sehr, daß er das Schiff verlassen müßte. Nein, nein, meine Herren«, sprach er nun, daß es auch die Umstehenden hören sollten, »die ›Royal Carolina‹ tritt ihre Fahrt an, und zwar wie immer unter der Leitung des alten und erfahrenen Seemanns Nicholas Nichols.«

»Dann tut es mir leid, daß ich Sie gestört habe, Sir«, erwiderte Wilder tief enttäuscht und trat einen Schritt zurück.

»Nur nicht so eilig, junger Mann, nur nicht so eilig, einen Handel schließt man nicht so rasch ab, wie man die Segel von den Rahen fallen läßt. Kann sein, daß uns Ihre Dienste dennoch von Nutzen sind, wenn auch nicht im verantwortlichen Amte eines Offiziers. Wie wär's mit dem Titel ›Kapitän‹?«

»Ich kümmere mich wenig um den Namen, wenn nur das Schiff und der Oberbefehl mir anvertraut sind.«

»Ein kluger Junge, der den Unterschied zwischen Schein und Sein erkannt hat«, brummte der Kaufmann vor sich hin. »Aber die Bezahlung . . .«

»Die Bezahlung spielt keine Rolle«, unterbrach ihn Wilder fast zu eifrig, »mir kommt es nur auf die Beschäftigung an.«

»Die sollen Sie haben, und wir werden auch nicht kleinlich sein; Vorschuß werden Sie ja nicht verlangen, aber großzügig werden wir über die Maßen sein. Doch da ist noch ein Punkt, der zu klären ist. Wer bürgt uns denn dafür, daß Sie wirklich die Person sind, die in den Papieren hier genannt ist?«

»Genügt nicht die Tatsache, daß ich die Papiere besitze?«

»Das gilt vielleicht für Friedenszeiten. Doch heutzutage sollte eine Personenbeschreibung angefügt sein oder ein Notariatssiegel, damit wir vollkommen beruhigt sein können, daß Sie und kein anderer die genannte Person sind.«

»Da kann ich Sie beruhigen, Mr. Bale«, mischte sich plötzlich einer der Umstehenden ein, der dem Gespräch bisher mit größter Aufmerksamkeit gefolgt war, um ja kein Wörtchen zu verlieren, »ich kann dafür Zeugnis ablegen und, wenn nötig, auch Bürgschaft geben, daß der junge Herr die genannte Person ist.«

Überrascht wandte sich Wilder um und war nicht wenig erstaunt über einen Bekannten, der ihm hier durch Zufall über den Weg laufen sollte, wo er doch vollkommen unbekannt zu sein wünschte. Sein Erstaunen wuchs, als er bemerkte, daß der Sprecher kein anderer war als der Wirt zum »Unklaren

Anker«, der eben auf die Gruppe zutrat. Mit dem ehrlichsten Gesicht der Welt stand er nun da und wartete, wie seine Bürgschaft auf die anderen wirken würde.

»Der Herr hat sicher eine Zeitlang bei Euch logiert und seine Rechnung pünktlich bezahlt«, erwiderte Mr. Bale, der Handelsmann, »ich aber möchte Dokumente sehen.«

»Ich weiß zwar nicht, welche Dokumente gut genug für Sie sind«, antwortete gelassen der Gastwirt und hob zur Bekräftigung des folgenden die Hände, »wenn aber die eidliche Aussage eines Hauseigentümers genügt, nun, dann sind Sie ja Magistratsperson und können mir den Eid abnehmen.«

»Dazu fehlen hier die Voraussetzungen. Aber sagt uns, was Ihr von dem jungen Manne wißt.«

»Daß er für seine Jahre ein Seemann ist, wie Sie ihn in den Kolonien nicht besser finden können. An Erfahrung mögen ihn manche übertreffen, aber sicher nicht an Tatkraft, Wachsamkeit und Klugheit, besonders an Klugheit.«

»Ihr seid also ganz gewiß, daß er die Person ist, auf die sich diese Papiere beziehen?«

In aller Ruhe nahm der Wirt die Zeugnisse an sich und machte sich daran, sie aufs gewissenhafteste zu studieren, ein Bild der Ehrbarkeit und der Zuverlässigkeit.

»Alles, was hier steht, hat seine Richtigkeit, Mr. Bale«, bemerkte der Wirt, als er die Papiere wieder zurückreichte. »Man hat nur vergessen zu erwähnen, wie er die ›Nanette‹ rettete und wie er ohne Lotsen die ›Margarethe‹ durch die feuerspeienden Batterien aus dem Hafen von Savannah steuerte. Ich nehme selbst Anteil am Schicksal der ›Carolina‹, Mr. Bale, weil es ein Fahrzeug ist, das Newport selten verläßt, ohne daß klingende Münze in meiner Tasche zurückbleibt. Sonst wäre ich heute nicht da, um zu sehen, wie es die Anker lichtet.«

Bei diesen Worten klimperte der ehrliche Wirt mit ein paar Münzen in der Tasche, und die beiden Männer lachten wie Leute, die sich verstehen, wenn es darum geht, Profit einzustreichen.

Bale winkte Wilder zur Seite, und nach einigem Hin und Her wurden die Bedingungen des Vertrags aufgesetzt. Der eigentliche Kapitän sollte demnach an Bord bleiben, aber man machte jetzt kein Hehl mehr daraus, daß sein Schaden, nämlich ein gebrochenes Bein, um das sich eben die Chirurgen bemühten, ihn zwingen würde, für mehr als einen Monat seine Kajüte und Hängematte zu hüten. Sein Amt und seine Pflichten sollte bis zu diesem Zeitpunkt Wilder übernehmen. Nachdem die Verhandlungen abgeschlossen waren, verließ Mr. Bale das Schiff, zufrieden, daß er einen so günstigen Preis herausgehandelt hatte. Der Wirt hingegen machte sich aus dem Staub, um nicht nachträglich noch eine schriftliche Erklärung über die Person Wilders abgeben zu müssen. Später hoffte er, sich mit Ausreden und Entschuldigungen aus der Sache herauszuwinden.

12

Wilder überzeugte sich indessen, daß das Schiff, dessen Kommando er jetzt führte, wirklich die guten Eigenschaften hatte, die der Rote in seinem Brief angedeutet hatte. Alles deutete darauf hin, daß die »Royal Carolina« ein schnelles Schiff war, und auch die Mannschaft, die gerade unter dem Befehl des Lotsen am Bratspill beschäftigt war, machte einen günstigen Eindruck. Wilder lächelte selbstzufrieden und wandte sich dann um, als er plötzlich die erstaunten Augen von Mrs. Wyllys auf sich gerichtet fand.

»Nach all dem, was Sie über dieses Schiff zu sagen hatten«, bemerkte sie ironisch, »hätte ich Sie am wenigsten hier erwartet.«

»Sie wissen wahrscheinlich, daß der Kapitän unglücklicherweise einen Unfall hatte«, anwortete Wilder.

»Wir haben gehört, daß ein neuer Offizier an seine Stelle

getreten ist. Doch wir sind erstaunt, gerade Sie hier zu finden.«

»Sie haben vielleicht einen ungünstigen Eindruck ...«

»Oh, ich zweifle nicht an Ihren Kenntnissen, und Sie werden sicher Gelegenheit haben, Ihr Können zu beweisen, wenn es gefährlich werden sollte. Oder halten Sie die Gefahren jetzt nicht mehr für so bedrohlich, da Sie bereit sind, sie mit uns zu teilen?«

»Sie tun mir unrecht, Madame«, erwiderte Wilder mit einem Blick auf Gertraud, die schweigend zugehört hatte, »es gibt keine Gefahr, der ich mich nicht aussetzen möchte, um Sie und diese junge Dame zu schützen.«

»Ihr ritterliches Betragen ist uns nicht entgangen«, lenkte Mrs. Wyllys jetzt in einem etwas freundlicheren Ton ein, »auch wenn wir Sie und Ihre Reden bisher nicht verstehen konnten. Wir wollen Sie aber nicht länger von Ihren Pflichten abhalten. Gertraud, wir Frauen stehen gewöhnlich im Wege, wenn auf einem Schiff die Dienstpflicht ruft.«

Gertraud errötete und folgte ihrer Gouvernante auf die andere Seite der Schanze, während unser Abenteuerer ihr einen Blick nachsandte, der deutlich verriet, daß ihm die Gesellschaft der jungen Damen durchaus nicht lästig geworden wäre. Allein, die Matrosen hatten inzwischen den Anker bereits aufgeholt, und Wilder übernahm von dem Offizier, der bisher die Komandos erteilt hatte, den Befehl über das Schiff. Nachdem er alles vom Deck bis hinauf zu den Toppen überblickt und sich überzeugt hatte, daß es in Ordnung war, überprüfte er endlich auch noch die Außenseite des Schiffes, ob nicht irgendwo noch ein überflüssiges Tau herabhinge. In diesem Augenblick bemerkte er ein winziges Boot, das an der Leeseite des Schiffes festgemacht war und auf dem leicht bewegten Wasser wie eine Feder hin und her tanzte. Wilder erkannte, daß es ein Boot von der Küste war, und fragte einen der Matrosen, wer denn der Eigentümer sei. Der wies auf den Wirt zum »Unklaren Anker«, der eben aus dem Schiffsinneren emporgestiegen kam.

Der Anblick des Mannes erinnerte Wilder noch einmal an alles, was an Bord vorgefallen war, und erweckte wieder den Gedanken, wie gewagt das Unternehmen war, auf das er sich eingelassen hatte. Der Wirt hingegen schien von dieser Begegnung weniger betroffen. Er näherte sich dem jungen Seemann, redete ihn mit dem Titel »Kapitän« an und wünschte ihm eine gute Reise und was man sonst in einem solchen Augenblick zu wünschen pflegt.

»Der Herr Kapitän haben da einen glücklichen Handel geschlossen«, endigte er, »und ich hoffe, Sie werden eine schnelle Fahrt machen. Es wird Ihnen jedenfalls heute nachmittag nicht an gutem Wind fehlen. Und wenn Sie brav Segel setzen, können Sie morgen schon die Küste aus dem Gesicht haben. Wenn ich mich auch nur ein wenig aufs Wetter verstehe, dann wird der Wind von Osten blasen, mehr als Euch vielleicht lieb ist.«

»Und wie lange wird wohl meine Fahrt dauern?« fragte Wilder so leise, daß ihn kein anderer außer dem Wirt verstehen konnte. Der sah sich verstohlen um und erwiderte verschmitzt: »Hab ich vorhin nicht einen schönen Eid angeboten, Mr. Wilder?«

»Ihr habt allerdings meine Erwartungen übertroffen. Ihr versteht Euch aufs Geschäft. Doch Ihr habt vergessen, meine Frage zu beantworten: Wie lange wird unsere Fahrt wohl dauern?«

»Lieber Gott, Mr. Wilder, woher soll das ein armer Gastwirt wissen? Muß ich dem Herrn dieses stattlichen Schiffs erst sagen, woher der Wind weht? Ihr werdet's schon schaffen und beweisen, daß ich meine Empfehlungen nicht umsonst gegeben habe.«

Wilder verwünschte im stillen die vorsichtige Verschmitztheit des Spitzbuben, denn er sah vollkommen ein, daß sein Spießgeselle, der der Wirt nun einmal war, nichts weiter von seinem Geheimnis verraten wollte und viel zu vorsichtig war, um auf seine Frage einzugehen. Und doch drang er weiter in den Wirt.

»Ihr seht, daß das Schiff schon gute Fahrt macht. Sagt mir darum schnell, was wißt Ihr von dem Brieflein, das mir heute früh zugespielt wurde?«

»Ach du lieber Himmel!« wehrte der Wirt ab. »Meint Ihr denn, daß ich ein Briefträger bin, Herr Kapitän? Wie kann ich wissen, was in den Briefen steht, die hier in Newport ankommen?«

Du Schurke! dachte Wilder ergrimmt und fuhr dann laut fort: »Aber das könnt Ihr mir wenigstens sagen: Wird man uns auf den Fersen folgen, oder erwartet man, daß ich das Schiff unter einem Vorwand auf hoher See stoppe?«

»Der Herr behüte Euch, junger Mann! Was sind das für Fragen von einem, der frisch von der See kommt, an einen, der sie seit 25 Jahren nur vom Land aus kennt! Alles, was ich weiß, ist, daß Sie das Schiff ziemlich Süd halten müssen, bis die Inseln außer Sicht sind. Und dann müssen Sie Ihre Bewegungen nach dem Wind machen, damit Sie nicht in den Golf kommen, wo die Strömung Sie dahin treibt, während Ihr Kommando dorthin lautet.«

»Luv an! Beim Wind gehalten!« rief da der Lotse dem Mann am Steuer zu.

»Beim Wind gehalten! Um keinen Preis nach der Leeseite des Sklavenhändlers!«

Wilder und der Wirt schreckten zusammen, als hätte das eben erwähnte Schiff für sie etwas Besorgniserregendes. Der Seemann wies auf das kleine Boot, das noch immer neben dem Schiff tanzte, und sagte: »Wenn Ihr nicht mit uns auslaufen wollt, dann ist es Zeit, von Bord zu gehen.«

»Ihr habt recht«, erwiderte der Wirt, »ich muß Euch jetzt verlassen, so gern ich auch noch länger geblieben wäre.« Dann schwang er sich über die Bordwand und stieg hinab. »Na, Jungs, ich wünsch' Euch gute Zeit, viel Wind und von der rechten Sorte und eine schnelle Rückkehr!«

Kaum hatte das Boot losgemacht, drehte es sich ein paarmal und blieb dann zurück, während sich die »Carolina« ruhig und gleichmäßig fortbewegte.

Wilder folgte dem Boot noch einen Augenblick mit den Augen, dann wurde er durch die Stimme des Lotsen aus seinen Gedanken gerissen, der von der Vorderseite des Schiffs rief: »Die leichten Segel höher, anderen Wind! Keinen Zollbreit abfallen, sonst kommst du nicht am Sklavenhändler vorbei! Luv an! Luv an!«

»Der Sklavenhändler«, murmelte Wilder vor sich hin und eilte einer Stelle zu, von der aus er hinüberblicken konnte. Eigentlich ohne es zu wollen, stand er plötzlich neben Mrs. Wyllys und Gertraud, die das fremde Schiff mit Vergnügen betrachtete und eben in dem Augenblick, als Wilder hinzutrat, bemerkte: »Sie werden mich auslachen, Mrs. Wyllys, aber es wäre mir jetzt lieber, wir kämen von der ›Carolina‹ wieder herunter und könnten unsere Fahrt mit diesem schönen Schiff dort machen!«

»Ein schönes Schiff, in der Tat, aber gewiß nicht sicherer und bequemer als unseres«, erwiderte Mrs. Wyllys, »und dann ein Sklavenhändler! Es ist eine Schande, daß ein so schönes Schiff zu einem so abscheulichen Zweck mißbraucht wird.«

»Ein unheimliches Schiff und ein abscheulicher Zweck«, stimmte ihr Wilder zu, und alle drei sahen schweigend und nachdenklich hinüber zu dem Sklavenschiff, auf dem sich nach wie vor nichts rührte.

Das Schiff war nun zwischen den kleinen Inseln und dem Punkt, wo man Homespun gefangen hatte, hindurchgesegelt und hatte den inneren Hafen verlassen. Schnurgerade im Weg lag der Sklavenhändler, und alle waren gespannt, ob es noch möglich war, in Luv vorbeizukommen, was für das Auslaufen gewisse Vorteile gebracht hätte. Der neue Kommandant allerdings war begreiflicherweise auch aus anderen Gründen gespannt, wie sie die Durchfahrt meistern würden, denn es konnte ja bereits jetzt zu einer Entscheidung kommen. Das Fort war keineswegs in dem Zustand, daß es den Korsaren hätte hindern können, die Beute schon hier im Angesicht der Stadt aufzubringen und, den schwachen Befestigungen zum Hohn, mit sich hinwegzuführen. Auch waren die Positionen, die die beiden Schiffe einnahmen, einem solchen Überfall durchaus günstig; an eine wirksame Gegenwehr der »Carolina« war, da sie ja gar keine Vorbereitungen getroffen hatte, nicht zu denken. Und überdies mochte ein solch kühner und verwegener Überfall unter den Batterien der Hafenbefestigungen auch etwas Verlockendes für den Freibeuter haben. Unter diesen Umständen, die ein baldiges Ende des Oberbefehls auf der »Carolina« verheißen hätten, war also Wilder mehr als alle anderen auf den Ausgang des Unternehmens gespannt.

Er strengte seine Augen an, um vielleicht an irgendeinem Zeichen die Absichten des Roten erkennen zu können; aber sosehr er sich auch bemühte, nichts deutete darauf hin, daß der Rote seine Position auch nur im geringsten zu ändern beabsichtigte. Das Schiff lag da in tiefer, aber auch unheimlicher Ruhe, wie es den ganzen Morgen dagelegen hatte. Im ganzen Labyrinth des Tauwerks war nur eine einzige Gestalt zu entdecken, ein einsamer Matrose, der auf einer Rah saß und mit irgendwelchen Ausbesserungsarbeiten beschäftigt schien. Da der Mann im Luv saß, durchzuckte Wilder der Gedanke, daß er vielleicht dort postiert sei, damit er in die Takelage der »Carolina« einen Fanghaken werfe, um die beiden Schiffe aneinander zu fesseln. So beschloß er rasch, diesen Plan zu hintertreiben, und rief dem Lotsen zu, er solle den Sklavenhändler auf der Leeseite passieren.

»Keine Angst, Kapitän, lassen Sie mich nur machen!« gab der Lotse zurück, der offenbar entschlossen war, seine kurze Herrschaft über das Schiff mit niemandem zu teilen. »Ich kenne hier jeden Stein auf dem Grund und kann Euch deren Namen aufzählen wie der Stadtbüttel die Straßen von Newport. Luv, Junge! luv, soviel du kannst!«

»Wenn Ihr es auf den Sklavenhändler treibt, wer zahlt dann die Zeche?«

»Ich habe Kaution für alles gestellt«, gab der eingebildete Lotse zurück, »und meine Frau nähte Euch jedes Loch, das ich in Eure Segel bringe, mit der Nähnadel zusammen.«

»Schön und gut, aber Ihr könnt ja das Schiff jetzt schon nicht mehr regieren. Abfallen!«

»Abfallen!« wiederholte jetzt der Lotse, der angesichts der wachsenden Schwierigkeiten seine Selbstsicherheit verlor. »Haltet die Segel voll beim Wind! Ich hab's ja immer gesagt. Der Wind hat sich gedreht, Kapitän, so daß wir doch auf der Leeseite vorüber müssen.«

»Aus dem Wind mit dem Schiff!« schrie Wilder im Befehlston. »Aus dem Wind!«

Doch da geschah das Unerwartete. »Das fremde Schiff hat uns ein Ankertau vors Kielwasser geworfen!«

Wilder schwang sich auf eine Kanone, um besser sehen zu können, und erkannte, daß eine lange Trosse das Wasser peitschte. Ganz klar, der Sklavenfahrer versuchte, dem Kauffahrteischiff die Leeseite abzuschneiden. Die Offiziere auf der »Carolina« waren über diese Maßnahme nicht wenig befremdet, doch keiner konnte wissen, warum der Wurfanker so gelegt und ein Sperrtau quer über die Durchfahrt gespannt wurde. Zufrieden war allein der Lotse. Er hatte das Schiff in eine Lage gebracht, daß man auf keiner Seite mehr vorüber konnte; sollte sich nun ein Unfall ereignen, dann konnte er sich in jedem Fall auf die schwierige und zweideutige Situation berufen.

»Eine Unverschämtheit«, knurrte Wilder, als er sich von der Lage überzeugt hatte, »Ihr müßt das Schiff doch auf der Windseite vorüberführen, Lotse. Es bleibt nichts anderes übrig.«

Befriedigt gab der Lotse die entsprechenden Befehle. Schwerfällig gehorchte das Schiff dem Steuermann, während die Segel killten wie ein Volk von aufgescheuchten Wasservögeln. Doch kaum war das Schiff wieder in der alten Richtung, so fiel es merklich an Fahrt ab, kraftlos wie zuvor, weil es keinen Wind mehr in den Segeln hatte, und trieb wieder auf den Sklavenjäger zu.

Da die Offiziere der »Carolina« mit spöttischen Bemerkungen über das unbeholfene Kreuzen ihres Schiffes nicht sparten, versuchte der Lotse, seinen Ärger hinter zahllosen, lärmenden Befehlen zu verbergen. Das Geschrei wurde immer wirrer, bis die Matrosen schließlich müßig dastanden und nicht mehr wußten, welches Kommando sie ausführen sollten. Wilder stand indessen neben seinen weiblichen Passagieren und sah dem Durcheinander scheinbar gleichgültig zu. Mrs. Wyllys sah ihn prüfend an, um vielleicht aus seinem Gesicht etwas über die Gefährlichkeit der Situation zu erfahren, sofern es überhaupt gefährlich war, wenn ein Schiff auf ruhigem Wasser auf ein anderes zutrieb, das unbeweglich vor Anker lag.

»Gibt es wirklich eine Gefahr?« fragte sie und versuchte ihre eigenen Befürchtungen vor Gertraud zu verbergen.

»Ich sagte Ihnen schon, daß die ›Carolina‹ ein Unglücksschiff ist.« Das eigentümliche Lächeln, das diese Worte Wilders begleitete, gefiel den Damen durchaus nicht, so daß sich Gertraud ängstlich an ihre ältere Gefährtin schmiegte.

»Warum lassen sich die Matrosen des Sklavenhändlers nicht sehen, um in dieser Lage zu helfen?« fragte sie, unsicher geworden.

»Die werden wir wohl bald genug zu sehen bekommen.«

»Sie halten das für gefahrvoll, Herr Kapitän?«

»Bleiben Sie in jedem Fall an meiner Seite«, erwiderte Wilder halblaut, »so nahe wie möglich.«

Und nun war es an der Zeit, daß der Kapitän für Ordnung auf dem Schiff sorgte und die allgemeine Unsicherheit beendete. Ein lauter Befehl übertönte das Geschrei des Lotsen und lenkte die Aufmerksamkeit der Matrosen auf den Befehlshaber des Schiffes. Wilder stand so, daß ihn jeder sehen und er alles überblicken konnte. Die Lage der »Carolina« war ihm klar; doch dann blickte er hinüber zu dem anderen, der noch immer in verräterischer Ruhe dalag und nicht zu erkennen gab, ob er die Durchfahrt gestatten würde oder nicht. Auf dem fremden Fahrzeug war nach wie vor kein Mensch zu sehen, außer dem bereits erwähnten Matrosen, der sich seiner Arbeit widmete, als ob die »Carolina« hundert Meilen von hier entfernt wäre. Dann kam Wilders zweiter Befehl: »Alle Segel backbrassen, vorne und hinten!«

»Jawohl«, wiederholte mechanisch der Lotse, »alles backbrassen!«

»Ist keine Schaluppe an Bord?« fragte der Kapitän, und als ein Dutzend Stimmen die Frage bejahten, befahl er weiter: »Dann setzt den Lotsen hinein!«

»Das ist ein gesetzwidriger Befehl«, protestierte jener. »Ich verbiete es, einem anderen Kommando als dem meinem zu gehorchen!«

»Werft ihn hinein!« wiederholte Wilder streng.

Der Widerstand des Lotsen erregte kein besonderes Aufsehen. Die kräftigen Arme zweier Matrosen ergriffen ihn und warfen ihn trotz seines Sträubens ohne Umstände ins Boot, als wäre er ein Klotz. Das andere Ende der Fangleine wurde ihm zugeworfen, und so überließ man ihn höchst gleichgültig seiner Wut und seinem Protest.

Inzwischen war der Befehl Wilders ausgeführt. Die riesigen Segel, die eben noch im Wind flatterten, preßten sich nun gegen die Masten und zwangen das Schiff zurück, ein schwieriges Manöver; doch der junge Kapitän war seiner Aufgabe gewachsen, die »Carolina« gab nach.

Während des ganzen Manövers hatte Wilder seine Aufmerksamkeit zwischen seinem eigenen Schiff und seinem rätselhaften Nachbarn geteilt, dessen imposante, totenähnliche Stille auch nicht durch einen einzigen Laut unterbrochen wurde. Kein menschliches Antlitz, ja nicht einmal ein Auge konnte er an einer der Stückpforten entdecken. Der Matrose auf der Rahe setzte seine Arbeit fort, als ob es ringsum nichts anderes gäbe. Und doch machte das Schiff fast unmerklich eine Bewegung, die der trägen Wendung eines schlafenden Walfisches glich und mehr durch die zufällige Strömung als durch Menschenhand hervorgerufen schien.

Aber nicht die geringste Veränderung entging dem scharfen Auge Wilders. Er sah, wie die Breitseite des Sklavenfängers sich nach und nach seinem Schiff zuwandte; unaufhörlich starrten die Kanonenmündungen des Fremden auf die »Carolina« wie die Augen eines lauernden Tigers auf die sichere Beute. In jedem Augenblick hätte eine volle Ladung aus den Geschützen des Korsaren das ganze Deck des Kauffahrers bestreichen können. Dann endlich war letzterer der gefährlichen Nachbarschaft entronnen und steuerte einer Stelle zu, wo er sich sicher fühlen durfte. Doch nun erwies es sich, daß Strömung und Windrichtung ungünstig waren. Darum wurden noch einmal die Segel geborgen und der Anker herabgelassen.

13

Wilder hatte dadurch, daß er dem Lotsen den Laufpaß gegeben hatte, eine Verantwortung übernommen, vor der der Seemann im allgemeinen zurückschreckt; wenn nämlich beim Auslaufen aus dem Hafen ein Schaden entsteht, muß er nicht nur die ganze Schadenssumme zahlen, sondern er setzt sich auch noch einer Strafe aus. Doch Wilder hatte bei allen seinen Handlungen, hier und auch später, das Bewußtsein, über dem Gesetz zu stehen.

Stolz trat er nunmehr nach dem geglückten Manöver auf die beiden Damen zu, die allerdings nicht ahnen konnten, welche tiefere Gründe hinter all den Vorgängen standen. Und doch bemerkte Mrs. Wyllys, als er auf sie zutrat, halb sorgenvoll und wohl auch halb im Schmerz: »Das Schiff dort könnte man für ein Gespensterschiff halten, wenn es so etwas überhaupt gäbe.«

»Nun, es ist ein wunderbar gebautes und hervorragend bewaffnetes Handelsschiff«, gab Wilder zurück.

»Bestand denn irgendeine ernsthafte Gefahr, als die beiden Schiffe aufeinander zutrieben?«

»Gewiß, aber wir sind ja jetzt in Sicherheit.«

»Dank Ihrer Geschicklichkeit. Aber wie läßt sich das alles mit Ihren früheren Befürchtungen vereinbaren? Oder haben

Sie sich nur über die Leichtgläubigkeit furchtsamer Frauen lustig gemacht?«

»Durchaus nicht, Madame«, erwiderte Wilder lebhaft. »Wenn ich Mutter, Frau oder Schwester hätte, ich würde es nicht zulassen, daß sie auf der ›Royal Carolina‹ diese Fahrt antreten.«

»Ich durchschaue Ihre Gründe nicht, Mr. Wilder, aber ich muß Ihnen zugeben, daß die geheimnisvolle Unbeweglichkeit dort drüben auch mich in Unruhe versetzt.«

»Vielleicht schlafen die Matrosen«, mischte sich Gertraud hier ein.

»Schlafen? Matrosen schlafen nicht zu dieser Tageszeit! Sagen Sie, Mr. Wilder, halten Sie es für möglich, daß die Leute schlafen?«

»Nein.«

»Das habe ich mir gedacht. Wenn man das Schiff so sieht, dann könnte einem gar ein schlimmer Verdacht kommen. Hat man denn Leute von der Mannschaft in der Stadt gesehen, solange das Schiff hier vor Anker lag?«

»Ja.«

»Ich habe gehört, daß man falsche Flaggen vor der Küste gesehen hat und daß im letzten Sommer Schiffe geplündert und Passagiere mißhandelt wurden. Es heißt sogar, daß der berüchtigte Rote Korsar aus der spanischen See hierher gekommen sei. Er soll in der Karibischen See gesichtet worden sein.«

Wilder schwieg und wartete, ob Mrs. Wyllys noch mehr zu sagen habe.

»Und Sie haben uns nichts weiter zu sagen, Mr. Wilder?« fuhr sie fort. »Ist denn die Gefahr durch Ihre Gegenwart geringer geworden?«

»Geringer, ja; aber es besteht noch immer Gefahr.«

Gertraud hatte das Gespräch bisher nur als Zuhörerin verfolgt, doch jetzt wandte sie sich rasch und, wie es schien, mit Ungeduld um und fragte Wilder mit einem Lächeln, das auch einen eigensinnigeren Mann zum Reden gebracht hätte: »Dürfen Sie denn nicht mehr sagen?«

Wilder zögerte und errötete schließlich, während er das junge Mädchen betrachtete. Endlich nach einer langen Pause sagte er: »Ich bin sicher, daß ich mich auf Ihre Verschwiegenheit verlassen kann. So will ich Sie denn von Ihren Zweifeln befreien, wenn auch auf Kosten meiner ...«

Noch ehe er seinen Satz vollenden konnte, unterbrach ihn der Ruf eines Matrosen, der auf eine Bewegung auf dem Sklavenfahrer aufmerksam machte. Wilder richtete den Blick auf das andere Schiff und sah, daß der Mann von der großen Rah verschwunden war, während auf der anderen Seite ein Matrose mit einem Tau in der Hand auf und ab schritt, das er eben einzuholen im Begriff war. Auf den ersten Blick erkannte Wilder seinen getreuen Fid, der offenbar seinen Rausch ausgeschlafen hatte und wieder sicher auf den Beinen war.

»Sie wollten uns von unseren Zweifeln befreien«, nahm Mrs. Wyllys das Gespräch noch einmal auf, »wenn auch ...«

»Auf Kosten meines Lebens, wollte ich sagen, nicht meiner Ehre.«

»Gertraud, wir gehen in unsere Kajüte«, beendete Mrs. Wyllys kühl und fast unhöflich die Unterhaltung, da sie glaubte, man treibe nur ein Spiel mit ihr. Die beiden Damen wandten sich ab und ließen den jungen Kapitän allein.

Während Wilder noch mürrisch vor sich hinstarrte, wurde er plötzlich durch ein Geräusch aus seinen Gedanken aufgeweckt, das von dem leichten Eintauchen eines Ruders stammte. Ein kleines Fischerboot, wie man es in den seichteren Gewässern Nordamerikas verwendete, lag innerhalb von zehn Fuß vom Schiff, und zwar so, daß man es kaum zu entdecken vermochte. Nur ein einziger Mann saß in dem Fahrzeug, scheinbar der Eigentümer, der dem Fischfang nachging.

»Was sucht Ihr hier, guter Freund?« rief ihn Wilder an. »Draußen in der Bucht gibt es bessere Fische.«

»Mir kommt es auf einen anderen Fisch an«, erwiderte der Mann im Boot und wandte sich um. Es war das verschmitzte Gesicht des alten Robert Bunt, des unzuverlässigen Bundesgenossen Wilders.

»Du wagst es, hierher zu kommen nach dem Schurkenstreich, den . . .«

»Pst, edler Kapitän! Pst!« unterbrach ihn Robert und deutete mit einer Handbewegung an, daß ihre Unterhaltung keine Zeugen brauchte. »Wie kommt es, daß ich Eure Gunst verloren habe?«

»Da fragst du noch? Hast du nicht Geld bekommen, um den Damen eine Schilderung von dem Schiff zu geben, daß sie lieber auf einem Kirchhof übernachten würden, als auch nur einen Fuß auf diese Planken zu setzen?«

»Schon wahr, schon wahr«, gab der Alte zu. »Ihr habt mich angeworben, zur alten Admiralin hinaufzugehen und dort meine Behauptungen zu widerrufen.«

»Und das hast du nicht getan, sondern im Gegenteil eine ganz andere Geschichte erzählt.«

»Stimmt.«

»Stimmt, du Lump? Wenn es noch Recht und Gerechtigkeit gibt, dann sollte man dich an der höchsten Rah aufhängen!«

»Hu, nur nicht so große Worte, Herr Kapitän, haltet Euer Schifflein auf geradem Kurs. Die Hälfte meines Auftrags hatte ich ja bereits erfüllt, als ich zu der gläubigen Witwe hinaufstieg. Und dann beschloß ich eben, den Rest Eures Lohnes auszuschlagen und mich lieber von der anderen Partei beschenken zu lassen.«

»Du niederträchtiger Lump!« schrie Wilder, »Dein Alter soll dich nicht vor Strafe schützen. He, Maat, bemannt die Schute und bringt mir den Alten dort aus dem Boot und kümmert euch nicht um sein Geschrei!«

In weniger als einer Minute war die Schute bemannt und ruderte um das Schiff herum, um den Alten zu fassen. Doch Robert Bunt tat nur ein paar Ruderschläge und flog leicht wie eine Feder über das Wasser dahin, wobei er vor sich hin lachte wie einer, der sich über eine gelungene List freut. Sobald er die Schute auf sich zusteuern sah, legte er sich mächtig in die Riemen, so daß es den Zuschauern an Bord zweifelhaft wurde, ob man den Alten einholen könne.

Zunächst war es nicht sicher, welche Richtung der Flüchtende einschlagen wollte, denn er tat nichts, als daß er durch schnelle Wendungen seine Verfolger verwirrte und zu unnötigen Anstrengungen zwang, bis er endlich, durch das Spiel vielleicht ermüdet, wie ein Pfeil in gerader Richtung auf das Sklavenschiff zuschoß.

Jetzt wurde es ernst mit der Jagd. Unter dem Beifall der Matrosen verringerte die Schute den Abstand zu dem flüchtenden Boot immer mehr. Allein, es dauerte nur kurze Zeit, da verschwand das letztere hinter dem Heck des anderen Schiffes und entzog sich den Blicken der Zuschauer und seiner Verfolger. Die Schute nahm zwar dieselbe Richtung, doch nach wenigen Minuten kam die Mannschaft langsam zurückgerudert wie Leute, die in ihren Erwartungen getäuscht worden waren. Alles lief nun an die Seite des Schiffes, um zu hören, wie das Abenteuer ausgegangen war. Der allgemeine Lärm lockte sogar die beiden Damen wieder aus ihrer Kajüte an Deck, wo eben auch die Besatzung der Schute erschien, ganz entgegen sonstigem Brauch wortkarg und sichtlich entmutigt.

»Das Boot war zu schnell für Sie, Mr. Nighthead«, bemerkte Wilder unzufrieden und von oben herab.

»Zu schnell, Sir? Kennen Sie den Kerl, der es steuerte?«

»Nicht genau. Aber ein Spitzbube ist er, soviel weiß ich.«

»Das muß wohl wahr sein, denn er steht mit dem Teufel im Bund.«

»Nun, ich glaube nicht, daß es so übel mit ihm steht. Doch sagt mir, was ist aus ihm geworden?«

»Das ist leicht gefragt, aber schwer beantwortet. Der Graukopf trieb sein Schiffchen vorwärts, als schwimme er in der Luft. Wir hatten ihn dennoch schon fast eingeholt. Aber als wir um den Sklavenfahrer herumkamen, waren Boot und Mann verschwunden.«

»Einfach verschwunden? Und Ihr habt ihn nicht mehr gesehen?«

»Nein, Sir. Und auch die Leute auf dem Sklavenschiff wußten nichts von ihm. Allerdings, es war nur ein Mann an

Bord zu sehen, und der schien eben erst aus dem Schlaf aufzuwachen.«

»Gut, laßt ihn laufen, den Spitzbuben«, schloß Wilder das Gespräch. »Es kommt ein Seewind auf, und der soll uns nicht unvorbereitet finden. Zieht die Bramsegel auf. Vielleicht sehen wir doch noch die Sonne im Meer untergehen.«

Die Mannschaft ging an die Arbeit, doch konnten die Leute auch beim Setzen der Segel ihre Neugierde nicht unterdrücken und richteten an die, die in der Schute gewesen waren, allerlei Fragen, auf die sie allerlei unklare Antworten erhielten. Wilder wandte sich indessen an Mrs. Wyllys, die dem Gespräch vorher zugehört hatte: »Sie sehen, Madame, daß wir unsere Reise nicht ohne bedeutsame Vorzeichen antreten.«

»Lassen Sie Zauberei und üble Voraussetzungen aus dem Spiel, Mr. Wilder, Sie erreichen damit bei uns nichts«, gab Mrs. Wyllys scharf zurück.

»Anker gelichtet!« kommandierte Wilder in diesem Augenblick, als wolle er sagen: Euch soll's an Gelegenheit, Euren Mut zu beweisen, nicht fehlen. »Heda! Mannschaft ans Gangspill! Wir wollen versuchen, noch bei Tag die offene See zu gewinnen.«

In schweren, abgemessenen Schritten drehte sich die Mannschaft ums Gangspill und holte den Anker ein. Der Wind kam frisch vom Meer her und fiel in die Segel, und ehe zehn Minuten verstrichen waren, sprühte die Gischt zu beiden Seiten der »Carolina«.

Wilder hatte nun selbst die Aufgabe übernommen, das Schiff durch die Inseln hindurchzusteuern, und bei der großen Verantwortung, die er damit auf sich geladen hatte, war es ein glücklicher Umstand, daß die Durchfahrt durch die Meerenge nicht schwierig war und daß sich der Wind so gedreht hatte, daß er die Ausfahrt begünstigte. Noch einmal mußte die »Carolina« nahe am Sklavenschiff – oder sagen wir besser: am Freibeuterschiff – vorüber. Doch diesmal gab es keine Schwierigkeiten. Wilder meinte zwar, das Auslaufen der »Carolina« werde weiterhin nicht beachtet, doch er täuschte sich; denn eben als sie vorüberfuhren, bemerkte er eine Gestalt in Offiziersuniform auf dem Heck des anderen und erkannte sogleich, daß es der Rote selbst war, der ihm hier zum Abschied winkte. Ein paar Worte wurden noch zwischen den beiden Schiffen ausgetauscht, dann war die »Carolina« vorüber.

Die Erscheinung des Roten hatte auf die beiden Damen offenbar einen tiefen Eindruck gemacht.

»Ist es möglich, daß ein solcher Mann mit Menschen handeln kann?« fragte Gertraud betroffen, und ihre Gouvernante konnte sich noch immer nicht von dem Anblick des fremden Schiffes losreißen. »Das war kein gewöhlicher Mensch«, bemerkte sie schließlich und fuhr sich mit der Hand über die Stirn, als wolle sie düstere Gedanken von sich weisen.

»War es der Kommandant des Sklavenjägers?« fragte sie Wilder.

»Ja.«

»Sie kennen ihn?«

»Wir sind uns in Newport begegnet.«

»Und wie heißt er?«

»Kommandant des Schiffes. Mehr weiß ich nicht von ihm.«

Die »Carolina« machte indessen gute Fahrt, so daß es nicht lange dauerte, bis das Land hinter ihr zurückblieb und endlich nur noch als ein blasser Streifen am Horizont sichtbar war; und als es zu dunkeln begann, verschwanden auch die Inseln hinter den Wogen. Wilder stieg hinauf auf eine der höchsten Rahen und blickte lange und sorgfältig durchs Fernglas zurück; dann kam er sichtlich beruhigt wieder zurück auf Deck. Unter der Mannschaft herrschte Zufriedenheit, denn die Zeichen, unter denen man abgefahren war, schienen eine glückliche Fahrt zu verheißen.

14

Wilder begab sich zu seinen Reisegefährtinnen, wobei er seine Freude und seinen Stolz nicht verbarg, nachdem es ihm gelungen war, das Schiff so sicher und unbeschädigt zwischen den Inseln und Klippen hindurchzuführen. Die Unterhaltung der drei wurde heiter und zwanglos, und keiner erwähnte mehr die Sorgen und das Mißtrauen der vergangenen Stunden. Mrs. Wyllys betrachtete nur gelegentlich gedankenvoll das Gesicht des jungen Seemanns und versuchte darin zu lesen, während sich Gertraud ganz ungezwungen gab, denn sie durfte sich auf die Heimkehr zu ihrem Vater freuen. Die Erinnerung an das Geheimnisvolle der Abfahrt und die merkwürdige Anteilnahme Wilders an ihrem Schicksal waren dazu angetan, den jungen Mann in den Augen der Damen noch interessanter zu machen.

Die Schiffsglocke hatte eben acht Glasen geschlagen, und der heisere, langgezogene Ruf, der die Matrosen auf Deck rief, unterbrach die Unterhaltung, noch ehe die kleine Gesellschaft gemerkt hatte, daß die Zeit schon so weit vorgerückt war.

»Es ist die mittlere Wache«, sagte Wilder und lächelte über Gertraud, die bei dem unbekannten Ton zusammengeschreckt war. »Wir Seeleute sind nicht immer musikalisch, wie Sie hören. Und doch gibt es Leute, denen der Ruf noch viel unangenehmer klingt als Ihnen.«

»Sie meinen die Schlafenden unten?« sagte Mrs. Wyllys.

»Ja, die Wache, die zum Dienst gerufen wird. Für den Matrosen gibt es nichts Schöneres als den Schlaf, gerade weil er nie sicher ist, wie lange er ihn genießen kann. Für den Kapitän dagegen gibt es nichts Gefährlicheres, denn der trägt die Verantwortung.«

»Sie sind sehr jung für dieses Kommando.«

»Im Dienst zur See altert man früher als sonst«, gab Wilder zurück.

»Dann sollte man ihn lieber aufgeben!« sagte Gertraud.

»Aufgeben?« erwiderte Wilder. »Ich könnte ebenso leicht auf die Luft, die ich atme, verzichten.«

»Sind Sie schon lange in diesem Beruf?« wandte sich nun Mrs. Wyllys wieder an Wilder.

»Ich vermute sogar, daß ich zur See geboren wurde.«

»Sie vermuten? Wissen Sie denn nicht, wo Sie geboren wurden?«

»Was dieses wichtige Ereignis im Leben angeht, muß wohl jeder das glauben, was ihm andere davon sagen, wissen kann er's nicht«, sagte Wilder lächelnd. »In meinen frühesten Erinnerungen sehe ich das Meer, so daß ich mich kaum zu den Landbewohnern zählen kann.«

»Und Sie sind von klein auf in den besten Händen gewesen und haben eine ausgezeichnete Erziehung genossen.«

»Da haben Sie recht!« antwortete er mit Nachdruck und fuhr sich mit der Hand über die Stirn. Dann stand er auf und fügte mit einem Lächeln hinzu: »Und nun meine letzte Pflicht für heute. Möchten Sie nicht einen Blick in die Nacht tun? Eine so erfahrene und mutige Seefahrerin sollte sich nicht in die Kajüte begeben, ohne sich vorher vom Wetter überzeugt zu haben.«

Sie nahm seinen Arm, und schweigend stiegen sie die Treppe hinauf. Gertraud folgte ihnen.

Der Himmel war von dunklen Wolkenmassen bedeckt, durch die aber hin und wieder der volle Mond blickte, so daß keine absolute Finsternis herrschte; auf den Wogen, die das Schiff durchschnitt, tanzten weiße Schaumkronen, und am Bug spritzte die Gischt auf; im ganzen ein düsteres, aber kein bedrohliches Bild.

Gertraud fuhr etwas zusammen, als sie aufs Deck trat; ein Ruf, in dem sich Bewunderung und Schrecken mischten, entschlüpfte ihr. Für Wilder hingegen hatte der Anblick nichts Aufregenderes an sich als der heitere blaue Himmel an Land; er hatte das Schauspiel zu oft genossen, um noch etwas Besonderes dabei zu finden. Anders war es bei seiner jugendlichen Reisegefährtin. Ihr anfänglicher Schrecken machte ganz der Begeisterung Platz.

»Dieser Anblick entschädigt für die lange Gefangenschaft auf einem Schiff. Ach, Mr. Wilder, Sie sind ein glücklicher Mensch, Sie können solche Augenblicke genießen, sooft Sie wollen!«

»Gewiß, das ist alles recht schön. Aber mir wäre es lieber, der Wind würde sich noch etwas drehen. Der Himmel will mir nicht recht gefallen, und der Horizont auch nicht, und am wenigsten die schlaffe Brise.«

»Das Schiff segelt doch schnell«, erwiderte Mrs. Wyllys ruhig, da sie befürchtete, das Mädchen könnte bei diesen unüberlegten Worten ängstlich werden. »Wenn es so weitergeht, dann steht uns eine schnelle und gute Fahrt bevor.«

»Sie haben recht!« rief Wilder. »Höchstwahrscheinlich! Earing!« befahl er dann. »Der Wind frischt auf. Refft die Bramsegel und braßt dichter beim Wind!«

Die Matrosen auf den Rahen führten den Befehl gehorsam aus. Die Damen traten zurück, um nicht hinderlich zu sein, während Wilder, für den all das nichts Besonderes war, mit raschen Schritten auf und ab ging, nicht ohne gelegentlich innezuhalten und auf den Kompaß zu blicken. Dann schaute er wieder hinaus aufs Meer, als traue er dem Wetter nicht und wolle die Nacht mit seinen Blicken durchdringen.

Als er endlich stehenblieb, fragte ihn Mr. Wyllys zögernd: »Was haben Sie? Was ist mit dem Wetter? Und was sehen Sie dort in der Ferne?«

Wilder wollte eben sprechen, brach aber jäh wieder ab, murmelte etwas von einer Täuschung vor sich hin; dann ging er wie zuvor wieder mit langen Schritten auf und ab.

Seine Gefährtinnen beobachteten mit wachsender Unruhe dieses Benehmen, das sie sich nicht erklären konnten. Auch sie spähten nun angestrengt in jene Richtung übers Meer, sie konnten aber weiter nichts entdecken als die Wogen und die weißen Schaumkronen, ein Anblick, der ihnen nunmehr nur noch Furcht einjagte.

»Wir können nichts sehen«, sagte Gertraud, als Wilder wieder stehenblieb und scheinbar ins Leere starrte.

»Seht!« antwortete er und deutete hinaus. »Ist dort nichts?«

»Nichts.«

»Dort, wo der Himmel das Wasser berührt, dort bei dem Nebelstreifen. Ich täusche mich nicht. Beim Himmel, es ist ein Schiff!«

»Ein Segel in Sicht!« rief die Stimme aus dem Mastkorb in diesem Augenblick.

»Wo?« wurde zurückgefragt.

»Im Lee, Sir!« kam die Antwort von oben. »Dicht beim Wind! Seit einer Stunde hat's mehr einer Nebelbank als einem Schiff gleichgesehen.«

»Ja, er hat recht«, brummte Wilder vor sich hin, »merkwürdig, daß gerade dort ein Schiff sein soll.«

»Ist es merkwürdiger, als daß wir hier sind?« fragte Mrs. Wyllys.

»Merkwürdig, daß es dort ist. Wolle Gott, daß es nach Norden steuere.«

»Sie sind uns eine Erklärung schuldig. Sollen wir immer nur Warnungen von Ihnen bekommen? Dürfen wir über die Gründe nichts erfahren? Stellen Sie uns einmal auf die Probe, und Sie werden sehen, daß wir mutiger sind, als Sie denken.«

Wilder lächelte leise und machte eine höfliche Verbeugung, ließ sich aber auf keine Erklärung ein, sondern richtete seinen Blick wieder hinaus aufs Meer, wo das fremde Segel war. Die Damen folgten seinem Beispiel, aber ohne Erfolg. Und nun, als Gertraud sich darüber beschwerte, ließ sich der Kapitän dazu herbei, ihnen die Lage deutlicher zu erklären.

»Sie sehen den bleichen Lichtstreifen. Sehen Sie die Spieren wie ein zartes Spinngewebe vor dem helleren Hintergrund? Ein stattliches Fahrzeug mit drei Masten.«

Jetzt endlich erkannte auch Gertraud das fremde Schiff und konnte es Mrs. Wyllys zeigen. Nur schwache Umrisse waren zu erkennen.

»Ein Schiff, aber weit entfernt«, bemerkte Mrs. Wyllys.

»Hm, mir wäre es lieber, es wäre noch weiter weg. Überall möchte ich es sehen, nur hier nicht.«

»Und warum nicht? Haben Sie Angst, uns könnte ein Feind auflauern?«

»Nein, aber es wäre mir lieber, er liefe nordwärts.«

In den Augen Wilders gab es keinen vernünftigen Grund, warum zu dieser Zeit und bei den herrschenden Windverhältnissen gerade hier ein Schiff sein sollte. Die einzige Möglichkeit, die auch Mrs. Wyllys andeutete, war, daß es sich um ein Schiff handelte, das aus dem Long-Island-Sund kam und das sie eben eingeholt hatten. Alle anderen Möglichkeiten schieden aus.

Wilder war viel zu aufgeregt, um noch länger ruhig nachdenken zu können. Er berief nach einer kleinen Weile den wachhabenden Offizier zu sich, um sich mit ihm heimlich zu beraten. Doch der konnte an der Erscheinung nichts Merkwürdiges finden und hielt das Schiff ohne weiteres für einen ehrlichen Kauffahrer, der wie sie auf einer Handelsfahrt war. Wilder dagegen schien ganz anderer Meinung zu sein.

»Ist's nicht ungewöhnlich, daß er gerade dort steht?« fragte er und spähte wieder hinaus.

»Er will wohl weiter hinaus auf die offene See«, erwiderte der andere, der nur nach der nautischen Situation urteilte. »Ein Dutzend Meilen weiter Ost könnte auch uns nichts schaden!«

»Aber sehen Sie denn nicht, daß das Schiff da steht, wo es nicht stehen kann, wenn es nicht zusammen mit uns aus demselben Hafen ausgelaufen ist?« unterbrach ihn Wilder. Wilder erläuterte dem Maat ausführlich seinen Standpunkt, so daß dieser, der die Seekarte im Kopf hatte, schließlich nachgeben mußte.

»Tatsächlich«, räumte er ein, »es ist unnatürlich, daß der Kerl eben dort steht.« Kopfschüttelnd fuhr er fort: »Ihr habt recht, Sir, er kann eigentlich nicht dort stehen, ich begreife es nicht. Aber es gibt keinen Zweifel, daß es ein Schiff ist.«

»Kein Zweifel, aber höchst sonderbar.«

»Wir hatten einmal am Kap die gleiche Erscheinung. Und die Matrosen erzählen, daß der ›Fliegende Holländer‹ hier gelegentlich auftauche und auf die Schiffe lossteuere, als wolle er sie entern. Aber der dort kann der Holländer nicht sein, höchstens ein Kriegsschiff.«

»Nein, nein, der Holländer ist es nicht«, beruhigte ihn Wilder.

»Er zeigt keine Lichter und sieht so verschwommen aus, daß ich mich fragen muß, ob es überhaupt ein Schiff ist. Und der Holländer läßt sich immer nur auf Luv sehen, und der dort liegt ganz auf Lee.«

»Es ist nicht der Holländer«, wiederholte Wilder geistesabwesend. Dann fügte er laut hinzu: »Heda, Ausguck dort oben!«

Der Mann oben meldete sich.

»Wie lange siehst du schon das fremde Segel?«

»Ich komme eben erst herauf. Aber der Kamerad sagt, schon über eine Stunde!«

»Wo ist der Kamerad?«

»Es ist Robert Brace. Der sitzt noch neben mir, um mir Gesellschaft zu leisten.«

»Dann schick ihn runter. Ich muß ihn sprechen!«

Als Brace sich nun meldete, fragte ihn der Kommandant: »Warum bist du nicht in deiner Koje?«

»Ich wollte noch ein Stündchen dort oben zubringen, Sir.«

»Und warum?«

»Um die Wahrheit zu gestehen, Sir, ich habe ein paar schlimme Ahnungen, was diese Fahrt angeht. Schon von dem Augenblick an, wo wir die Anker lichteten.«

Mrs. Wyllys und Gertraud traten bei diesen Worten unwillkürlich näher, um den weiteren Verlauf der Unterhaltung genau zu verfolgen.

»Du hast Zweifel, Bursche?« fragte Wilder verächtlich. »Darf man hören, was du hier an Bord gesehen hast, um dem Schiff nicht zu trauen?«

»Fragen ist erlaubt, Euer Gnaden«, erwiderte der Seemann und zerknitterte den Hut in den Händen, die einen Griff hatten wie zwei eiserne Schrauben, »drum hoffe ich auch auf Antwort. Seht, ich saß in der Schute heute morgen, die auf den Graubart Jagd machte. Und mir hat es nicht gefallen, wie er uns entwischt ist. Und dann hat das Schiff dort leewärts etwas an sich, das mir durch den Kopf geht wie ein Wurfanker. Da kann ich nicht schlafen, und wenn ich meine Hängematte aufsuche.«

»Wann hast du das Schiff entdeckt?« fragte Wilder streng.

»Ich will nicht schwören, daß es überhaupt ein wirkliches Schiff ist, was ich entdeckt habe. Ich hab's gesehen von Schlag sieben, und dort ist's noch zu sehen für jedermann, der Augen hat zu sehen.«

»Und wie hat es gestanden, als du es zuerst gesehen hast?«

»Nicht viel anders als jetzt, Sir, es hat seine Richtung nicht geändert. Ein schnelles Schiff, sonst könnt' es sich nicht neben der ›Carolina‹ halten, und noch dazu bei vollen Segeln, wo ein Schiff zeigt, was es kann.«

»Geh, mach, daß du in deine Hängematte kommst. Am Morgen können wir uns den Kerl dort vielleicht besser ansehen.«

»Und dann hör zu, Bursche«, fügte der erste Offizier hinzu, »daß du mir die Leute drunten nicht aufweckst und mit deinen Geschichten unterhältst! Laß ihnen ihre Ruhe! Hast du mich verstanden!«

»Mr. Earing«, sagte Wilder, als sich der Matrose zögernd und brummend zurückgezogen hatte, »ändern wir den Kurs, damit wir mehr Ostwind bekommen. So steuern wir auf Hatteras zu. Überdies . . .«

»Ganz recht, Sir«, erwiderte der Maat, »niemand kann voraussagen, wie lange eine Brise anhält und woher sie bläst.«

»Richtig, niemand weiß, wie das Wetter umschlägt. Lassen Sie die Leute heraufkommen, und dann Kurs ändern!«

Der Maat gab die nötigen Befehle, und als jede Rahe und jedes Segel so gesetzt war, daß es dem neuen Kurs entsprach, schaute Wilder sich neugierig und fast ängstlich nach dem fremden Schiff um. Eine Minute verging, ehe er den Punkt genau ausgemacht hatte, wo es stehen mußte.

»Der Fremde ist verschwunden!« sagte Earing mit einer Stimme, aus der Erleichterung, aber auch Unsicherheit sprach, ob er sich vielleicht nicht doch getäuscht habe.

»Dort drüben müßte er sein. Aber ich kann ihn nicht sehen!«

»Ja, Sir, genauso war es am Kap. Es gibt Leute, die ihn in Nebel gehüllt gesehen haben wollen, obwohl ringsum der schönste Sternenhimmel glänzte. Aber der dort kann doch nicht der Holländer sein; es ist zu weit vom Kap bis hierher.«

»Hier liegt er; und, beim Himmel, er hat schon gewendet!« schrie Wilder in diesem Augenblick.

Kein Zweifel, Wilder hatte recht. Dieselben verschwommenen Umrisse vor dem hellen Hintergrund des Horizonts, dasselbe spinnenfeine Takelwerk, das sie schon kannten. Es war allen klar, daß der Fremde sein Schiff plötzlich und sehr gewandt auf den neuen Kurs gebracht haben mußte. Die Tatsache machte auf alle einen großen Eindruck.

»Er hat wirklich gewendet!« bestätigte Earing, und aus seinen Worten waren Mißtrauen und Furcht herauszuhören. »Solange ich die See befahre, habe ich noch nie ein Fahrzeug in einer solchen See wenden sehen. Der Wind muß es fürchterlich gerüttelt haben.«

»Einem guten Schiff ist das schon zuzumuten«, sagte Wilder, »besonders wenn viele starke Hände drauf sind.«

»Jawohl, die Hand des Teufels ist immer stark; sie kann auch einen schwerfälligen alten Kasten zum Segeln zwingen.«

»Mr. Earing«, unterbrach ihn Wilder, »wir wollen Segel setzen, soviel wir können, und versuchen, ob unsere ›Carolina‹ den Fremden nicht totsegeln kann. Lassen Sie Bramsegel setzen!«

Gerne hätte der Maat, dem das nicht recht einleuchten wollte, widersprochen, aber es fehlte ihm der Mut dazu; im Ton des jungen Befehlshabers war etwas, das ihn davon abhielt. Unrecht hatte er allerdings mit seinen Bedenken nicht. Das Schiff hatte schon so viel Segel gesetzt, wie es sich nach seiner Meinung gar nicht mehr verantworten ließ, zumal zu dieser Zeit und unter einem Himmel, der noch ungünstigeres Wetter verhieß. Die nötigen Befehle wurden jedoch ebenso entschieden weitergegeben, wie sie von Wilder gekommen waren. Auch die Matrosen hatten schon angefangen, den Fremden näher ins Auge zu fassen und über dieser Erscheinung dies und das unter sich zu reden. Sie führten die Befehle mit einer Eile aus, die darauf schließen ließ, daß auch sie möglichst schnell aus der Nähe des unheimlichen Fremden kommen wollten. Die Segel waren rasch gesetzt; und nun standen sie alle da und schauten unverwandt hinüber zu dem Punkt, um zu sehen, welche Wirkung ihr Manöver haben würde.

Die »Carolina« beugte sich unter dem Druck der Segel tiefer in die See, so daß das Wasser in Lee fast die Schanze erreichte, während auf der anderen Seite die schwarzen Planken und das polierte Kupfer mehrere Fuß breit aus dem Wasser traten, wenn auch immer wieder überspült von den schaumgekrönten Wellen, durch die das Schiff dahinjagte. Die Stöße, mit denen sich das Schiff durch die See kämpfte, wurden von Mal zu Mal stärker, und immer wieder ging vom Bug her ein Regen von Gischt über das Deck nieder.

Wilder beobachtete alle diese Zeichen genau, und ein paarmal hatte es den Anschein, als wolle er angesichts des wachsenden Drucks, dem das Schiff ausgesetzt war, den Befehl geben, die Segel wieder zu verringern, doch jedesmal gab er den Vorsatz wieder auf, wenn er zu dem Nebelbild am westlichen Horizont hinüberblickte. Wie ein verwegener Spieler, der alles auf eine Karte setzt, schien er den Ausgang des Abenteuers entschlossen abwarten zu wollen.

»Die Stenge dort biegt sich wie eine Peitsche«, murrte Earing.

»Mag sie brechen; wir haben genug Vorrat an Spieren, um sie zu ersetzen«, war die Antwort.

»Die ›Carolina‹ hat immer Wasser gemacht, wenn sie zu schnell gegen die Strömung lief.«

»Wir haben Pumpen.«

»Schon wahr. Doch nach meiner bescheidenen Meinung hoffen wir vergebens, ein Schiff totzulaufen, auf dem der Teufel selbst das Kommando führt.«

»Lassen wir's auf einen Versuch ankommen, Mr. Earing.«

»Wir hatten es mit dem Holländer auch versucht, und damals hatten wir günstigen Wind. Und was hat es geholfen? Wir waren mit Segeln vollgepackt, und er hatte drei Bramsegel, und doch konnten wir ihn nicht abschütteln.«

»Man sieht den Holländer nie auf nördlicher Breite.«

»Ich kann das Gegenteil nicht behaupten«, erwiderte Earing mit erzwungener Ergebung, »aber vielleicht hat der Teufel ein zweites Schiff in diese Gewässer geschickt.«

Wilder gab keine Anwort. Entweder war er es müde, auf die abergläubische Furcht des Maats einzugehen, oder er war zu sehr mit dem anderen Schiff beschäftigt, um sich um das Gerede kümmern zu können.

Abergläubische Furcht hatte auch alle anderen Matrosen erfaßt, bis hin zum letzten Küchenjungen. Sie alle standen auf Deck und beobachteten den Kampf der »Carolina« und die Bewegungen des anderen.

In ihren Gesprächen wurde nun sogar der Unfall, der den Kapitän kurz vor dem Auslaufen betroffen hatte, zu einem unheilvollen Vorzeichen; und daß die »Carolina« in dieser Lage dem Druck der Segel standhielt und gute Fahrt machte, war ebenfalls ein Zeichen von übernatürlicher Gewalt. So wurde auch Wilder selbst, der mit auffallender Gelassenheit auf und ab schritt und von allen Umständen völlig unberührt schien, zum Gegenstand dunkler Vermutungen und Gerüchte.

15

Die Ereignisse des Tages hatten also bei der Mannschaft abergläubische Vorstellungen erweckt, und das Fahrzeug leewärts war erst recht dazu angetan, diese Vorstellungen zu verstärken. Das alles trug kaum dazu bei, die Autorität des jungen Kapitäns bei den Matrosen zu stärken.

In dieser Lage übte vor allem der zweite Maat, Nighthead, der schon nach der vergeblichen Jagd auf den alten Bunt einige unangebrachte Bemerkungen gemacht hatte, einen ungünstigen Einfluß auf die Mannschaft aus. Zwar stand er dem Rang nach hinter Earing; da er aber alle Vorurteile der einfachen

Matrosen teilte, hatte er bei diesen weit mehr Einfluß als Earing. Er stand, nachdem das Schiff gewendet hatte, inmitten einer Gruppe von älteren und erfahrenen Seeleuten, die mit ihm über das geisterhafte Schiff auf Lee und dann auch über die ungewöhnliche Art, wie Wilder die Kräfte des eigenen Fahrzeugs auf die Probe stellte, eifrig diskutierten.

»Ich habe mir von alten Seeleuten oft erzählen lassen«, so führte er jetzt eben das große Wort, »daß der Teufel manchmal einen seiner Untergebenen an Bord eines ehrlichen Kauffahrers schickt, um ihn auf Untiefen und Sandbänke zulaufen zu lassen. Und wenn dann das Schiff zugrunde geht, gehören ihm die Seelen der Leute an Bord. Wer bürgt uns denn für einen Unbekannten, der den Oberbefehl über das Schiff hat?«

»Das fremde Fahrzeug ist in einer Nebelbank verschwunden!« rief einer der Männer, der zwar zugehört, das Schiff aber nicht aus den Augen verloren hatte.

»Schon gut. Mich sollte es nicht wundern, wenn es in den Mond hineinsegelt. Ich habe Kap Horn umfahren und das Sankt Elmsfeuer in der eigenen Hand gehalten. Aber was der hier macht, das geht nicht mit rechten Dingen zu.«

»Aber das Schiff hat er in der Hand«, sagte da der älteste von allen, der Wilder fortwährend im Auge behalten hatte. »Er jagt die ›Carolina‹ wie der Teufel, das muß ich zugeben; aber er hat bis jetzt noch keinen Faden Hanf verloren.«

»Faden!« wiederholte Nighthead verächtlich. »Was heißt das schon, wenn ihm dann das ganze Tau reißt. Glaub mir, Bill, der Teufel macht nicht nur halbe Arbeit. Was kommen soll, das kommt.«

»Mr. Nighthead versteht sein Handwerk, gleichgültig, wie das Wetter ist«, bemerkte ein anderer, dem man ansah, daß er dem zweiten Maat vollkommen vertraute.

»Ich hab mir ein bißchen Wissen durch harte Arbeit erworben. Aber was bedeutet alles Wissen und und alle Kunst gegen Zauberei und gegen einen gewissen Jemand, den ich nicht nennen will, weil man seinen Vorgesetzten nicht unnötig beleidigen soll? Ich sage euch, das Schiff ist auf eine Art und Weise bespannt, die kein Seemann, der weiß, was er will, dulden dürfte.«

Ein allgemeines Murren verriet, daß die meisten der Umstehenden seine Meinung teilten.

»Wir wollen besonnen und vernünftig die ganze Sache noch einmal untersuchen«, begann Nighthead von neuem, indem er sich vorsichtig umsah, ob Wilder, den er im Grunde fürchtete, nicht gerade hinter ihm stand. »Wir alle sind Engländer ohne einen Tropfen ausländischen Blutes, kein Schotte und kein Ire ist unter uns. Wir können also in Ruhe alles überdenken. Da mußte erstens der wackere Nicolas Nichols von dem Wasserfaß da abrutschen und sich ein Bein brechen! Nun weiß ich aber, Kameraden, daß Leute schon den Rahen heruntergefallen sind und doch kein Bein gebrochen haben. Aber darauf kommt es dem Teufel nicht an. Zweitens kommt euch ein Fremder an Bord mit einem Kolonial-Gesicht und nicht mit einem ehrlichen, glatten Engländer-Gesicht.«

»Der Junge sieht nicht übel aus«, warf der alte Matrose dazwischen.

»Jawohl, gerade darin liegt ja die Teufelei in dieser Angelegenheit! Er sieht gut aus, zugegeben! Aber er hat eben nicht das Aussehen eines Engländers. Irgend etwas an seinem Gesicht gefällt mir nicht. Und drittens steht er nun hier im Rang des Kapitäns, während der, der jetzt hier sein sollte, um die Befehle zu erteilen, unten in seiner Hängematte liegt und sich nicht regen kann. Und kein Mensch weiß, wie das zugegangen ist.«

»Der schlaue Kaufmann in Newport schien sich zu freuen, daß er einen so tüchtigen Kerl für die ›Carolina‹ gefunden hatte.«

»Mr. Bale glaubt sicher, Wunder was für ein gutes Geschäft er hier gemacht hat, als er den Mr. Wilder so wohlfeil bekam. Aber er hat wahrscheinlicht nicht gewußt, daß er das Schiff da an den Jemand verkauft hat. Ich mag dem nichts Übles nachreden, unter dessen Kommando ich fahre, aber ...«

»Und was sagt Ihr dazu, wie er heute morgen das Schiff aus der Klemme brachte und den Lotsen von Bord jagte?«

Hier brach Nighthead in ein gemeines Gelächter aus, das auf die Zuhörer wirkte. »Bei gewissen Kapitänen ist das kein Wunder«, antwortete er, nachdem er sich von seinem Gelächter erholt hatte, »er hat es nur zu geschickt gemacht für einen so jungen Mann. Ich selbst hätte es kaum besser machen können. Aber was haltet ihr von dem Graubart in dem Boot? So eine Jagd, die seht ihr so schnell nicht wieder!«

»Merkwürdig war das allerdings«, gab der Alte zu, dessen Vertrauen in Wilder allmählich ins Wanken geriet.

»Das meine ich auch«, fuhr Nighthead fort, »und nun schaut euch den Himmel an und das Meer. Wer in dieser Nacht auf See ist, der ist nicht zum erstenmal draußen. In der Nacht, als ich schiffbrüchig war . . .«

»He, ihr da drüben!« unterbrach ihn der Befehlston Wilders.

Die Matrosen und besonders Nighthead erschraken so sehr, daß sie zunächst nicht einmal antworten konnten und Wilder seinen Anruf wiederholen mußte.

»Setzt das Oberbramsegel!«

Der Maat und seine Gefährten sahen sich einen Augenblick bedeutungsvoll an und schüttelten die Köpfe, ehe einige von ihnen endlich hinaufkletterten und das genannte Segel losmachten.

Wilder ließ tatsächlich so viel Segel setzen, daß selbst Leute, die weniger abergläubisch waren, mißtrauisch werden mußten. Earing und auch Nighthead hatten längst eingesehen, daß der Kapitän gleich ihnen nur den einen Wunsch hatte, nämlich dem gespenstischen Schiff, das ihnen so unbegreiflich folgte, zu entkommen. Nur über die Art und Weise, wie das bewerkstelligt werden sollte, gingen die Ansichten auseinander.

Nachdem die beiden Offiziere ein paar Worte gewechselt hatten, ging Earing, der nunmehr die Befürchtungen Nightheads zu teilen schien, entschlossen auf Wilder zu, um ihn zur Rede zu stellen und ihre Ansichten vorzutragen. Doch in dem Blick und in der Miene des Kapitäns lag etwas, das ihn in seiner Entschlossenheit wanken machte, so daß er die Bedenken nur sehr vorsichtig und bescheiden vorzutragen wagte.

»Ich sehe nicht, daß wir den Fremden aus den Augen verlieren, obwohl das Schiff so schwer durchs Wasser stampft«, fing er schließlich an.

Wilder blickte noch einmal auf den Nebelpunkt am Horizont, dann prüfte er den Wind. Earing wartete vergebens auf eine Antwort.

»Die Leute gehen nicht gerne an die Pumpen, das brauche ich einem erfahrenen Seeoffizier nicht erst zu sagen«, begann der Maat noch einmal.

»Mr. Earing, die Befehle, die ich für notwendig halte, wird die Mannschaft ebenso notwendig durchführen müssen.«

Die Worte verfehlten ihre Wirkung nicht. Earing wich einen Schritt zurück und tat, als sei er in den Anblick der vorüberziehenden Wolkenmassen versunken. Dann nahm er sich zusammen und begann noch einmal: »Sind Sie wirklich der Meinung, Kapitän, daß menschliche Mittel genügen, die ›Carolina‹ aus dem Bannkreis des Fremden zu lösen?«

»Ich fürchte, nein«, erwiderte Wilder in einem Ton, der seine tiefe Sorge verriet.

»Und ich sage Ihnen bei allem Respekt vor Ihrer besseren Einsicht, daß es unmöglich ist. Ich weiß aus Erfahrung, daß alle Anstrengungen, einem solchen Vogel den Wind abzugewinnen, vergeblich sind.«

»Hier, Mr. Earing, nehmen Sie das Glas und sagen Sie mir, unter wieviel Segeln der Fremde fährt und wie weit er entfernt sein mag«, sagte Wilder, ohne auf die Bemerkung des Maats einzugehen.

Der wackere Mann tat, wie ihm befohlen war, legte den Hut aufs Deck und blickte durch das Fernrohr. Dann sagte er nach einiger Überlegung: »Wenn das Fahrzeug wie jedes andere irdische Schiff gebaut ist, dann hat es drei einfach gereffte Bramsegel und große Untersegel und Klüver.«

»Ihr seht, Earing, wir haben mit unserem ganzen Segeldruck dem Schiff keinen Fuß abgewonnen, wenn der Kompaß nicht trügt.«

»Mein Gott«, erwiderte der Maat, als sei er von der Vergeblichkeit des Unternehmens überzeugt, »und wenn wir so viel beisetzen, daß jedes Tuch platzt, wir verändern die Stellung des Fremden nicht um einen Zoll bis zum Sonnenaufgang. Dann wird er wohl in die Wolken hineinsteuern.«

»Und wie weit ist er ab?«

»Ja nun, dem Schein nach ist's ein Schiff von 600 Tonnen, und wenn man ihm trauen darf, dann ist's wohl so sechs Meilen ab.«

»Das stimmt mit meinen Berechnungen überein. Sechs Meilen sind bei einer scharfen Jagd kein geringer Vorsprung. Ich will den Kerl hinter mir lassen, Earing, und sollte die ›Carolina‹ dabei aufs Trockene treiben.«

»Wenn sie Flügel hätte. Doch so treibt Ihr sie auf Grund.«

»Sie hält sich gut unter so viel Leinwand, sie hält viel aus.«

»Ich kenne sie in jedem Wetter, aber . . .«

Er schwieg plötzlich. Eine ungeheure schwarze Woge erhob sich zwischen dem Schiff und dem östlichen Horizont und drohte, alles zu verschlingen, was ihr im Wege lag. Selbst Wilder erschrak zutiefst und zweifelte momentan an der Klugheit seiner Maßnahmen. Vor dem Bug der »Carolina« überschlug sich die Woge, und eine Flut von Gischt brach über das Deck des Schiffs, der Bug verschwand, als wolle er unter der Woge hinwegtauchen. Der ganze Bau erbebte in seinen Fugen, als er sich schwerfällig wieder erhob, ein Zeichen, daß Wilder ihm zuviel abgefordert hatte.

Schweigend sah Earing seinen Vorgesetzten an, überzeugt, daß er keinen schlagenderen Beweis mehr nötig hatte. Und die übrigen Matrosen scheuten sich nicht länger, ihre Unzufriedenheit laut kundzutun und gegen die Waghalsigkeit des Kapitäns zu protestieren. Wilder hörte nichts, das heißt er wollte nichts hören. Er hätte, um seinen Entschluß durchzuführen, auch noch größeren Gefahren getrotzt. Erst eine Bewegung am Heck des Schiffes erinnerte ihn daran, daß er auch für andere Verantwortung trug. Gertraud und Mrs. Wyllys, die sich trotz aller Gefahren fern von ihm gehalten hatten, um nicht im Wege zu sein, traten nun auf ihn zu.

»Das Schiff hat den Stoß gut ausgehalten«, sagte er beruhigend, um sie in Sicherheit zu wiegen. »Haben Sie Vertrauen in uns und die Mannschaft.«

»Mr. Wilder, ich kenne das Meer, Sie täuschen mich nicht. Ich weiß, daß Sie dem Schiff zuviel zumuten. Haben Sie Gründe?«

»Die habe ich.«

»Und dürfen wir sie wieder nicht erfahren?«

»Da Sie so viel Sachkunde besitzen, dann werden Sie verstehen, daß man Segel setzen muß, um vorwärts zu kommen.«

»Eine Frage werden Sie mir wohl beantworten. Ist der Wind günstig genug, um uns über die Untiefen des Hatteras zu führen?«

»Das bezweifle ich.«

»Und warum kehren wir dann nicht lieber um? Ich möchte dieses Schiff verlassen. Ich verlange keine Erklärung von Ihnen. Keine Frage wird Sie belästigen. Aber bringen Sie uns zurück zu unseren Freunden nach Newport.«

»Das wäre eine Möglichkeit«, murmelte Wilder vor sich hin, »ein paar Stunden nur bei diesem Wind. – Mr. Earing!«

Sogleich trat der Maat auf ihn zu.

»Hören Sie, Earing, lassen Sie das Schiff zwei Strich vom Wind abfallen, und holen Sie die Luvbrassen dicht!«

Der Maat vernahm den Befehl mit Erstaunen, das er gar nicht zu verbergen trachtete. Denn er sah ohne weiteres, daß das Manöver nichts anderes bedeuten konnte, als daß sie dieselbe Strecke wieder zurückfuhren und damit das Ziel der Fahrt vorläufig aufgaben. Er wagte es daher, Gegenvorschläge zu machen.

»Nehmen Sie es einem alten Seemann nicht übel, daß er sich über das Wetter ein Urteil erlaubt. Wenn es zum Vorteil der Eigentümer wäre, dann hätte ich nichts dagegen, wieder umzukehren. Ich denke aber, wir können auf See bleiben, wenn wir die Segel nur ein wenig reffen. Jede Meile von den Hatteras weg wäre schon ein Gewinn. Und der Wind kann sich zwischen heute und morgen nach Nordwest drehen.«

»Einige Strich abfallen und die Luvbrassen dichtgeholt, sage ich!« wiederholte Wilder seinen Befehl.

Earing war nicht der Mann, einen solchen Befehl zu überhören. Er gab daher die Anordnung weiter an die Matrosen, die zwar gehorchten, wie es sich von selbst versteht; aber einige unter ihnen, voran Nighthead, konnten ihren Unwillen über den scheinbar unsinnigen Befehl nicht unterdrücken und machten entsprechende Bemerkungen.

Obwohl das Gerede nicht zu überhören war, blieb Wilder gleichgültig wie vorher; jedenfalls verschmähte er es, irgendwelche Notiz davon zu nehmen. Inzwischen glitt das Schiff, da es nunmehr mit günstigerem Kurs segelte, leicht dahin, und doch war die ganze Mannschaft noch immer der Meinung, daß angesichts des bedrohlichen Wetters viel zuviel Segel gesetzt waren. Ganz anders der Kommandant, der jetzt mit gebieterischer Stimme anordnete, mehrere Leesegel zu setzen. Das Schiff lief daraufhin mit vermehrter Kraft durch die Wogen.

Als so viel Segeltuch gesetzt war, daß selbst Wilder sich eingestehen mußte, mehr könne die »Carolina« nicht tragen, begann er sich umzusehen und nach dem Fremden Ausschau zu halten. Der hatte den Kurswechsel mitgemacht und schwebte noch immer wie ein kleiner Nebelpunkt am Horizont dahin. Alle Anstrengungen hatten der »Carolina« keinen Vorteil gebracht, und nach einer weiteren Stunde lag der Fremde im Westen, als wäre er der Schatten der »Carolina« den die fernen düsteren Wolken auffingen. Earing sah sich in seinem Wunderglauben bestärkt, und selbst Wilder konnte sich dem Eindruck nicht verschließen, das Schiff gleite mehr durch die Luft als auf den Wellen des Meeres.

Mrs. Wyllys und ihre Schutzbefohlene hatten sich bereits in ihre Kajüte zurückgezogen. Die erstere erwartete sehnlichst, das Schiff verlassen zu können, das durch so viele unheilvolle Zeichen bedroht schien; das junge Mädchen, das immer noch hoffte, sich der Heimat zu nähern, hatte die Kursänderung nicht bemerkt.

Indessen entging es Wilder, der auf Deck verblieben war und

sorgenvoll den geheimnisvollen Begleiter beobachtete, nicht, daß sich der Himmel nach und nach veränderte. Der helle Streifen, der lange im Osten sichtbar gewesen war, verschwand. Schwere Massen dunkler Wolken ballten sich statt dessen dort zusammen, bis schließlich die Grenze zwischen Himmel und Wasser nicht mehr zu erkennen war. Auf der anderen Seite, im Westen, erschien am Horizont ein bösartiger Lichtstreifen, vor dem das fremde Schiff in phantastischen Umrissen zu verschwimmen schien.

16

Wilder erkannte die Zeichen und gab die entsprechenden Kommandos: »Leesegel bergen! Herunter damit!« schrie er. »Herunter bis auf den letzten Lappen, vorn und achtern!«

Das war auch dem letzten Mann auf der »Carolina« ein willkommener Befehl, denn alle hatten sich ihre Gedanken über die leichtsinnige Art gemacht, mit der der Kapitän mit der Sicherheit des Schiffs sein Spiel zu treiben schien und den unheilvollen Zeichen des Wetters Trotz bot. Das ganze Schiff geriet in Aufruhr, die Matrosen liefen an Deck zusammen, und einen Augenblick sah es so aus, als löse sich alles in einem allgemeinen Wirrwarr auf. Doch die klaren Kommandoworte Wilders brachten auch unter die rasch Ordnung, die erst aus dem Schlaf erwacht waren und jetzt nach oben kamen.

Die Segel, die eben noch vor dem düsteren Himmel wie helle Wölkchen ausgesehen hatten, flatterten wild im Wind, als sie herabgelassen wurden, und wenig später hingen nur noch die großen Segel oben. Dann entstand eine Pause, während der sich alle Augen dorthin richteten, wo die schlimmen Vorzeichen bemerkt worden waren, und jeder versuchte, sie nach seinen Erfahrungen zu deuten.

Das fremde Schiff hatte sich in der lichten Nebelflut aufgelöst, die sich jetzt über das Meer legte; der Wind, der bisher stramm geblasen und sich gelegentlich zu kleineren Böen gesteigert hatte, begann nachzulassen und wechselte die Richtung; er wurde schwächer und schwächer, bis schließlich die schweren Segel schlaff gegen die Masten schlugen – eine unheildrohende Stille trat ein. In diesem Augenblick erhellte ein flüchtiger Blitz den Horizont, ihm folgte ein Knall, der wie ein Donner über den Ozean rollte. Die Matrosen sahen sich erschrocken an, als hätten sie vom Himmel selbst eine Warnung erhalten. Nur Wilder deutete das Zeichen anders.

»Der glaubt wohl, wir schlafen hier«, brummte er vor sich hin, »und steckt doch selbst mittendrin. Der braucht uns nicht zu warnen!«

Dann drehte er sich um und prüfte den Himmel, sah hinauf nach den Segeln und richtete dann den Blick auf seine Mannschaft.

»Holt die Großsegel ein!« befahl er dann mit ruhiger, doch überall vernehmlicher Stimme. »Rollt sie zusammen, beide! Nehmt die Segel oben weg und beschlagt die Untersegel!« fügte er mit erhobener Stimme hinzu.

Die Matrosen fühlten wohl, daß sie keinen Augenblick zu verlieren hatten, denn sofort sah man zwanzig Gestalten die Takelage hinaufklettern, wo sie die gewaltigen Segel unschädlich machten, das heißt sie zusammenrollten und an den Spieren befestigten. Dann stiegen sie wieder herunter von den Rahen, und es entstand eine Pause.

Eine Flamme wäre wohl kerzengerade zum Himmel aufgestiegen, so windstill war es; die Wellen wurden kürzer, das Schiff selbst schien zur Ruhe zu kommen. In diesem kurzen Zeitraum des Erwartens traten die beiden Maate nochmals auf den Kommandeur zu.

»Eine entsetzliche Nacht, Herr Kapitän«, begann Earing als der ältere von beiden.

»Ich kenne Fälle, wo das Umschlagen des Windes weit plötzlicher eintrat«, war die karge Antwort.

»Das ist wohl war, Sir, wir hatten noch Zeit, unsere Drachen zu bergen. Es gibt aber Warnungszeichen, vor denen selbst der älteste Seemann Respekt hat.«

»Ja«, warf Nighthead mit rauher Stimme ein, »eine Kleinigkeit ist's nicht, die gewisse Leute, die ich nicht nennen will, in einer solchen Nacht auf die See ruft. Ein solches Wetter war es auch, als der Grönländer an den Orkney-Inseln strandete, die toteste Windstille, die je auf der See gelegen hat.«

»Meine Herren«, unterbrach ihn Wilder ironisch, »was wollen Sie denn eigentlich? Kein Lüftchen rührt sich, und das Schiff trägt bis zu dem Toppen keinen Fetzen Segel mehr.«

Dagegen gab es nichts zu sagen. Vielmehr war es die unbestimmte abergläubische Furcht vor etwas Unbekanntem, was die beiden Untergebenen bewegte. Doch ihr seemännischer Stolz verbot es ihnen, ihre Schwäche in diesem Augenblick einzugestehen, wo sie vielleicht jeden Augenblick ihren Mut und ihre Entschlossenheit beweisen mußten.

»Nun ja«, antwortete Earing, »das Fahrzeug ist gut gebaut, obwohl wir gesehen haben, daß ein schwerbeladenes Schiff nicht mit einem anderen um die Wette segeln kann, von dem man nicht weiß, wer das Steuer regiert.«

»Das sage ich auch«, setzte Nighthead hinzu, »für ein ehrliches Handelsschiff ist die ›Carolina‹ schnell genug. Aber bei einem solchen Wetter und zu einer solchen Stunde soll sich der Seemann in acht nehmen. Ihr seht dort die Nebelbank, wie sie schnell auf uns zukommt. Wißt Ihr denn, ob sie nicht aus dem fremden Schiff dort kommt? Mehr mag ich nicht sagen.«

»Das ist Ihre Meinung, Mr. Nighthead«, erwiderte Wilder kühl. »Vielleicht habe ich eine ganz andere.«

»Nun ja«, meinte der vorsichtige Earing, »ich würde jedenfalls eine ganze Monatsheuer drangeben, wenn ich nur wüßte, unter welcher Flagge der dort segelt.«

»Franzose, Spanier oder der Teufel!« schrie da Wilder heftig, an die Mannschaft gewandt. »Herum mit der Fockrah! Sofort herum damit! Dort kommt er!«

Jeder verstand sofort, was damit gemeint war, und jeder handelte sofort, denn es war kein Augenblick zu verlieren.

Die fahle, drohende Nebelwand trieb nun aus Nordwest mit ungeheurer Geschwindigkeit auf sie zu. Erste Windstöße trafen die Masten. Das Meer überzog sich mit einer geschlossenen Decke von gekräuseltem Schaum. Und dann brach der Sturm mit vollster Wucht über das Schiff herein.

Wilder hatte noch versucht, das Schiff rechtzeitig vor den Wind zu bringen, als er das Herannahen des Sturms bemerkte. Aber das Schiff bewegte sich so schwerfällig, daß das Manöver nicht mehr ganz gelang. Der Orkan fuhr in die Masten und drückte sie tief hinunter, bis die »Carolina« auf dem Wasser zu liegen schien. Sie richtete sich zwar mühsam wieder auf, aber nun begann ein furchtbarer Kampf um jeden Meter vorwärts.

»Haltet das Ruder nach Luv, wenn Euch Euer Leben lieb ist!« schrie Wilder in das Heulen des Sturms.

Der Veteran am Steuer versuchte, mit aller Festigkeit den Befehl auszuführen, allein das Schiff gehorchte ihm nicht mehr. Noch zweimal neigten sich die Masten dem Horizont zu und tauchten wieder auf, bis sich schließlich unter dem ungeheuren Druck der ganze Bau flach aufs Wasser legte.

»Ruhig! Nur ruhig!« schrie Wilder und packte Earing, der wie wahnsinnig das steile Deck zu erklimmen versuchte, am Arm. »Eine Axt!«

Gedankenschnell gehorchte der Maat und sprang ans Besansegel, um den Befehl, der nun kommen mußte, mit eigener Hand zu vollstrecken.

»Soll ich kappen?« schrie er zurück.

»Noch nicht! Gehorcht das Schiff dem Steuer?«

»Nicht einen Zoll, Sir!«

»Dann kappen!«

Ein einziger Hieb reichte. Das Tau, ohnehin schon zum Reißen gespannt, war kaum abgehauen, als die übrigen alle, eins nach dem anderen, von selber rissen. Das ganze schwere und verwickelte Tauwerk hin noch am Mast und riß auch diesen ins Wasser.

»Fällt das Schiff jetzt ab?« rief Wilder zum Steuermann hinüber.

»Es gibt ein wenig nach, Sir, aber jetzt legt sich's wieder!«

»Soll ich zuhauen?« schrie Earing vom Großmast herüber, wohin er wie ein Tiger gesprungen war.

»Kapp die Großwanten!«

Ein lautes Krachen folgte, und die See verschlang, wie vorher, das ganze Labyrinth von Rahen, Tauen und Segeln, das mit dem Mast über Bord ging. Das Schiff aber richtete sich langsam auf und rollte windwärts.

»Es richtet sich auf! Es richtet sich auf!« schrien zwanzig Stimmen, die bisher bei dem Kampf um Leben und Tod verstummt waren.

Beim Herannahen des Sturmes hatte ein Matrose das Bramfall fahren lassen, so daß nun auf dem einzigen noch stehenden Mast das Bramsegel heruntersank und sich mit Wind füllte. Der letzte Mast drohte zu brechen. Wilder erkannte, daß dieses Segel weg mußte, er sah aber auch, daß es unmöglich war, es zu beschlagen. Daher rief er Earing heran und gab den nötigen Befehl: »Die Spiere kann das nicht mehr lange aushalten, und wenn wir warten, bis sie von selber bricht, dann geht sie über Bord und schlägt uns leck. Es müssen ein paar Leute hinauf und das Segel von der Rah kappen.«

»Die Stenge biegt sich wie eine Weidengerte«, erwiderte der Maat, »und der Untermast ist schon gesprungen. Wer dort hinaufsteigt, spielt mit seinem Leben.«

»Sie haben recht«, gab Wilder zu. »Bleiben Sie hier. Sollte mir etwas zustoßen, dann versuchen Sie, das Schiff in einen Hafen zu bringen, vielleicht nach Virginia. Auf keinen Fall steuern Sie auf Hatteras in diesem Zustand.«

»Was haben Sie vor?« unterbrach ihn der Maat.

»Ich steige hinauf, sonst verlieren wir die Spiere und vielleicht das Schiff.«

»Das soll man dem Eduard Earing nicht nachsagen, er habe seine Pflicht nicht getan. Es ist Ihre Sache, das Schiff nach Virginia zu bringen, und meine, das Bramsegel zu kappen. Passiert mir etwas, dann tragen Sie's ins Logbuch ein. Das ist die beste und passendste Grabschrift für einen Matrosen.«

Wilder widersprach nicht. Er war zu lange im Sinne strenger Pflichterfüllung erzogen worden, um Earing jetzt nicht zuzustimmen. Der Maat nahm eine Axt und stieg in die Wanten. Die Matrosen, die ihn beobachteten, erkannten, was er vorhatte, und einige von ihnen entschlossen sich, ihm zu folgen.

»Herunter mit euch! Herunter alle außer dem Maat!« rief Wilder.

Seine Worte blieben aber unbeachtet. Einige Augenblicke später waren die Leute oben auf den Rahen und warteten auf die Befehle des Maats. Der tat einen mächtigen Hieb auf die Besanschot, die das bis zum Platzen gefüllte Segel an einer Ecke festhielt. Mit einem explosionsartigen Knall riß sich die Leinwand von allen Befestigungen los und segelte am Schiff vorüber. Während die Matrosen noch dem Fetzen nachsahen, brach unten eine Want.

»Herunter!« schrie Wilder noch einmal.

Nur ein einziger ließ sich warnen und enterte an Deck. Für alle anderen kam die Warnung zu spät. Eine Want nach der anderen riß, und dann brach der Mast. Eine Sekunde schwankte das turmhohe Labyrinth und schien sich nicht entschließen zu können, nach welcher Richtung es sich neigen solle. Dann aber folgte es einer Bewegung des Schiffes und stürzte krachend ins Meer. Der fallende Mast riß die Takelage wie Bindfaden los, und der nackte Rumpf des Schiffes trieb vor dem Sturm, als habe sich nichts weiter zugetragen.

Eine furchtbare Pause erfolgte. Selbst der Orkan schien nachzulassen nach dem, was er angerichtet hatte. Die Opfer der Katastrophe waren bei einem Blick über Bord noch deutlich zu erkennen, wie sie sich an den schwachen Stützen festhielten. Dann verschwand der ganze Wirrwarr mit allen, die sich daran festklammerten, im Nebel.

»Ein Boot!« schrie Wilder, ohne zu überlegen, daß hier an Rettung nicht zu denken war. Keiner von den Matrosen rührte sich, keiner gehorchte.

»Es ist zu spät«, murmelte Wilder vor sich hin, »keiner kann sie retten.«

»Segel ahoi!« brüllte da Nighthead mit einer Stimme voll abergläubischen Entsetzens.

»Soll's kommen, der Sturm hat ihnen die Mühe erspart. Hart backbord!« kommandierte Wilder. »Vielleicht segelt es in der Dunkelheit an uns vorbei.

Doch ein einziger Blick überzeugte ihn, daß alle Mühe vergebens war. Das fremde Schiff fuhr mit einer Geschwindigkeit heran, die der des Sturmes fast gleichkam. Nicht ein Faden Leinwand war drüben zu bemerken, aber auch kein Zeichen, daß der Sturm irgendeinen Schaden angerichtet hatte; die ganze Schönheit und das Ebenmaß des Baues waren erhalten. Zunächst glaubten die Matrosen auf der »Carolina«, man sehe sie nicht, und riefen nach Lichtern, um einen Zusammenstoß zu vermeiden.

»Nein!« wehrte Wilder ab. »Es sehen uns nur zu viele!«

»Ja«, meinte auch Nighthead, »man sieht uns nur zu gut, mit Augen, die nicht aus einem sterblichen Kopf stieren.«

Da kam nun der Fremde, ruhig und erhaben, wie eine dunkle Wolke vor dem Wind heran. Nirgends ein Lebenszeichen, und wenn wirklich Menschen darauf waren und auf das Wrack der »Carolina« sahen, dann taten sie es heimlich und wie aus dunklen Löchern. Wilder hielt den Atem an. Da aber kein Zeichen des Erkennens oder irgendeine Absicht zu bemerken war, wich die Spannung aus seinem Gesicht und machte einem erleichterten Lächeln Platz. Der Fremde jagte wie ein finsteres Gespenst vorüber und tauchte in die Nacht.

»Er verschwindet im Nebel!«

»Jawohl, im Nebel oder in den Wolken«, erwiderte Nighthead, der nicht von der Seite des Kapitäns wich und jede seiner Bewegungen mißtrauisch beobachtete.

»In den Wolken oder in der See, wenn er nur weg ist.«

»Mancher würde sich in unserer Lage freuen, wenn er ein fremdes Segel sähe.«

»Mag er weitersegeln; je weiter, desto besser! Ich wünsch' mir nichts sehnlicher, als daß der Orkan weiterbläst bis zum Morgen. Ich bete darum.«

Nighthead schrak zusammen und warf einen Blick nach seinen Kameraden. Für ihn lag in diesem Wunsch eine Herausforderung und Gottlosigkeit, besonders, da der Sturm in diesem Augenblick seinen Höhepunkt bereits überschritten zu haben schien.

Sollte Nighthead über den jungen Mann, der so unbegreiflicherweise den Platz des biederen Nicolas Nichols eingenommen hatte, noch irgendwelche Zweifel haben, dann verschwanden sie jetzt endgültig. Er ging hinüber, wo stumm und in schweren Gedanken die Mannschaft stand. Wilder kümmerte sich nicht um seinen Untergebenen. Stundenlang wanderte er noch an Deck auf und ab, prüfte den Himmel, spähte nach dem Horizont und schien in Gedanken versunken, während die »Carolina« vor dem Wind trieb, ein nacktes, kahlrasiertes Wrack.

17

In dem Augenblick, wo Earing und seine unglücklichen Gefährten in die wütende See stürzten, hatte der Sturm seine größte Stärke erreicht. Von diesem Zeitpunkt an ließ er nach, und als der Morgen anbrach, glättete sich auch das Meer, so daß die Seefahrer hoffen konnten, es werde ihnen möglich sein, das Schiff wieder einigermaßen in Ordnung zu bringen. Während der ganzen Nacht waren zwei erfahrene Matrosen, die Wilder ans Steuer beordert hatte, die einzigen von der ganzen Mannschaft, die ihm beistanden. Es war ihm allerdings die Nachlässigkeit der anderen um so gleichgültiger, als er zunächst nicht mehr tun konnte, als das Schiff vor dem Wind zu halten und den Tag abzuwarten.

Als dann am Morgen die Mannschaft einer nach dem anderen wieder auftauchte war sein erster Befehl: »Untersucht die Pumpen!«

Und da sich niemand anschickte, seinem Befehl Folge zu leisten, wiederholte er streng: »An die Pumpen! Habt Ihr mich nicht gehört? Schafft das Wasser bis auf den letzten Zoll aus dem Schiff!«

Nighthead, an den Wilder seinen Befehl gerichtet hatte, wechselte mit seinen Kameraden einen Blick des Einverständnisses, ehe er es für gut hielt, sich zu rühren. Doch er wagte es nicht, den Gehorsam zu verweigern, und schließlich gingen die Matrosen zögernd und mit einer herausfordernden Lässigkeit an ihre Arbeit. Erst als sie sahen, was der Sturm angerichtet hatte und welches furchtbare Leck sich unten auftat, zeigten sie mehr Eifer.

»Wenn Zauberei das Wasser aus dem Schiff schaffen kann«, meldete Nighthead mit düsterem Blick auf Wilder, »dann müßte man sich beeilen. Und ein wahrer Zauberkünstler müßte es sein, kein Anfänger, wenn die Pumpen auch nur ansaugen sollen.«

»Was soll das heißen? An die Pumpen und das Wasser aus dem Schiff geschafft!« befahl Wilder und wandte sich gleichzeitig an zwei Matrosen, um sie aufzufordern, den anderen ein Beispiel zu geben. Sie zauderten einen Augenblick und gaben damit dem Maat Gelegenheit, die Mannschaft durch meuterische Reden noch weiter aufzuhetzen.

»Wozu brauchen wir Hände, um an den Pumpen zu arbeiten, auf einem solchen Schiff?« rief er und lachte rauh. »Nach allem, was wir heute nacht erlebt haben, würde sich keiner wundern, wenn das Schiff auf einmal wie ein Walfisch das Wasser aus sich herausbliese.«

»Was sollen diese Reden?« erwiderte Wilder und trat auf Nighthead zu. »Ihr wagt es, in einem solchen Augenblick ein Beispiel des Ungehorsams zu geben?«

Der Maat machte einen Schritt rückwärts und wagte keine Antwort. In ruhigem, gebieterischem Ton befahl ihm Wilder noch einmal, mit der Arbeit zu beginnen. Doch da hatte sich Nighthead gefaßt; er weigerte sich rund heraus, der Anordnung zu folgen. Im nächsten Augenblick traf ihn ein Faustschlag, der ihn zu Boden warf. Eine atemlose Stille folgte, und dann erhob sich ein vielstimmiger wütender Schrei. Die Mannschaft meuterte offen und stürzte sich wütend auf Wilder, packte ihn und hielt ihn fest. Wer weiß, was geschehen wäre, wenn nicht ein entsetzter Aufschrei Gertrauds von der Schanze her die Aufmerksamkeit aller abgelenkt hätte. Im Nu war Wilder frei.

Während der vergangenen Nacht hatten die meisten an Bord vergessen, daß unten in der Kajüte noch Passagiere waren; nur Wilder hatte in flüchtigen Sekunden seine Gedanken bei Gertraud und ihrer Begleiterin verweilen lassen, und Nighthead hatte sie erwähnt wie irgendeinen anderen Teil der Fracht, ohne sich von ihrem Geschick auch nur im mindesten rühren zu lassen. Mrs. Wyllys hatte sich mit dem Mädchen die ganze Zeit unten gehalten, da sie wußte, daß sie auf Deck nur stören würden. Im Gebrüll des Sturmes und im Tosen der Wellen hatten sie nichts bemerkt vom Stürzen der Masten und von dem Schreien oben auf Deck. Die Gouvernante hatte wohl eine Ahnung, daß es schlimm stehen müsse, aber sie hatte geschwiegen, um ihre Gefährtin nicht zu beunruhigen. Am Morgen hatten sie sich dann aus ihren Hängematten erhoben und waren nach oben gestiegen, und nun betraten sie das Deck und sahen mit einem Blick die Verheerungen, die der Sturm angerichtet hatte, und die Erhebung der Matrosen gegen den Kommandanten.

»Hören Sie, Madame«, unterbrach sie grob der Maat, »mit Ihnen will ich offen reden, denn Sie sind als ehrlich zahlender Passagier hier an Bord, und jedermann weiß, wer Sie sind. Himmel und See waren heute nacht wie ich sie noch nie gesehen habe. Schiffe liefen vor dem Wind, leicht und sicher wie Korkpfropfen, die Spieren fest und unbeweglich ausgestreckt, während unsere Masten abgeschoren wurden wie Barthaare. Auf Kreuzer ist man gestoßen, die einhersegelten, ohne daß eine Mannschaft darauf war, sie zu handhaben. Kein Mann hier an Bord hat je eine solche Mitternachtswache miterlebt.«

»Und was hat das mit der Szene zu tun, die wir eben erlebt haben? Ist denn nicht schon genug geschehen?«

»Sie können nicht sagen, Sie seien nicht gewarnt worden«, erwiderte Wilder mit bitteren Lächeln.

»O ja, wir waren gewarnt«, fuhr Nighthead dazwischen, »das müssen wir Euch lassen. Als Nicolas Nichols den Unfall hatte – diese Warnung hätte man nicht übersehen dürfen, denn es ist mir noch niemals vorgekommen, daß ein solcher Unfall zu solcher Zeit ohne Folgen geblieben wäre. Dann hatten wir eine Warnung durch den Alten im Boot, ganz zu schweigen, daß es Unheil bringen muß, wenn man den Lotsen mit Gewalt aus dem Schiff wirft. Und dann sind wir trotz alledem auch noch an einem Freitag ausgelaufen. Ich wundere mich nicht über das, was geschehen ist, sondern darüber, daß wir noch am Leben sind. Der Grund dafür ist aber der Glaube an den, dem Glaube gebührt, nicht aber unbekannten Matrosen und fremden Kommandanten. Hätte es der Eduard Earing auch so gehalten, dann hätte er jetzt noch ein Brett zwischen sich und dem Ozean. Aber er war eben schon immer abergläubisch.«

Dann erklärte Nighthead den beiden Damen unumwunden den Zustand, in dem sich das Schiff befand, und fügte hinzu, das Schiff werde sich wohl kaum noch lange über Wasser halten, denn der Schiffsraum sei schon halb voll Wasser gelaufen.

»Was wollen Sie denn tun?« fragte Mrs. Wyllys mit einem Blick auf Gertraud, die bleich und furchtsam daneben stand. »Ist kein Segel in der Nähe? Müssen wir denn hilflos untergehen?«

»Gott bewahre uns vor noch mehr fremden Segeln!« brummte Nighthead wütend. »Dort hinten hängt unsere Pinasse, und Land muß nordwest innerhalb von einigen vierzig Meilen liegen. Wasser und Mundvorrat ist genügend da, und zwölf starke Hände können schon ein Boot nach Amerika hinüberrudern, das heißt, wenn Amerika nach dieser Nacht noch dort ist, wo es gestern abend war.«

»Sie wollen das Schiff im Stich lassen?«

»Ja. Zwar ist der Nutzen des Eigners allen braven Seeleuten teuer, aber das Leben ist besser als Gold.«

»Gottes Wille geschehe. Aber Sie haben doch nichts Schlimmes gegen diesen Mann hier vor. Er hat das Schiff unter schwierigen Umständen sicher geführt.«

Nighthead murrte einige unverständliche Worte vor sich hin und ging dann zur Seite, wohl um sich mit den anderen zu besprechen, die offenbar geneigt waren, seine Pläne zu unterstützen, mochten sie auch gesetzwidrig sein. Nach einigen Minuten der Ungewißheit kam der Maat zurück, um das Ergebnis mitzuteilen. Seine Worte waren aber überflüssig, denn schon versammelten sich die Matrosen um das Boot und schickten sich an, es herabzulassen und mit Lebensmitteln zu versorgen.

»Es ist Platz genug für alle Christen an Bord«, erklärte Nighthead. »Und was die anderen angeht, die einem gewissen Jemand vertrauen, nun, die sollen sich nach Hilfe umsehen, wo sie sie bisher gefunden haben.«.

»Das heißt also, Ihr wollt das Wrack aufgeben und Eure Pflicht verletzen.«

Mit einer Stimme, aus der Hohn und Furcht sprachen, erwiderte der Maat: »Sie bringen ein Schiff ohne Mannschaft voran, Sie werden wohl nicht wegen eines Bootes in Verlegenheit sein. Aber Sie sollen sich bei Ihren Freunden, wer es auch sei, nicht beschweren können, daß wir Sie ohne Mittel gelassen haben. Dort ist die Barkasse.«

»Die Barkasse! Ihr wißt recht gut, daß ihr alle miteinander sie ohne Stengen nicht bewegen könnt. Sonst würdet ihr sie wohl auch nicht stehenlassen.«

»Laßt Euch doch von Euren Freunden die Stengen wieder einsetzen, die sie Euch genommen haben«, grinste der Maat, »dann könnt Ihr in Gesellschaft fahren.«

Wilder verschmähte es, eine Antwort darauf zu geben. Er schritt in tiefen Gedanken auf und ab. Die Mannschaft hatte unterdessen ihre Vorbereitungen rasch zu Ende gebracht, und schon wurde der hilflose Nicolas Nichols vorübergetragen und ins Boot gebracht, und nun wurden auch die beiden Frauen aufgefordert, ihren Platz einzunehmen. Der Augenblick, eine Entscheidung zu treffen, war gekommen.

Der Gouvernante schien es vergebens, sich mit Bitten und Vorstellungen an die Meuterer zu wenden; sie hätte die Gefahr für Wilder wohl nur verschärft. Ebenso sinnlos war es, sich an Nicolas Nichols zu wenden, der teilnahmslos unter seinen Dekken lag und sich um nichts mehr zu kümmern schien. Von ihm war keine Hilfe zu erwarten.

»Was sollen wir tun?« wandte sie sich endlich an Wilder.

»Es ist nicht ausgeschlossen, daß sie die Küste erreichen«, erwiderte er und prüfte den Horizont. »Wenn die Windstille 24 Stunden dauert, dann erreichen sie das Land sogar bestimmt.«

»Und wenn nicht?«

»Bläst der Wind nordwest oder irgendwo von der Küste her, dann ist's um sie geschehen.«

»Und das Schiff?«

»Muß untergehen, wenn es verlassen wird.«

»Dann will ich versuchen, ihre Herzen zu bewegen, denn ich nehme an Ihrem Schicksal teil.«

»Bitte, nein«, sagte Wilder und hielt sie fest. »Ich kann das Fahrzeug nicht verlassen. Die Ehre verbietet es mir, das Schiff zu verlassen, solange noch eine Planke schwimmt.«

»Was kann ein einzelner hier tun?«

»Nichts«, antwortete er mit einem traurigen Lächeln. »Ich werde mit dem Schiff untergehen.«

Entsetzt blickten Mrs. Wyllys und Gertraud auf den jungen Mann. Sie erkannten, daß dieser Entschluß unwiderruflich war. Und doch war dieser Entschluß auch Grund für neue Befürchtungen. Mrs. Wyllys hatte von Anfang an einen Widerwillen dagegen empfunden, sich und das Mädchen einer Bande von rauhen Meuterern anzuvertrauen, und dieser Widerwille verstärkte sich, als sie durch die lauten Rufe aus dem Boot aufgefordert wurden, Platz zu nehmen.

»Was sollen wir tun? Ist denn hier auf dem Wrack Hoffnung?«

»Nur wenig.«

»Und im Boot?«

Wilder machte eine Pause. Minutenlang prüfte er von neuem

den Horizont, besonders dort, wo das Festland liegen mußte, und nichts entging ihm, was auf einen Wechsel des Wetters deuten konnte.

»So wahr ich ein Mann bin, der es für seine Pflicht hält, den Frauen mit Rat und Tat zur Seite zu stehen, ich traue dem Wetter nicht. Ich glaube vielmehr, die Chance, daß uns ein Schiff erspäht und aufnimmt, ist ebenso groß wie die Chance, in dieser Pinasse das Land zu erreichen.«

»Dann bleiben wir«, sagte Gertraud und errötete, »ich könnte mit diesen Meuterern nicht in einem Boot sitzen.«

»Schnell! Schnell!« rief Nighthead ungeduldig. »Jede Minute Tageslicht ist für uns alle eine Minute Leben und jede Sekunde Windstille ein Jahr. Schnell, sonst lassen wir euch zurück.«

Mrs. Wyllys antwortete nicht. Zweifelnd und abwartend stand sie da. Sie hörte das Plätschern des Wassers, und dann sah sie die Pinasse, getrieben von 12 Rudern, über das Wasser gleiten. Die Gesichter im Boot verschwammen, das Fahrzeug wurde immer kleiner und war schließlich nur noch ein dunkler Punkt, der mit den Wogen stieg und fiel. Erst als auch dieser Punkt nicht mehr zu erkennen war, raffte sich Wilder wieder auf. Er richtete den Blick auf die Gefährtinnen, als ob ihm die Verantwortung, die er übernommen hatte, erst jetzt voll zu Bewußtsein komme. Dann gewann er seine Beherrschung wieder. Festigkeit und Entschlossenheit prägten seine Züge.

»Sie sind fort.«

»Sie sind fort«, wiederholte Mrs. Wyllys. »Haben wir noch Hoffnung?«

»Ja, unsere Lage ist nicht verzweifelt. Wir können hoffen.«

Mrs. Wyllys war, ganz im Gegensatz zu ihrer Schutzbefohlenen, nicht so zuversichtlich und drängte Wilder, ihnen seine Absichten näher zu erläutern.

Die Meuterer hatten das größere und sichere Boot auf dem Schiff zurückgelassen, weil sie die Windstille benutzen wollten und es eine stundenlange, schwere Arbeit gekostet hätte, es aus seiner Lagerung zu heben und zu Wasser zu lassen. Wilders Vorschlag war nun, so viel Lebensmittel und andere Ausrüstungsstücke in das Fahrzeug zu schaffen wie sie in der Eile zusammenraffen konnten, dann hineinzusteigen und den kritischen Augenblick abzuwarten, wo das Wrack unter ihnen wegsinken würde.

»Und das nennen Sie Hoffnung?« rief Mrs. Wyllys enttäuscht. »Ich habe mir sagen lassen, daß der Strudel, den ein sinkendes Schiff verursacht, auch ein Boot mit in die Tiefe reißt.«

»Das kommt wohl vor. Ich will Ihnen die Wahrheit sagen. Es ist ebenso wahrscheinlich, daß wir entkommen wie daß wir mit dem Schiff versinken.«

»Das ist entsetzlich, aber der Wille des Himmels geschehe.«

»Ich steige hinunter, um zu sehen, wie lange das Schiff noch schwimmen wird, und Sie können bei unseren Vorbereitungen helfen.«

Die Frauen machten sich, unterstützt von der dunkelhäutigen Dienerin, an die Arbeit und schleppten die Dinge ans Boot, die sie für ihre Bequemlichkeit nicht glaubten entbehren zu können, während Wilder hinunter in den Schiffsraum stieg, um zu berechnen, wie lange sie noch Zeit hätten. Es ergab sich, daß ihre Lage weit bedenklicher war, als Wilder gedacht hatte. Allerdings war das Leck nicht so groß, daß es von einer beherzten Mannschaft nicht hätte bewältigt werden können. Für Wilder allein war jedoch jeder Versuch, das Schiff noch zu retten, völlig vergebens.

Viel wichtiger war es nun, das Boot bereitzumachen. Während die Frauen ihren Aufgaben nachkamen, setzte Wilder die Masten ein, brachte die Segel in Ordnung und legte alles zurecht, was ihrer Rettung dienlich sein konnte. So vergingen ein paar Stunden, jeden Augenblick konnte das Schiff endgültig versinken. Wilder beeilte sich, die Taue zu kappen, mit denen das Boot festgemacht war, so daß es jetzt nur noch in seiner hölzernen Bettung lag. Dann galt es, einen Teil des Gepäcks, das die Frauen angehäuft hatten, wieder herauszuwerfen, um Platz für die Personen zu schaffen. Trotz des heftigen Protestes der Dienerin flogen Schachteln, Koffer und Pakete auf Deck, die unter diesen Umständen tatsächlich eher in eine Rumpelkammer gehörten. Und trotzdem blieb genug zurück.

Als endlich Platz geschaffen war, forderte Wilder die Frauen auf, ins Boot zu steigen. Er selbst vergewisserte sich noch einmal, daß wirklich alle Vorbereitungen getroffen waren: Lebensmittel, Wasser, Kompaß und die anderen Instrumente, die man brauchte, um die Position eines Schiffes zu berechnen. Dann setzte er sich ins Heck des Bootes und bemühte sich, seine Gefährtinnen durch seine eigene Gelassenheit zu beruhigen.

Die See war ruhig, so daß auch das Wrack kaum bewegt wurde und nur in langen Abständen heftig schlingerte und dann tiefer versank. So dauerte es noch bis zum Einbruch der Dunkelheit, bis Wilder die sicheren Vorboten des nahen Untergangs erkannte. Ein dumpfes Dröhnen, und dann sprengte die eingeschlossene Luft den Vorderteil des Decks mit einem Donnerschlag in die Höhe.

»Festhalten!« schrie Wilder.

Seine Worte gingen unter im Rauschen und Gurgeln des Strudels, das Schiff glitt Bug voran in die Tiefe. Die Barkasse hob sich natürlich mit dem Deck, bis sie fast einen rechten Winkel mit der Wasserfläche bildete, dann tauchte sie mit ein, daß die Wellen fast darüber zusammenschlugen. Doch dann schoß sie vorwärts, als wäre sie von einer mächtigen Hand angestoßen, und fiel wieder zurück in den Strudel, als wollte sie dem Mutterschiff in die Tiefe folgen. Das Meer ächzte tief auf, und alles war wieder ruhig.

18

»Wir sind gerettet!« sagte Wilder, der während des letzten Kampfes der »Carolina« fest gegen den Mast gepreßt dagestanden hatte. »Wenigstens vorläufig. Dem Himmel sei Dank, denn ohne seine Hilfe wären wir verloren gewesen.«

Die Frauen hatten das Gesicht mit ihren Gewändern verhüllt, um von all dem, was um sie herum vorging, nichts sehen zu müssen. Jetzt erst wagten sie, die Köpfe wieder zu heben und Gott für ihre Rettung zu danken.

Ein Blick über die Bordwand des Bootes hinaus zeigte ihnen, daß rings um sie sich die scheinbar grenzenlose Wasserwüste dehnte. Das kleine, gebrechliche Fahrzeug war für sie nun die Welt.

»Mit einem günstigen Wind im Rücken könnten wir in einer Nacht und einem Tag das Festland erreichen«, ermutigte Wilder die drei Frauen, »wir dürfen nur nicht müßig sein.«

Er hißte die beiden Gaffelsegel und nahm seinen Platz am Steuer ein, da er wohl wußte, daß die Brise bald in die Segel fallen werde. Bald frischte der Wind auf, so daß Wilder einen willkommenen Anlaß hatte, die Frauen zu ermahnen, unter dem kleinen Dach aus Teertüchern Schutz zu suchen.

Mitternacht ging vorüber, ohne daß sich die Lage der Schiffbrüchigen wesentlich verändert hätte. Nach Wilders Berechnung hatte das Boot schon viele Seemeilen in Richtung auf das östliche Ende von Long Island zurückgelegt. Das Wetter schien günstig, und doch hatte Wilder Anlaß zur Sorge, denn der Mond, der noch immer im Zenith stand, leuchtete klar und hart. Der Wind war nicht mehr wie anfangs feucht, sondern roch nach Land: alles Anzeichen, daß es bald vom Festland her wehen werde, und zwar mit einer der Jahreszeit entsprechenden stürmischen Gewalt, wie auch die schmalen, langgestreckten Wolken ankündigten, die sich über dem westlichen Horizont zusammenzogen.

Hätte Wilder noch irgendwelche Zweifel an der Zuverlässigkeit dieser Zeichen gehegt, dann wären sie mit dem Anfang der Tagwache verschwunden.

Denn nun starb der allmählich erschlaffende Wind gänzlich ab, und noch ehe die Leinwand den letzten Stoß fühlte, kamen schon die Gegenwinde von Westen her. Der eigentliche Kampf sollte jetzt erst beginnen, und der junge Kapitän traf die entsprechenden Vorkehrungen. Er reffte die Segel, bis sie dem

Wind nur noch ein Drittel der vorigen Fläche darboten, und warf eine Reihe von Gegenständen, deren Nutzen unter diesen Umständen mehr als fraglich war, kurzerhand über Bord. Die Maßnahmen kamen durchaus nicht zu früh, denn bald heulte aus Nordwest ein Wind, der die eisige Kälte des kanadischen Winters mit sich brachte.

»Das ist er; den kenne ich mit seinem Landgeruch. Der treibt manchen Seemann zurück in sein Kielwasser«, murmelte Wilder vor sich hin.

»Sagten Sie etwas?« fragte Gertraud, die eben aus dem kleinen Zelt hervorblickte.

»Schlafen Sie, Fräulein, schlafen Sie«, suchte Wilder sie zu beruhigen, als wollte er nicht gestört werden.

»Sagen Sie mir ruhig die Wahrheit, ich bin ein Soldatenkind.«

Er zeigte mit dem Finger auf die drohenden Zeichen am Himmel, verharrte aber in seinem Schweigen.

»Es wird kälter, aber sonst sehe ich keine Veränderungen«, meinte sie.

»Und wissen Sie, welchen Weg das Boot jetzt nimmt?«

»Nach dem Land zu, denke ich. Sie haben uns ja die Versicherung gegeben.«

»Das gilt nicht mehr. Wenn es in dieser Richtung weitergeht, dann müssen wir erst den ganzen Atlantik überqueren, ehe wir wieder Land sehen.«

Niedergeschlagen zog sich Gertraud wieder ins Zelt zurück, während Wilder versuchte, durch neue Segelmanöver das Schiff möglichst nahe an Südwest heranzubringen. Doch diese geringe Kurskorrektur gab nicht viel Hoffnung. Mit jeder Minute wuchs die Gewalt des Windes, so daß Wilder am Ende das Besansegel ganz einholen mußte. Und nun erwachte auch der Ozean wieder. Die dunklen Wogen wurden höher und höher und schlugen so mächtig gegen das Boot, daß die Frauen sich bald an die Seite ihres Beschützers flüchteten. Auf ihre ängstlichen Fragen gab er ruhige, aber knappe Antworten, da jetzt mit Worten wenig auszurichten war.

Endlich kam der Tag, doch was sich ihren Augen bot, war nicht weniger entmutigend, als was sie vorher gesehen hatten. Die Wogen sahen jetzt grün und mürrisch aus, und hier und da leuchteten die weißen Schaumkronen. Dann erschien die Sonne über dem östlichen Horizont am blauen Himmelsgewölbe, das kalt und wolkenlos herabstarrte.

»Was halten Sie von unserer Lage«, fragte schließlich Mrs. Wyllys und schaute Wilder fest ins Gesicht, als wollte sie die Wahrheit aus seinen Zügen lesen.

»Solange der Wind diese Richtung hält, haben wir immer noch Hoffnung, eines der Schiffe zu treffen, das auf dem Weg nach den nördlichen Häfen ist. Frischt er aber weiter auf, dann zweifle ich, ob das Boot den Kurs halten kann.«

»Dann müssen wir wohl vor dem Wind laufen.«

»Ja.«

»Und welche Richtung nehmen wir in diesem Fall?«

»In diesem Fall entfernen wir uns von dem Land, das wir zu erreichen hoffen«, erwiderte Wilder mit einem Blick auf Gertraud.

»Dort! Was dort?« unterbrach sie Cassandra, die dunkelhäutige Dienerin. »Groß Fisch auf dem Wasser!«

»Ein Boot«, rief Wilder, auf die Ducht springend, um den dunklen Gegenstand näher mustern zu können.

»Boot ahoi! Hallo! Boot ahoi!«

Keine Stimme antwortete als das Heulen des Windes. Das Boot verschwand. Doch da tauchte der dunkle Gegenstand wieder auf, und jetzt erkannten sie klar eine umgestürzte Pinasse, die eben auf einer hohen See an ihnen vorübergetrieben wurde. Plötzlich kreischte die Negerin auf, fiel auf die Knie und bedeckte das Gesicht mit den Händen. Und da erkannten auch die anderen, was Cassandra so erschreckt hatte. Eine Menschengestalt war es, die, bis zur Hälfte aus dem Wasser ragend, von einer Woge herangetrieben und im nächsten Augenblick wieder vom Wasser verschlungen wurde. Alle hatten es gesehen: Nightheads wüstes und vom Salzwasser nur noch mehr entstelltes Gesicht, das wie ein Spuk an ihnen vorüberglitt.

Niemand sprach ein Wort, vielleicht auch deshalb, weil jeder in dem Schicksal des Meuterers eine Andeutung seines eigenen Geschicks zu erkennen glaubte. Endlich unterbrach Wilder das bange Schweigen: »Die Pinasse ist umgeschlagen. Sie war zu schwach und überdies bis an den Rand gefüllt.«

»Glauben Sie, daß alle umgekommen sind?« fragte Mrs. Wyllys leise.

»Es gibt keine Hoffnung.«

»So sind wir die einzigen von allen, die den Hafen von Newport gestern so glücklich verlassen haben, die noch leben.«

»Die einzigen. Dieses Boot und seine Insassen ist alles, was noch an die ›Royal Carolina‹ erinnert.«

»Und ist die Gefahr, auf die Sie so oft anspielten, damit vorüber?«

»Ich hoffe es.«

»Sieh!« unterbrach Gertraud.

»Ein Schiff!« rief Mrs. Wyllys. Aber in diesem Augenblick sank das Boot in ein Wellental, und das Bild war verschwunden. Doch als sie wieder auftauchten, überzeugte sich auch Wilder von der Richtigkeit der Beobachtung. In einer Entfernung von einer Viertelmeile war tatsächlich ein Schiff zu erkennen, das sich trotz der Wogen, die der Barkasse so zu schaffen machten, scheinbar mühelos vorwärtsbewegte. Nur ein einsames Segel war gesetzt, um das Ruder des Schiffes zu stützen. Aber auch das war so gerefft, daß es sich zwischen den Tauen und Spieren wie ein weißes Wölkchen ausnahm. Zuweilen wiesen die Spitzen der hohen Masten nach dem Zenith, dann neigten sie sich wieder zur Seite, als wollten sie das Wasser berühren. Es gab Augenblicke, da war der dunkle Rumpf deutlich zu sehen, und dann sanken Barkasse und Schiff wieder in ein Wellental, bis alles, selbst die Spitze des Großmastes, den Blicken entschwand.

Mrs. Wyllys und Gertraud dankten Gott im stillen für diese Rettung, Cassandras Freude dagegen zeigte sich weniger zurückhaltend. Sie lachte und weinte und jauchzte und war sichtlich glücklich, sich und ihre junge Herrin gerettet zu sehen.

Einzig Wilder hatte keinen Anteil an der allgemeinen Erleichterung über diese glückliche Wendung. Im Gegenteil, sein ganzes Verhalten ließ eher Sorge und Mißvergnügen erkennen.

»Es tut Ihnen doch nicht etwa leid, daß wir gerettet werden, Mr. Wilder?« fragte Gertraud verwundert.

»Vielleicht erreichen wir das Schiff gar nicht. Der Wind kann es verhindern. Das Auge erreicht leicht ein Schiff zur See, wohin die Stimme nicht dringt.«

»Nun, man wird uns sehen und warten, bis wir heran sind.«

»Nein, nein, gottlob, man sieht uns nicht. Unser Segellappen zerfließt in der Gischt, oder man hält uns für eine Seemöve.«

»Und dafür danken Sie dem Himmel?«

»Es ist ein bewaffnetes Schiff.«

»Vielleicht ein königlicher Kreuzer, auf dem uns eine freundliche Aufnahme gewiß ist.«

»Und wenn es der Feind ist, der vor unseren Küsten kreuzt?«

»Ich fürchte einen großmütigen Feind nicht. Selbst ein Korsar würde uns Frauen in dieser Not zu Hilfe kommen.«

Es erfolgte eine lange, tiefe Stille. Wilder stand auf der Ducht und bemühte sich, die Zeichen zu lesen, die nur einem Seemann vertraut sein können.

Die beiden Damen wußten nicht recht, was sie von der kühlen Zurückhaltung, mit der ihr Gefährte die mögliche Rettung in Frage stellte, halten sollten. Allein, Mrs. Wyllys und Gertraud schwiegen, da sie einsahen, daß ihre Fragen doch zu nichts führen würden. Ganz anders Cassandra. Sie war aufrührerisch gesinnt. Sie versicherte dem jungen Seemann, daß der General Grayson sehr böse sein werde, wenn ihrer jungen Gebieterin etwas zustoßen sollte. Doch als sie sah, daß alle ihre Vorstellungen nichts nutzten, griff sie geschickt nach einem Bootshaken und befestigte, ohne daß Wilder etwas davon merkte, eines der großen Leinentücher, die man mitgenommen hatte, und hob es lange über das gereffte Segel. Als Wilder dieses Signal bemerkte, war es schon zu spät. Eine Rauchwolke aus der Seite des Schiffs und ein dumpfer Knall machten allen klar, daß man gesichtet worden war.

»Jetzt ist es zu spät«, sagte Mrs. Wyllys, »wir werden gesehen, mag es Freund oder Feind sein.«

»Es ist zu spät«, gab Wilder zu.

Im Tauwerk drüben stand eine leichte, behende Gestalt und erteilte die nötigen Befehle. Die vier Insassen des Bootes wurden ohne Umstände wohlbehalten aufs Verdeck des Fremden gebracht. Sobald sie und ihre Sachen in Sicherheit waren, überließ man die Barkasse wie ein unnützes Gerät dem Spiel der Wogen. Dann enterten 20 Matrosen auf; Segel nach Segel öffnete sich, bis das Schiff dahinjagte wie eine Wolke im Sturm.

19

Genau sieben Tage, nachdem die drei Schiffbrüchigen vom Roten Korsaren, denn um niemanden anderen handelte es sich, gerettet worden waren, kreuzte der Seeräuber, der in der Zwischenzeit jede Begegnung mit einem anderen Fahrzeug vermieden hatte, unter einem milderen Himmel und bei günstigerem Wetter zwischen einigen felsigen Inselchen in seichteren Gewässern. Es regte sich kaum ein Lüftchen an diesem Morgen, der sanft und mild heraufzog.

Alles im Schiff, was Leben hatte, war schon munter. Ein Teil der Matrosen ging seiner Arbeit nach, andere schlenderten sorglos an Deck auf und ab. Es herrschte eine gelöste, fast heitere Stimmung an Bord. Auch auf der Schanze des Schiffs, wo einige Offiziere standen und die Vorgänge beobachteten, waren keine Zeichen von besonderer Tätigkeit zu bemerken. Zwar trugen die Männer dort Waffen, Dolche und Pistolen, und vor ihnen hatten zwei grimmige Gestalten Posten bezogen; aber keiner von den Matrosen schien davon Notiz zu nehmen, als handle es sich um etwas ganz Gewöhnliches.

Steif und aufrecht stand der General in der Nähe und musterte kritisch seine Untergebenen, ohne auf die übrigen

Vorgänge zu achten. Eine Gestalt aber zeichnete sich vor allen anderen durch Würde und gebieterische Haltung aus, der Korsar selber. Er stand allein, da offenbar niemand es wagte, ihm unnötigerweise zu nahe zu kommen. Sein Blick verlor nie den Ausdruck strengen Prüfens, und wenn er hinausblickte über die leicht bewegte See, dann zogen sich seine Brauen zusammen wie in angestrengtem Nachdenken und verliehen seinem Gesicht einen düsteren, fast bedrohlichen Ausdruck. Ganz offen trug er seine Pistolen im Gürtel, dazu einen krummen türkischen Säbel und ein Stilett, das, nach den Verzierungen des Griffs zu urteilen, aus der Werkstatt eines italienischen Künstlers stammen mußte.

Oben auf dem Kabinendeck standen Mrs. Wyllys und das ihr anvertraute Mädchen. Sie schienen trotz ihrer kritischen Lage durchaus nicht ängstlich zu sein; ganz im Gegenteil, denn eben deutete Mrs. Wyllys hinüber, wo in der Ferne wie eine dunkle Wolke ein Höhenzug über dem Horizont auftauchte, eine Entdeckung, aus der die beiden Damen Hoffnung schöpften. Vergnügt riefen sie Wilder herbei, der mit einer gewissen Eifersucht auf der Treppe gestanden hatte und der nun im Nu zur Stelle war.

»Ich sagte Gertraud eben, daß dort ihre Heimat liege und daß wir hoffen dürfen, bald dort zu sein, wenn ein günstiger Wind aufkommt. Aber das gute Kind will nach allem, was geschehen ist, seinem Glück erst dann trauen, wenn es bei seinem Vater ist. Wissen Sie, was für ein Land es ist, was wir dort sehen?«

»Land?« fragte Wilder zurück und stellte sich verwundert. »Ist denn irgendwo Land zu sehen?«

»Irgendwo? Vor Stunden hat es der Ausguck schon gemeldet.«

»Mag sein. Ich habe es nach der durchwachten Nacht nicht gehört.«

Mrs. Wyllys warf einen mißtrauischen Blick auf Wilder, ehe sie fortfuhr: »Sie lieben die See offenbar mehr als die stille, friedliche Heimat.«

»Das gilt nicht für mich«, erwiderte Wilder. »Mir war das Schiff immer das, was anderen die Heimat ist.«

»Auch ich habe einen großen Teil meines Lebens auf dem Schiff zugebracht«, sagte Mrs. Wyllys sinnend, »glückliche und traurige Stunden. Und dies hier ist auch nicht das erste königliche Schiff, auf dem ich fahre. Und doch scheinen sich die Gebräuche seither geändert zu haben. Oder ist es jetzt üblich, einem Wildfremden, wie Sie einer sind, auf einem königlichen Kriegsschiff ein Kommando anzuvertrauen?«

»Durchaus nicht.«

»Und doch führen Sie seit unserer Rettung hier das zweite Kommando, wenn ich mich nicht irre.«

Der junge Mann suchte nach Worten, ehe er erwiderte: »Ein Patent gebietet überall Achtung. Sie selbst waren Zeugin.«

»Sie sind also königlicher Offizier?«

»Würde man einem anderen auf einem königlichen Schiff den Befehl überlassen? Durch den Tod wurde der zweite Platz auf diesem Kreuzer frei, und ich war gerade in diesem Moment zur Stelle.«

»Aber sagen Sie mir doch noch«, fragte dann Mrs. Wyllys, die die Gelegenheit nutzen wollte, um noch mehr Erkundigungen einzuziehen, »ist es denn üblich, daß die Offiziere eines Kriegsschiffs bewaffnet auf Deck erscheinen, wie es hier der Fall ist?«

»Der Kommandant will es so.«

»Ein geschickter Seemann übrigens«, bemerkte Mrs. Wyllys weiter, »aber ein Mann von merkwürdigem Geschmack und im übrigen eine außergewöhnliche Erscheinung. Ich muß ihn schon einmal gesehen haben, und zwar erst vor kurzem.«

Es folgten einige Minuten des Schweigens, während Mrs. Wyllys den Mann, von dem die Rede war, unverwandt und prüfend beobachtete.

»Sind Sie denn schon lange mit diesem Kapitän Heidegger bekannt? Ein deutscher Name übrigens und mir völlig unbekannt. Lebt seine Familie schon lange in England?«

»Wir haben uns schon früher gesehen. Und auf alle anderen

Fragen wird er Ihnen sicher selbst eine Antwort geben können«, erwiderte Wilder, erleichtert, daß er das Gespräch abbrechen konnte, denn eben näherte sich der Kapitän selbst. »Mich selbst ruft die Pflicht, Madame«, schloß er und zog sich mit einem mißtrauischen Blick auf den Kapitän zurück.

Nichts im Benehmen des letzteren rechtfertigte das Mißtrauen und die Eifersucht, die Wilder hegte. Er war vielmehr kühl und zurückhaltend, wenn auch höflich und völlig korrekt.

»Ein Blick, der die Landratten mit Freude, die Seeleute aber mit Unbehagen erfüllt«, sagte er und deutete hinüber zu den bläulichen Hügeln, die in der Ferne nun deutlich zu sehen waren.

»Ich verstehe Ihre Abneigung nicht«, erwiderte Gertraud, an die er sich zunächst gewandt hatte.

»Aber ich verstehe Sie nach all den Gefahren, die Sie erlebt haben. Es gibt auch bessere Zeiten, auch uns fehlt es nicht an Unterhaltung. So gibt es zum Beispiel regelmäßig Bälle bei uns an Bord.«

»Bälle ohne Damen?«

»Nun, es kann nicht schaden, wenn zwei oder drei Damen dabei sind. Aber sehen Sie den Kerl dort auf der Vormarsrah. Der singt wie eine Lachtaube. Und der dort drüben ist ein Künstler, der auch einen seekranken Mönch zum Lachen bringen könnte. Oder wollen Sie ein Menuett tanzen?«

Um alle Zweifel der beiden zu zerstreuen, winkte der Kapitän schließlich Wilder herbei, der sich wieder eingefunden hatte, und fuhr fort: »Die Damen wollen mir nicht glauben, daß wir an Bord auch unsere Feste haben können, Mr. Wilder. Der Bootsmann soll seinen Zauberruf ertönen lassen; geben Sie die Parole aus: ›Zum Unheil!‹«

Wenige Augenblicke später erschien Mr. Nightingale, der seinen ersten Auftritt bereits im »Unklaren Anker« gehabt hatte, mit der Pfeife an der silbernen Kette, ließ einen durchdringenden Pfiff ertönen und rief mit seiner tiefen Baßstimme: »Zum Unheil, ahoi!«

Ein allgemeines »Hurra« antwortete ihm. Im Nu waren alle

Zeichen von Lässigkeit verschwunden. Die Topgasten schwangen sich ins Tauwerk und kletterten die Strickleitern empor wie die Eichhörnchen, und alle anderen, selbst die schwerfälligsten, liefen zu ihren verschiedenen Posten, die Gewandteren, um allerlei Unfug gegen ihre Kameraden zu planen, die Ungeschickten, um sich zur Verteidigung bereitzumachen.

Die einen saßen in den Rahen, um ihre Streiche zu beraten, die anderen drängten sich um den Großmast zusammen, um sich für den bevorstehenden Kampf zu rüsten.

Und schließlich war da noch eine dritte Gruppe, die sich in dem allgemeinen Durcheinander so diszipliniert versammelte, daß man auf eine lange Übung schließen konnte. Es handelte sich um die Truppe des Generals. Zwischen diesen Leuten und den Matrosen bestand nicht nur die fast instinktive Abneigung zwischen Soldaten und Seeleuten, sondern eine gerade auf einem Korsarenschiff begreifliche Eifersucht, die sich nicht selten in schweren Auseinandersetzungen Luft machte. Es waren im ganzen zwanzig Soldaten, die sich versammelten, und obgleich bei solchen Anlässen Gewehre verpönt waren, konnte man leicht erkennen, daß die schnurrbärtigen Helden auch von dem Bajonett, das jeder über der Schulter trug, Gebrauch machen würden.

Der Kommandeur zog sich mit den Offizieren aufs Kabinendeck zurück, um durch seine Anwesenheit die Vergnügungen der Besatzung nicht zu stören.

Es dauerte nicht lange, bis jede Gruppe ihre Stellung bezogen hatte und vor allem die Topgasten sich überzeugt hatten, daß keiner der Ihren mehr in der Nähe der möglichen Gegner war. Dann begannen sie und eröffneten die »Feindseligkeiten«.

Die Eimer, die dazu bestimmt waren, im Brandfall Dienst zu tun, wurden von den äußersten Enden der Rahen hinab in die See gelassen und trotz der Gegenmaßnahmen der Decksleute gefüllt und wieder emporgezogen. Gar mancher machte nun mit dem Element, auf dem er schwamm, nähere Bekanntschaft, als ihm lieb war. Das ging so lange gut, bis die Würde eines

Kanoniers verletzt wurde und eine ganze Bande von seinen Anhängern aufstand, um die Schmach zu rächen. Eine kleine Kanone wurde herbeigeschafft und in Stellung gebracht. Unter lautem Gelächter brachten sich die Topgasten nach oben in Sicherheit, indem sie wie die Affen die Taue hinaufkletterten.

Nun forderten die siegreichen Artilleristen die Marineinfanteristen auf, den Vorteil auszunutzen und den Großmast zu stürmen. Ein halbes Dutzend Soldaten, schon durch und durch naß, rückte unter der Führung eines Korporals an, dessen schöngepudertes Haar durch einen Wasserguß schon ganz aufgeweicht war. Sie versuchten, an der Takelage hinaufzuklettern, ein Heldenstück, das ihnen schwerer fiel als der Sturm auf eine Festung. Die schadenfrohen Kanoniere feuerten sie noch mehr an, und Nightingale mit seinen Gehilfen, die sich vor Lachen schier die Zungen zerbissen, gaben mit ihren Pfeifen das Signal »Aufhissen!« Der Anblick der kühnen Fußsoldaten, die langsam und bedächtig die Strickleitern erklommen, hatte auf die Topgasten dieselbe Wirkung wie Fliegen, die sich einem Spinnennetz nähern. Die Matrosen in der Höhe bekamen von unten das entscheidende Zeichen zum Gegenangriff. Zwei oder drei Soldaten erhielten eine tüchtige Tracht Prügel, als sie sich zu weit vorwagten, ohne sich auf diesem ungewohnten Schlachtfeld gehörig zur Wehr setzen zu können, da sie sich ja mit beiden Händen festklammern mußten. Anderen erging es nicht besser. Man sah sie plötzlich, in Taue verstrickt, in die Luft gehoben und nach oben entführt, wo sie dann an den Rahen schwebten, ohne sich rühren oder wehren zu können.

Unter den erfolgreichen Verteidigern des Großmastes befand sich auch Richard Fid, der jetzt eines der Opfer prüfte. »Mein Gott, ihr Burschen, ihr hättet den Kerl genauer untersuchen sollen, ehe ihr ihn hierher in gute Gesellschaft bringt. Der hat ja mehr Löcher in der Jacke als Läuse auf dem Kopf. Hallo, Guinea! Pack mal das Schneiderlein und schick's herauf, damit er sie stopfen kann!«

Der bärenstarke Afrikaner sah kurz hinauf, dann setzte er sich in Trab und kriegte den Schneider zu fassen, der neugierig und ängstlich aus einer Luke hervorgeguckt hatte. Noch ehe der arme Teufel wußte, in wessen Hände er gefallen war, schwebte er schon empor zu Fid.

»Gib acht, daß der Mann nicht ins Wasser fällt!« rief Wilder streng.

Aber da hatte Homespun sein Ziel schon erreicht. Fid setzte ihn bequem zwischen Rahe und Baum, befestigte ihn mit einem Riemen und ließ ihm die Hände frei, damit er seinem Geschäft nachgehen könne.

»Gott behüte mich und alle sterblichen Sünder!« schrie Homespun, als er sich zwischen Himmel und Wasser schweben sah, und an eine vernünftige Näharbeit war erst recht nicht zu denken.

»Lassen wir den Musketier wieder hinab«, rief Fid, »er stört alle vernünftige Unterhaltung. Soll der Schiffszahlmeister eine neue Hose bezahlen.«

»Kann dir versichern, Brüderlein«, wandte sich jetzt Fid an den Schneider, der neben ihm sitzen geblieben war, »hab schon gesehen, wie ganz andere, kräftigere Kerle diesen Schwung auf die Rah taten und nicht wußten, wie und wann sie wieder hinuntergekommen sind.«

Homespun verstand die Anspielung Fids nicht recht, jedenfalls schwieg er, so daß Fid weiterredete: »Ich sage dir, daß schon mancher mit dem Tau zur Rah hinaufgehißt wurde und so lange oben bleiben mußte, wie es der Präsident des Kriegsgerichts zur Besserung seiner Ehrlichkeit für nötig hielt.«

»Gott erbarme sich, versündigt Euch nicht gegen die Vorsehung! Wenn erst die Stunde dieses Kreuzers geschlagen hat, dann sei der Himmel den Schuldlosen gnädig, die gezwungenermaßen hier dienen.«

»Was schert es mich, ob ich hier oder dort mich einschreiben lasse. Seht Ihr dort unten den jungen Herrn, den Harry, ihm folge ich. Welche Richtung er heute oder morgen einschlägt, das ist seine Sache.«

»Und seid Ihr gewillt, ihm auch an einen so unfreundlichen Ort wie einen Galgen zu folgen?«

Lange sann Fid über diese schwierige Frage nach, und gemächlich schob er den Tabak in seinem Mund hin und her, ehe er antwortete.

»Soll mich der Teufel holen, ich tät's! 24 Jahre sind wir miteinander gesegelt. Da müßte ich der feigste Hund sein, wenn ich eine Kameradschaft aufkündigen wollte, weil eine Kleinigkeit von Galgen uns vor Augen kommt.«

»Bei solcher Treue wird es nicht an Lohn fehlen«, erkundigte sich der Schneider angelegentlich.

»Der Lohn ist so viel wie einem Seemann gebührt.«

»Aber da gibt's doch die Verteilung der Prisengelder«, forschte Homespun weiter.

»Hör mal, Schneiderlein, das geht dich nichts an«, schloß Fid die Unterhaltung, da eben ein ungewöhnlicher Lärm im Schiff die beiden ungleichen Topgasten unterbrach.

20

Der halb scherzhafte, halb ernsthafte Kampf zwischen den Soldaten auf Deck und den Matrosen in den Rahen war unterdessen weitergegangen und hätte wohl noch ernstere Formen angenommen, wenn nicht Nightingale mit seiner schrillen Pfeife und seiner tiefen Baßstimme gelegentlich für Ordnung gesorgt hätte.

Der Kapitän selbst, der anfangs noch mit einigem Vergnügen die Vorgänge beobachtet hatte, schien sich indessen nicht mehr weiter darum zu kümmern. Das heitere Aussehen, das er während des Gesprächs mit seinen weiblichen Gästen (oder soll man besser sagen, mit seinen Gefangenen?) gezeigt hatte, war verschwunden und hatte tiefer Nachdenklichkeit Platz gemacht, mit der er nun Mrs. Wyllys und Gertraud beobachtete, ohne daß sein Blick frech oder herausfordernd gewesen wäre.

Er war so versunken, daß er den dumpfen Ruf nicht vernahm, der plötzlich den Lärm der Matrosen übertönte und aus dem Meer zu kommen schien. So fragte Wilder zurück: »Wer ruft den ›Delphin‹?«

»Vater Neptun wartet unter Eurem Vorderkiel!«

»Was will der Gott?«

»Er hat vernommen, daß gewisse Fremdlinge in sein Gebiet gekommen sind, und ersucht um Erlaubnis, an Bord des ›Delphin‹ zu kommen, um sich zu erkundigen, was sie wollen und um sie zu prüfen!«

»Er ist willkommen! Laßt den alten Herrn herauf!«

Eine athletische Männergestalt, scheinbar direkt aus dem Wasser aufgetaucht, erschien auf dem Deck. Teergetränkte Tauquasten, von Salzwasser triefend, hingen ihm als Haupt- und Barthaar herab. Aus Golfgräsern, die rings um das Schiff die Wasserfläche bedeckten, war sein Mantel nachlässig zusammengeflochten, und in der Hand führte er einen Dreizack, der aus einer Pike und Marlpfriemen zusammengesetzt war. So schritt der Meeresgott höchst würdevoll das Deck entlang, von einem Gefolge bärtiger Wassernymphen und Meeresgöttinnen begleitet, deren Aufmachung nicht weniger grotesk war als die des Gottes. Vor der Schanze, die die Offiziere einnahmen, verneigte sich Neptun grüßend und wandte sich an Wilder, da der Kapitän noch nicht aus seinem Sinnen aufgewacht war.

»Fürwahr, ein wackeres Boot, mit dem Ihr diesmal in See gegangen seid, mein Sohn; und bemannt mit den edelsten meiner Kinder. Wie lange ist es her, daß Ihr das Land aus den Augen verloren habt?«

»Ungefähr acht Tage.«

»Ich brauche nicht lange zu fragen, welchen Hafen Ihr zuletzt angesteuert habt. Das Schilf von Newport hängt Euch noch am Anker. Ich hoffe, Ihr habt nicht zu viele neue Leute an Bord, denn ich wittere schon einen Stockfischfahrer keine hundert Seemeilen von hier.«

»Ihr seht sie alle vor Euch, und ein so erfahrener Seemann wie Neptun wird die rechten Leute schon finden.«

»Dann werde ich mit diesem Herrn den Anfang machen.« Mit diesen Worten trat der Meeresgott auf den General zu, der die ganze Szene in starrer Haltung beobachtet hatte. »Er sieht mir sehr nach Land aus. Ich möchte wissen, seit wieviel Stunden er auf dem blauen Wasser schwimmt.«

»Ich glaube, der hat schon viele Seereisen hinter sich, und ich möchte schwören, er hat Eurer Majestät schon längst den schuldigen Tribut bezahlt.«

»Na, ich will's glauben. Doch wie steht's mit den Damen?«

»Beide waren schon vorher zur See und haben ein Recht, ohne Prüfung zu passieren.«

»Die jüngere ist hübsch genug, um in meinem Reich geboren zu sein«, erwiderte galant der Herr des Meeres, »und doch muß ich sie bitten, für sich selbst zu sprechen.«

Ohne auf den zornigen Blick Wilders zu achten, wandte sich der Gott direkt an Gertraud: »Wenn das stimmt, mein hübsches Jüngferchen, daß Ihr schon früher das blaue Wasser gesehen habt, dann könnt Ihr mir wahrscheinlich sagen, auf welchem Schiff das geschehen ist.«

Gertraud errötete zwar, aber sie ging auf den Scherz ein und erwiderte: »Wenn ich Euch alle Einzelheiten erzählen wollte, so hielte Euch das von wichtigeren Dingen ab. Nehmt diese Bescheinigung und überzeugt Euch, daß ich kein Neuling zur See bin.«

Mit diesen Worten ließ sie eine Guinee in die Hand des Gottes fallen.

»Entschuldigt, daß ich nicht früher daran gedacht habe«, gab der Kerl mit einer etwas ungeschlachten Verbeugung zurück. »Ich hätte in meinen Büchern nachsehen sollen. Denn jetzt fällt es mir ein, daß ich einem meiner Maler befohlen hatte, Euer hübsches Gesicht auf eine ostindische Austernschale abzumalen. Ich werde es nicht unterlassen, Eurem Herrn Gemahl, wenn Ihr einen wählt, eine in Korallen gefaßte Kopie davon zu schicken.«

Er wiederholte seinen Kratzfuß und wandte sich an Mrs. Wyllys: »Und Sie, Madame, sind Sie zum erstenmal auf See?«

»O nein, Majestät, ich genoß die Ehre, Euch zu sehen, schon vor mehr als dreißig Jahren unter der Linie.«

»Mag sein, aber ich kann nicht behaupten, daß ich mich an Sie erinnere.«

»Ich fürchte, dreißig Jahre haben viel verändert«, gab Mrs. Wyllys mit einem traurigen Lächeln zurück. »Ich war auf einem königlichen Fahrzeug, einem Dreidecker.«

Damit überreichte auch sie dem Gott eine Guinee. Allein der Erfolg mußte seine Habsucht wachgerufen haben, denn anstatt zu danken, schien er nicht geringe Lust zu haben, sich noch weiter bestechen zu lassen.

»Das mag alles so sein, wie Sie sagen, doch die Sorge um mein Reich und um meine zahlreiche Familie zwingen mich, noch weitere Auskünfte einzuholen. Wehte eine Flagge auf dem Schiff?«

»Ja, die Admiralsflagge.«

Die erzwungene Fröhlichkeit in den Zügen der Mrs. Wyllys hatte einem ernsten Nachdenken Platz gemacht, und ihr Blick ging ins Leere, als sie wie unbeabsichtigt, weitersprach: »Ich sehe noch, wie schlau der Junge war, als er den alten Neptun hinterging und die Lacher an Bord auf seine Seite brachte. Er war damals erst acht Jahre alt.«

»Nicht älter als acht?« fragte eine tiefe Stimme dicht bei ihr.

»Nicht älter an Jahren, aber an Schlauheit«, erwiderte sie und schien erst wieder zu sich zu kommen, als ihr Blick auf den Kapitän fiel.

»Schon gut«, schloß der Meeresgott, dem es jetzt nicht mehr so wohl war, da er sah, daß der gefürchtete Kommandeur seine Anteilnahme an dem Gespräch zeigte. »Es wird wohl alles seine Richtigkeit haben, ich brauche nur in meinem Tagebuch nachzusehen.«

Mit diesen Worten wandte sich Neptun ab und schenkte seine Aufmerksamkeit den Marinesoldaten, die sich inzwischen zu einer dichten Gruppe zusammengedrängt hatten, um sich gegen weitere Übergriffe der Matrosen zu verteidigen, und als sich Neptun an einem der jüngsten und unerfahrensten Krieger vergreifen wollte, kam es zu einem Handgemenge. Der General, der die ganze Szene mit wachsendem Ingrimm verfolgt hatte, mischte sich jetzt, da er die Disziplin auf dem Schiff gefährdet sah, mit Donnerstimme ein.

»Ich protestiere gegen dieses aufrührerische, unmilitärische Verfahren! Meine Leute wissen, wie sie sich zu wehren haben. Ich warne euch. Wer sich an einem vergreift, bekommt Prügel!«

Das tat seine Wirkung. Ein kräftiger Faustschlag des Unteroffiziers ließ den Meeresgott zur Ader, und das Blut, das ihm aus der Nase schoß, bewies, daß auch er nur ein Mensch war. Der Seemann gab den Schlag zurück und damit das Zeichen zu einem allgemeinen Kampf. Die Topgasten, darunter auch Fid, schwangen sich von den Rahen und mischten sich in das Getümmel. Und da die Soldaten mehr und mehr in Bedrängnis gerieten, blitzten auch bald Bajonette in der Sonne, während die Matrosen nach den Piken griffen.

»Halt! Zurück! Zurück alle!« schrie da Wilder und stürzte sich blindlings mitten ins Gedränge, wobei sein Eifer wohl durch den Gedanken an die beiden Frauen beflügelt wurde, die vielleicht in Gefahr schweben mochten, wenn einmal die Ordnung an Bord durchbrochen wurde. »Zurück, bei eurem Leben! Und Sie, Herr General, gebieten Sie Ihren Leuten Einhalt, wenn Sie schon ein so guter Soldat sein wollen.«

Der General und seine Unteroffiziere verstanden sehr wohl, daß ihr Hab und Gut, vielleicht sogar ihr Leben auf dem Spiel stand, wenn der Ausbruch von Gewalt nicht rechtzeitig eingedämmt würde. Die feindlichen Parteien bildeten zwei schwerbewaffnete Haufen, die sich feindselig gegenüberstanden. Zwei Matrosen hatten bereits eine Kanone aus der Verankerung genommen und so aufgestellt, daß sie damit die Schanze bestreichen konnten. Eine einzige Unbesonnenheit auf der einen oder der anderen Seite mußte zu einem allgemeinen Kampf, zu Plünderung und Metzelei führen. Und dabei wurde die Stimmung noch dadurch angeheizt, daß beide Parteien sich mit den übelsten Beschimpfungen überschütteten und zur äußersten Wut reizten.

Minutenlang hatte dieser Zustand einer halben Meuterei schon gedauert, und dennoch verharrte der, der für die Disziplin an Bord als erster zu sorgen hatte, in völliger Gleichgültigkeit, ja in einer Art von Bewußtlosigkeit, ohne wahrzunehmen, was um ihn herum vorging. Mit verschränkten Armen, den Blick fest auf die See geheftet, stand er da, regungslos wie der Mastbaum, an den er sich lehnte. Abgestumpft gegen den Lärm an Bord, hörte er in dem Getöse, das er selbst veranlaßt hatte, nichts als die Unruhe, die auch sonst in ausgelassenen Stunden herrschte.

Die Untergebenen waren weitaus tätiger. Wilder hatte die kühnsten der Matrosen schon zurückgeschlagen, so daß zwischen den Fronten ein freier Raum entstand, den einige Offiziere eiligst abzusperren trachteten.

Und als nun Wilder glaubte, die Meuterei sei unterdrückt, da versuchte er, die günstige Situation zu nutzen und packte den Frechsten am Kragen, um ihn hinwegzuzerren. Doch in diesem Augenblick erwachte der aufrührerische Geist von neuem; mehr als zwanzig Mann packten zu und entrissen ihm den soeben Festgenommenen.

»Wer ist denn der Kerl, der sich hier auf der ›Delphin‹ wie der Kommodore benimmt?« schrie eine Stimme aus dem Haufen hervor. »Wie ist er denn aufs Schiff gekommen? Wo hat er denn sein Handwerk gelernt?«

»Richtig«, fügte ein zweiter hinzu. »Und wo ist denn das Handelsschiff, das er uns ins Garn locken sollte?«

Das allgemeine Murren, das diesem Ausbruch folgte, bewies, daß der junge Seemann auch in seinem jetzigen Amt nicht mehr Glück hatte als auf der »Carolina«. Beide Seiten lehnten seine Vermittlung ab, und von beiden Seiten waren verächtliche Äußerungen über seine Herkunft und weitere bissige Bemerkungen zu vernehmen. Wilder ließ sich nicht zurückschrecken; er setzte vielmehr ein herausforderndes Lächeln auf und forderte jeden einzelnen seiner Gegner heraus, doch hervorzutreten und seine Worte durch die Tat zu beweisen.

»Hört, wie er spricht!« riefen die einen.

»Ja er hat Mut, wenn es windstill ist«, gaben die anderen zurück.

»Der hat sich zum Kajütenfenster hereingeschlichen. Und solange er an Bord bleibt, hält sich das Glück von uns fern.«

»In die See mit ihm! Über Bord mit ihm! Den Sprung haben schon bessere gemacht!« forderten viele Stimmen, und einige von den Kerlen schickten sich an, ihre Drohung in die Tat umzusetzen.

Da sprangen mit Blitzesschnelle zwei Gestalten in den Haufen und warfen sich zwischen Wilder und seine Feinde. Die eine schlug den Gott Neptun zu Boden, als wäre er eine Wachspuppe, die andere folgte wacker diesem Beispiel und schwang eine Faust, die die Größe eines Kinderkopfes hatte.

»Fort mit euch! Fort! Gegen einen einzelnen Mann geht ihr? Noch dazu gegen einen Offizier?« schrie Fid, denn kein anderer war es.

»Zurück!« schrie Wilder und drängte sich gegen seine Feinde.

»Über Bord mit ihm! Über Bord mit ihm und seinen Freunden!« brüllte die Menge.

»Können Sie es mit ansehen, wie ein Mord vor Ihren eigenen Augen begangen wird?« rief da Mrs. Wyllys und packte den Kapitän heftig am Arm.

Er schrak zusammen wie jemand, der plötzlich aus dem Schlaf geweckt wird, und sah sie scharf an.

»Sehen Sie! Sehen Sie! Man ermordet Ihren Offizier, und niemand ist da, um ihm zu helfen!«

Es bedurfte nur eines Blickes, um über die Lage unterrichtet zu sein. Er gewann wieder seine ganze Energie zurück. Ein Tau, das vor ihm von einer Rah herunterhing, erfassend, schwang er sich vom Kajütendeck herab mitten in den aufrührerischen Haufen hinein, als wäre er aus den Wolken gekommen. Die Fronten wichen zurück, und eine Stille trat ein, in der man jedes Wort und sogar jeden Atemzug vernehmen konnte. Stolz und überlegen hob der Rote Korsar den Arm und sprach mit einer Stimme, die keine besondere Erregung erkennen ließ, ja fast leiser und minder drohend als sonst. Und doch erreichte sein Wort jedes Ohr, und niemand konnte im Zweifel sein, was er meinte.

»Meuterei!« sagte er in einem Ton, in dem Ironie und Verachtung sich mischten, »offene und blutige Meuterei. Seid ihr eures Lebens müde, Leute? Ist unter euch einer, der zum Wohl der anderen den Hals riskieren möchte? Er hebe die Hand, einen Finger oder nur ein Härchen; er spreche, er sehe mir ins Auge; einen Wink oder nur eine Bewegung!«

Er schwieg, und so zwingend war seine Gegenwart, daß in dem ganzen Haufen von rohen Meuterern es nicht einer gewagt hätte, seinem Zorn zu trotzen. Eingeschüchtert, unterwürfig standen sie da, Matrosen wie Soldaten. Keiner antwortete, keiner regte sich, kein Auge wagte es, sich zu seinem zu erheben.

»Schon gut. Die Vernunft ist euch wiedergekommen, bevor es zu spät war. Die Waffen werden wieder dort aufgestellt, wo sie hingehören. Ihr werdet sie gebrauchen, wenn ich es befehle. Wo ist der Trommler?«

Der Musikant kam erschrocken zum Vorschein.

»Jetzt laß dich hören, damit ich erfahre, ob ich eine Mannschaft kommandiere oder einen Haufen Rebellen.«

Ein paar Trommelschläge, und die Mannschaft wußte, daß sie auf ihre Posten zu gehen hatte. Ohne Zaudern und Schwanken schlich jeder zu seinem Posten, wobei sich besonders jene Gruppe auszeichnete, die das Geschütz losgemacht hatte. Während des ganzen Vorgangs zeigte der Kapitän weder Ungeduld noch Zorn, eher Verachtung und Selbstbewußtsein. In Ruhe wartete er ab, bis die Befehle vollzogen waren und die Offiziere ihm melden konnten, daß jedermann seinen Platz eingenommen habe, als sei ein Feind im Anzug. Alle Vorbereitungen schienen darauf zu deuten, als sei etwas Außerordentliches zu erwarten.

»Verseht die Rahen mit Nottauen, befestigt die Segel und Brassen«, rief er dem Leutnant zu. »Den Enterern die Piken und Äxte. Wir wollen den Kerlen zeigen, daß wir uns nicht fürchten, ihnen Waffen anzuvertrauen.«

Die Befehle wurden pünktlich befolgt, und dann trat jene Stille ein, die einem Kampf vorauszugehen pflegt. So verstand es der Korsar, mit der seemännischen Disziplin den wilden Haufen zu bändigen.

Er ging nun mit Wilder zur Seite, um sich von ihm den ganzen Hergang erzählen zu lassen, und obwohl Wilder schon vorher auf der »Carolina« eine ähnliche Erfahrung gemacht hatte, versuchte er doch, bei seinem Bericht jede persönliche Gehässigkeit zu vermeiden; andererseits beschönigte er auch nichts, denn bei einer Meuterei an Bord war jede Nachsicht fehl am Platz.

»Mit guten Worten kann man diese Leute nicht bändigen«, erwiderte der Korsar. »Schon einmal gab es eine ähnliche Geschichte, als ich an Bord kam und die Herren Matrosen bei den Getränken, die Offiziere aber als Gefangene im Vorderraum fand.«

»Und Sie brachten sie wieder unter Ihre Befehlsgewalt?«

»Ich brauche nicht mehr Platz, um Posten fassen zu können und Raum für meinen Arm, um mit tausend von ihnen fertig zu werden. Jetzt wissen sie, wen sie vor sich haben, und wir verstehen uns im allgemeinen recht gut.«

»Sie müssen ein strenges Exempel statuiert haben.«

»Die Gerechtigkeit ist befriedigt worden. Ich fürchte, Mr. Wilder, Sie finden unseren Dienst recht unregelmäßig. Aber ein Monat Erfahrung mehr, und Sie brauchen einen solchen Auftritt nicht mehr zu befürchten.«

Bei diesen Worten blickte der Korsar den Neuling mit einem Gesicht an, das Heiterkeit ausstrahlen sollte; und doch hatte trotz aller Bemühungen sein Lächeln etwas Furchtbares. »Kommen Sie«, setzte er rasch hinzu, »die haben eingesehen, daß wir wieder die Herren der Lage sind; so braucht es uns auf ein bißchen Gnade nicht anzukommen. Und außerdem haben wir auf unsere Gäste auch Rücksicht zu nehmen.«

Die Rädelsführer des Tumults erschienen vor ihm auf der Schanze, um dort ihre kurze, aber strenge Lektion zu erhalten, die fast alle ruhig und schuldbewußt über sich ergehen ließen.

Nur einer von ihnen fand den Mut, das Wort zu ergreifen und dem Kapitän zu erwidern: »Was die Soldaten angeht, so wissen Eure Gnaden, daß wir uns nie besonders grün waren. Was aber den Herrn dort angeht, der es für gut fand, das Kommando zu übernehmen und . . .«

»Es ist mein Wille, daß er es behält«, unterbrach ihn der Kommandeur heftig. »Über ihn hat keiner zu urteilen außer mir.«

»Gut. Da es Ihr Wille ist, darf keiner etwas dagegen haben. Es ist aber keine Rechenschaft gegeben worden über das Handelsschiff, von dem wir uns so viel erwartet haben. Euer Gnaden werden es nicht überraschend finden, wenn wir uns nur ungern mit einer leeren Barkasse begnügen.«

»Wenn ich es will, dann müßt ihr mit einem Ruder oder einem Holzbolzen für eure Arbeit zufrieden sein! Ihr habt doch selbst gesehen, in welchem Zustand sein Fahrzeug war. Und wer hat denn euch gerettet? War es eure Geschicklichkeit? Genug, ich halte ihn für treu. Geht und schickt mir die beiden Männer, die sich so mutig zwischen die Offiziere und die Meuterer geworfen haben!«

»Ihr habt euch tapfer gehalten, du und dein Freund«, begrüßte der Kapitän die beiden Matrosen. »Ihr seid sicher lange zusammen auf See.«

»Voll und dicht beim Wind, in mancher schweren Bö und in mancher Windstille. Vierundzwanzig Jahre waren es letzthin, seit wir mit dem jungen Mr. Harry zusammen sind. Und damals waren wir schon drei Jahre zusammen.«

»So? Ihr seid schon 24 Jahre mit Mr. Wilder? Dann ist es freilich kein Wunder, daß ihr euch so für ihn einsetztet.«

»Sehen Sie, Sir, ich hörte, wie die Jungen da ein Komplott machten, uns alle drei über Bord zu werfen. Und da habe ich eben geglaubt, da müßte ich auch ein Wort mitsprechen. Und da Worte nicht immer zur Hand sind, hielt es der Guinea für richtig, die Lücke mit etwas anderem auszufüllen. Er ist eben kein großer Redner.«

Der Kapitän lächelte und blickte zur Seite, um zu sehen, ob

Wilder in der Nähe sei. Als er sah, daß dieser weiter entfernt stand, fühlte er sich versucht, noch weitere Erkundigungen über den jungen Seemann einzuziehen; doch rasch verwarf er den Gedanken wieder. Er wollte sich nicht in anderer Leute Geheimnisse eindrängen.

»Euer Dienst soll nicht vergessen werden. Hier ist Gold«, sagte er und bot dem Neger, der ihm nahe stand, eine Handvoll davon an. »Teilt es unter euch wie redliche Kameraden. Im übrigen steht ihr unter meinem Schutz.«

Scipio trat einen Schritt zurück, machte eine abwehrende Bewegung und erwiderte: »Ihre Gnaden geben das Master Harry.«

»Dein Master Harry hat selber genug. Der braucht kein Gold.«

»Dann Sip auch keines braucht.«

»Sie werden gütigst Nachsicht haben mit den schlechten Manieren dieses Kerls, Sir«, bemerkte Fid und schob dreist seine eigene Pranke dazwischen, um das Geld in Empfang zu nehmen. »Er weiß es eben nicht besser, aber er dankt Ihnen so herzlich, als habe er die doppelte Summe empfangen. Und nun, da diese Schwierigkeit durch meine Geistesgegenwart glücklich gelöst ist, werden mir Euer Gnaden erlauben, den Schneider von der Fockrah herunterzuholen.«

Der Kapitän entließ ihn, und als er sich umwandte, stand Wilder hinter ihm. Eine kleine beiderseitige Verlegenheit war rasch überwunden, und dann gab der Kapitän seinem Leutnant den Befehl, »Rückzug von den Posten« trommeln zu lassen.

Die Flinten wurden wieder in Sicherheit gebracht, das Magazin wurde verschlossen, und die Mannschaft ging wieder ihrer gewöhnlichen Beschäftigung nach. Die Offiziere übernahmen das Kommando an Deck, während der Kommandant selbst verschwand.

21

Er kam erst wieder an Deck, als die Wache für die Nacht abgelöst wurde und die gewöhnliche Stille eintrat. Das Schiff war inzwischen mit der Strömung so weit nördlich gelaufen, daß die kleine Erhöhung in der Ferne längst wieder unter dem Horizont verschwunden war und nur noch die grenzenlose Wasserwüste ringsum lag. Da sich nicht der leiseste Windhauch rührte, so waren sämtliche Segel beschlagen, und die hohen, nackten Spieren gaben dem Schiff in der Nacht das Aussehen, als liege es vor Anker. Mit einem Wort, es war eine Stunde der vollkommenen Ruhe.

Selbst die Leute, die Wache hatten, ließen sich auf ihren Posten durch die tiefe Stille zur Nachlässigkeit verleiten. Sie lagen teils zwischen den Kanonen, teils an anderen Stellen des Decks und genossen den Schlaf, den sie nicht in ihren Hängematten suchen durften. Sogar der eine oder andere Offizier war, an ein Bollwerk oder an eine Kanone gelehnt, sanft eingenickt.

Nur eine Gestalt stand aufrecht, munter und wachsam das ganze überblickend. Es war Wilder, an den schon wieder die Reihe als Wachoffizier gekommen war.

Zwei Stunden gingen vorüber, ohne daß zwischen dem Kapitän und seinem Leutnant irgendein Wort gewechselt worden wäre. Beide schienen eine Unterredung zu vermeiden, denn jeder war im Augenblick mit seinen eigenen Gedanken zu sehr beschäftigt. Endlich brach der erstere das Schweigen und begann: »Mr. Wilder, kommen Sie doch herauf. Hier ist die Luft frischer als unten auf dem Deck.«

Der Angeredete gehorchte. Einige Minuten wanderten sie, immer noch schweigend, nebeneinander auf und ab.

»Wir hatten einen unruhigen Tag, Mr. Wilder«, fing der Kapitän endlich an, in so gedämpftem Ton, daß nur der Angesprochene es verstehen konnte.

»Waren Sie schon einmal in Ihrem Leben so nahe an einer

Meuterei? Einige von den Kerlen ließen es sich einfallen, persönlichen Haß gegen Sie zu äußern. Aber beunruhigen Sie sich deshalb nicht. Ich kenne ihre geheimsten Gedanken, und Sie werden es bald sehen.«

»Ich leugne nicht, daß ich an Ihrer Stelle bei dieser Stimmung an Bord wie auf Dornen schlafen würde. Wer bürgt Ihnen dafür, daß nicht heute oder morgen ein Aufruhr innerhalb von wenigen Stunden das Fahrzeug der Regierung ausliefern und Ihr Leben dem ...«

»Henker! Und warum nicht auch Ihres?« fügte der Kapitän rasch hinzu und ließ einen Anflug von Mißtrauen durchblicken. »Ich habe der Gefahr zu oft ins Auge gesehen, als daß mich eine königliche Flagge erschrecken könnte. Überdies sind wir nur selten an dieser Küste. Wir kreuzen meistens bei den Inseln und in der spanischen See, wo es weniger gefährlich ist.«

»Wie kommt es dann, daß Sie jetzt, wo der Admiral nach einigen Erfolgen über die Feinde wieder mehr Zeit hat, Sie mit einer größeren Flotte zu verfolgen, ausgerechnet in diesen Gewässern kreuzen?«

»Ich habe meine Gründe. Nicht immer läßt sich der Mensch vom Befehlshaber trennen. Kann ja sein, daß ich mich langweile, wenn ich nur auf Spanier Jagd mache. Ich liebe das unruhige Leben, und selbst die Meuterei hat mich gereizt.«

»Mir ist Verrat unheimlich. Solange der Feind zu sehen ist, werden Sie mich unverzagt finden. Aber es ist nicht nach meinem Geschmack, auf einem Pulverfaß zu schlafen.«

»Es fehlt Ihnen an Übung. Das wird sich geben. Doch still! Schlug es da sechs oder sieben?«

»Sieben. Die Leute schlafen weiter. Wäre es ihre Stunde, dann würden sie von selbst aufwachen.«

»Gut. Die Zeit ist also noch nicht vorüber. Ja, Wilder, ich liebe die Ungewißheit, denn so können wir uns bewähren. Und selbst der Gegenwind bedeutet Freude für mich.«

»Und eine Windstille?«

»Die mag für friedliebende Gemüter ihre Reize haben, doch es ist nichts dabei, was man besiegen müßte. Und das ist auch

Ihre Einstellung. Wissen Sie, ich habe nach Ihnen geangelt wie der Fischer nach dem Karpfen.

Aber glauben Sie nicht, daß ich dabei die Gefahr eines Verrats ganz aus den Augen verloren hätte. Im ganzen waren Sie treu, obwohl ich für die Zukunft dagegen protestieren muß, daß Sie mir das Wild aus dem Netz halten.«

»Wann und wie hätte ich das getan? Sie selbst haben zugegeben . . .«

»Daß die ›Royal Carolina‹ nicht ungeschickt geführt wurde und ihr Untergang dem Himmel zur Last fällt. Aber ich spreche von edlerem Wild. Sind Sie ein Weiberfeind, daß Sie die edle Gouvernante und das hübsche Mädchen von dieser Fahrt abzuhalten versuchten?«

»War es Verrat, den Frauen das Schicksal zu ersparen, das sie heute erst bedrohte?«

»Beim Himmel, Wilder, Sie lassen mir Gerechtigkeit widerfahren. Ehe das schöne unschuldige Mädchen ein Leid treffen sollte, würde ich mit dieser Hand das Pulvermagazin anzünden und sie rein und unschuldig, wie sie ist, gen Himmel senden, von wo sie gekommen zu sein scheint.«

Mit Mißvergnügen vernahm Wilder die Begeisterung, die in den Worten des Korsaren mitschwang. Nach einer längeren Pause, die offenbar keiner von den beiden zu unterbrechen wünschte, fragte er: »Woher wissen Sie, daß ich den Damen dienen möchte?«

»Sie haben sich doch deutlich genug ausgesprochen.«

»Ausgesprochen!« rief Wilder erstaunt. »Ich habe mich verraten, als ich am wenigsten daran dachte.«

Eine Antwort erhielt Wilder nicht, sein Gesprächspartner lächelte nur vielsagend. Und nun erkannte Wilder endlich, daß er durch eine List getäuscht worden war und daß der alte Matrose Bob Blunt niemand anders als sein jetziger Kommandeur gewesen war. Jetzt verstand er auch das merkwürdige Benehmen des Kneipenwirts zum »Unklaren Anker« und das rätselhafte Verschwinden des Bootes. Erregt ging er mit großen Schritten auf und ab, ehe er antworten konnte.

»Ich habe mich hintergehen lassen, ich gebe es zu und beuge mich dem Meister, von dem man vieles lernen, den man aber nicht übertreffen kann. Und der Wirt, hat der auch nur in Ihrem Auftrag gehandelt?«

»Der? Nun, kein Matrose in Not kann sich einen nützlicheren Mann denken als ihn. Und wie hat Ihnen der Lotse in Newport gefallen?«

»Auch der in Ihrem Auftrag?«

»Bloß zum Scherz. Solchen Schurken vertraut man nicht mehr an, als sie selbst erraten können. Doch sachte! Hören Sie nichts?«

»Ein Tau plätschert im Wasser.«

»Ganz recht. Nun können Sie sich überzeugen, wie ich mich ganz und gar auf diese unruhigen Herren verstehe.«

Hier brach der Kapitän das immer interessanter werdende Gespräch kurz ab, ging leisen Schrittes nach dem Spiegel des Schiffes und lehnte sich über die Galerie, als wolle er die dunkle Oberfläche des Meeres betrachten. Wilder bemerkte ein leises Geräusch von hin und her bewegten Tauen und kam heran, um nun zu sehen, wie klug der Kapitän nicht nur ihn, sondern auch die Mannschaft zu überlisten verstand.

Ein Mann versuchte dort unten mit aller Vorsicht, an eine Strickleiter zu gelangen, die über das Heck hinaushing, und als er eine der Sprossen endlich erreicht hatte und an der Leiter schwebte, blickte er nach oben, um herauszufinden, welche der beiden Gestalten der Mann sei, an den er sich zu wenden habe.

Der Kapitän berührte Wilder sachte mit der Hand, ein Zeichen, daß er jetzt aufpassen solle. »Bist du es, Davies? Ich fürchte, man hat dich gesehen oder gehört.«

»Nichts zu befürchten, Euer Gnaden. Die ganze Wache schläft so tief, als hätte sie Wache unten im Mannschaftsraum.«

»Gut. Und was hast du mir von den Leuten zu melden?«

»Euer Gnaden dürfen Ihnen befehlen, in die Kirche zu gehen, und der derbste Seehund unter ihnen hätte nicht den Mut zu sagen, er könne sein Gebet nicht mehr auswendig.«

»Meinst du, sie sind jetzt in besserer Stimmung als vorher?«

»Ich weiß es, Sir. Nicht, daß einem oder zweien der gute Wille zur Meuterei fehlte. Aber sie wagen es nicht, miteinander darüber zu sprechen. Keiner wagt es, sich hier aufzuspielen.«

»Und wie haben die Kerle meine Gnade aufgenommen? War's richtig so, oder braucht es morgen noch mehr Strafe?«

»Lassen Sie es, wie es ist, Sir. Die Leute kennen Ihr gutes Gedächtnis, und keiner will der Rechnung noch etwas hinzufügen. Da ist der Kerl, der sich als Meeresgott aufspielte; der ist immer ein Störenfried.«

»Schon gut«, unterbrach ihn der Korsar, »nichts weiter von ihm.« Vielleicht wollte er auch nicht, daß Wilder schon jetzt zuviel von seiner Regierungsweise erführe. »Ich werde schon für ihn sorgen. Aber du selbst hast deine Rolle heute ein wenig zu gut gespielt und warst zu bereit, die Matrosen anzuführen.«

»Es konnte nicht viel schaden, den Soldaten mal ihren Puder von den Köpfen zu waschen.«

»Schon gut. Aber nimm dich in Zukunft in acht.«

Der Kerl versprach Vorsicht und Verschwiegenheit. Dann empfing er von seinem Kapitän seine Belohnung in Gold und verschwand, wie er gekommen war. Der Korsar versicherte sich erst, ob kein Unberufener der Unterredung gelauscht habe, und ging dann mit Wilder wieder auf und ab.

»Auf einem solchen Schiff sind feine Ohren mindestens genauso wichtig wie ein tapferes Herz. Die Burschen vorne im Mannschaftsraum dürfen manche Dinge nicht wissen, sonst kann es uns Kopf und Kragen kosten.«

»Ein gefahrvoller Dienst, den wir da übernommen haben«, bemerkte Wilder, indem er seinen Gedanken freien Lauf ließ.

Der andere schwieg. Lange ging er auf Deck hin und her, und als er endlich anfing zu sprechen, da tat er es im Ton eines besonnenen Freundes und nicht im Ton des Befehlshabers eines Korsarenschiffs.

»Sie sind noch jung, Mr. Wilder, Ihr Leben liegt vor Ihnen, und Sie können wählen, welchen Pfad Sie einschlagen möchten. Noch haben Sie hier nichts erlebt, was mit den Gesetzen der Welt nicht in Einklang wäre. Mich hat vielleicht bei dem

Wunsch, Sie zu gewinnen, die Selbstsucht regiert; aber stellen Sie mich auf die Probe. Wenn Sie wünschen, frei zu sein, so sind Sie es. Sehen Sie den blassen Lichtstreifen dort? Dort ist das Land. Noch ehe morgen die Sonne untergeht, können Sie dort sein.«

»Und warum nicht auch Sie? Ist dieses Leben nicht auch für Sie ein Übel? Darf ich nicht hoffen . . .«

Er stockte. Der Kapitän schwieg lange. Dann forderte er ihn auf, weiterzusprechen.

»Sprechen Sie. Sie sprechen mit einem Freund.«

»Dann will ich zu Ihnen wie zu einem Freund sprechen. Sie sagen, daß dort Land sei. Uns beiden würde es nicht schwer fallen, ein Boot zu Wasser zu lassen und in der Dunkelheit zu verschwinden. Wir wären außer Sichtweite, lange ehe man unser Verschwinden bemerkt.«

»Und wohin wollen Sie?«

»Nach Amerika, wo wir Obdach und Frieden finden würden.«

»Meinen Sie, ein Mann, der so lange Fürst unter seinen Leuten war, möchte Bettler in einem fremden Land werden?«

»Sie haben doch Gold. Hier an Bord wird keiner es wagen, Rechenschaft von uns zu fordern. Und noch ehe die Mitternachtswache abgelöst ist, könnte alles geschehen sein.«

»Und wollen Sie, daß wir allein das Schiff verlassen?«

»Nein – nicht ganz . . . Das heißt – die Frauen können wir wohl kaum der rohen Gewalt derer überlassen, die hier auf dem Schiff zurückbleiben.«

»Und können wir die ihrem Schicksal preisgeben, die auch auf unsere Treue vertrauen? Mr. Wilder, Ihr Plan würde mich zum Verräter machen. Es wird eines Tages so weit sein, daß die Menschen, die jetzt hier auf diesem Schiff leben, auseinandergehen. Doch die Trennung muß offen und freiwillig sein. – Wissen Sie nicht, was mich damals nach Boston zog, als ich Sie dort zum erstenmal traf?«

»Nein«, erwiderte Wilder mit dem Ton enttäuschter Hoffnungen.

»Dann hören Sie. Einer meiner Männer, ein Kerl, den ich

nicht einmal besonders leiden konnte, war den Hütern des Gesetzes in die Hände gefallen. Er mußte gerettet werden. Ich durfte ihn nicht im Stich lassen, und Bestechung und List überwanden alle Hindernisse. Und nun erfüllt der Bursche hier an Bord die Ohren seiner Kameraden mit Lobeshymnen auf seinen Kommandeur. Soll ich den Verlust meines guten Namens riskieren?«

»Sie würden die gute Meinung von Strolchen verlieren und dafür die Anerkennung der redlichen Menschen gewinnen.«

»Das weiß ich nicht. Sie haben wenig Menschenkenntnis. Und im übrigen passe ich nicht in die Welt der unterdrückten Kolonisten.«

»Sind Sie stolz auf Ihre Geburt im Mutterland?«

»Ich bin ein armer Teufel aus der Provinz. Sie haben meine Flaggensammlung gesehen, Mr. Wilder. Eine fehlt darunter: die unseres Heimatlandes.«

»Ich glaube Sie zu verstehen. Aber ist es nicht ein Hirngespinst, an eine Trennung der amerikanischen Kolonien vom Mutterland zu denken?«

»Ein Hirngespinst? Die Trennung ist notwendig, so gewiß der Tag auf die Nacht folgt. Und hätte es diese Flagge Amerikas gegeben, kein Mensch hätte je vom Roten Korsaren gehört!«

»Der König hat auch eine Flotte, und jedem Untertan steht der Dienst auf den königlichen Schiffen offen.«

»Ja, ich konnte der Untertan des Königs sein. Aber ich konnte nicht der Untertan eines Untertans sein. Ein britischer Kommandeur wagte es, meine amerikanische Heimat zu beleidigen.« Und mit einem furchtbaren Lächeln fügte er hinzu: »Nie wiederholte er diese Beleidigung. Er bezahlte seine Gemeinheit mit seinem Blut. Aber ich hatte meine Hand gegen einen Mann der geheiligten Britischen Inseln erhoben. Genug, Mr. Wilder. Ein andermal vielleicht mehr. Gute Nacht.«

Wilder sah den Kommandanten die Leiter hinabsteigen, und nun war er allein und konnte seinen Gedanken während der Wache freien Lauf lassen.

22

Die Frauen hatten sich indessen längst in die Kajüte des Kapitäns zurückgezogen, die ihnen von Anfang an zur Verfügung gestellt worden war. Ruhe fand allerdings nur die dunkelhäutige Dienerin Cassandra, während die beiden anderen noch wach waren und sich offenbar nach all den Vorfällen des Tages ihren trüben Gedanken hingaben. Mit einem Blick zur Decke, von der die massive silberne Lampe leuchtete, bemerkte Gertraud schließlich: »Wahrhaftig, die Lampe und die ganze Ausstattung sind etwas Ungewöhnliches auf einem Kriegsschiff. – Ich wünschte, wir wären zu Hause bei meinem Vater.«

»Gott gebe es«, erwiderte Mrs. Wyllys und fügte hinzu: »Wir dürfen es uns nicht länger verheimlichen, Gertraud, alles, was wir heute erlebt haben, hat mich mit einem furchtbaren Verdacht erfüllt.«

Das Mädchen erbleichte.

»Ich war lange genug auf einem Kriegsschiff«, fuhr die Erzieherin fort, »um mit den Gebräuchen vertraut zu sein. Aber niemals habe ich Sitten erlebt wie die, die jetzt auf diesem Schiff von Stunde zu Stunde immer deutlicher werden.«

»Aber was für einen Verdacht haben Sie denn?« fragte Gertraud mit wachsender Angst.

Mrs. Wyllys legte ihren Arm um das junge Mädchen.

»Ja, es ist besser, wenn Sie alles erfahren und sich nicht länger täuschen. Ich traue dem Gewerbe dieses Schiffes nicht und ebensowenig dem Charakter aller, die dazugehören.«

»Aller?«

»Ja, aller.«

»Gewiß, es kann auch böse Menschen in der königlichen Marine geben, aber sie dürfen uns doch nichts zuleide tun. Uns schützen die Gesetze.«

»Ich fürchte, daß die Leute hier an Bord nur den Gesetzen gehorchen, die sie sich selber geben, und keine fremde Autorität anerkennen.«

»Dann wären sie ja Seeräuber!«

»Ich fürchte, wir werden das bald erfahren.«

»Seeräuber? Wie? Alle?«

»Ja, alle.«

»Aber wir wissen doch, daß wenigstens einer unschuldig ist.«

»Ich bezweifle es. Es mag Unterschiede geben, aber ich fürchte, daß alle ehrlichen Leute auf diesem Schiff in dieser Kabine versammelt sind.«

Gertraud zitterte. Mit unterdrückter Stimme gab sie zurück:

»Und wenn auch Ihr Verdacht auf alle übrigen zutrifft, so glaube ich doch, daß Sie unserem Begleiter Unrecht tun. Wir wissen ja, woher er kommt.«

»Vielleicht irre ich mich bei ihm. Aber wir müssen auf das Schlimmste gefaßt sein. Unser Diener kommt; vielleicht erfahren wir von ihm mehr, was uns der Wahrheit näher bringt.«

Mrs. Wyllys gab dem Mädchen noch ein Zeichen, eine ruhige Miene anzunehmen, und gab sich selbst den Anschein von Ruhe und Gefaßtheit, so daß der Knabe, der eben die Kabine betrat, keinen Verdacht schöpfen konnte.

»Roderich, mein guter Junge, deine Augenlider werden schon schwer«, begann sie, »du bist gewiß noch nicht an den Schiffsdienst gewöhnt.«

»Gewöhnt genug, um nicht einzuschlafen, solange ich auf meinem Posten bin.«

»Für einen Jungen in deinem Alter würde eine besorgte Mutter besser passen als die Schule eines Bootsmannes. Wie alt bist du eigentlich?«

»Fünfzehn, Madame.«

»Und wie lange bist du auf dem Wasser?«

»Nur zwei Jahre, wenn es mir auch manchmal vorkommt, als wären es zehn.«

»Und wie gefällt dir das Kriegshandwerk?«

Die Fragen, die Mrs. Wyllys an den Jungen stellte, wurden immer eindringlicher; sie versuchte, Näheres über das Schiff und seine Besatzung und vor allem über den Kapitän zu erfahren. Aber die Antworten waren einsilbig und gaben keinen

Aufschluß: ja, es schien, als sei Roderich mit seinen Gedanken völlig abwesend, als sehe er nicht einmal, was um ihn herum vorging.

Mrs. Wyllys bemerkte seinen Zustand und fuhr daher behutsam fort: »Sag mir doch, wie findest du diese Lebensweise hier an Bord? Es muß doch lustig für dich sein.«

»Ich finde es traurig.«

»Seltsam. Die Schiffsjungen gehören doch sonst immer zu den lustigsten Leuten. Wirst du streng behandelt?«

Keine Antwort.

»Ich hab's: Dein Kapitän ist ein Tyrann.«

»Sie irren. Er hat nie ein hartes Wort zu mir gesprochen.«

»So bist du also glücklich?«

»Ich glücklich, Madame?«

»Ja, glücklich.«

»Wir alle sind glücklich hier.«

»Das ist schön. Ein Schiff voll unzufriedener Leute ist kein Paradies. Und dann genießt ihr in den Häfen sicher die Annehmlichkeiten eines Landaufenthaltes.«

»Ich würde mich wenig darum kümmern, wenn ich nur hier an Bord Freunde hätte.«

»Und hast du denn keine? Ist nicht Mr. Wilder dein Freund?«

»Ich kenne ihn nur wenig. Ich sah ihn – in Newport.«

»In Newport, wo euer Schiff im Außenhafen lag.«

»Gewiß. Ich brachte ihm ja den Befehl, daß er das Kommando über das Handelsschiff übernehmen sollte. Und am Abend vorher war er zum erstenmal bei uns an Bord.«

»Dann ist es freilich eine sehr junge Bekanntschaft. Aber dein Kommandeur kennt wohl seine Verdienste.«

»Die Mannschaft hofft es. Aber ...«

»Aber?«

»Keiner an Bord darf es wagen, den Kapitän nach seinen Gründen zu fragen, nicht einmal ich.«

»Nicht einmal du?« rief Mrs. Wyllys erstaunt aus. Der Junge war zu sehr in Gedanken, als daß er den Wechsel in Mrs. Wyllys' Stimme bemerkt hätte. Erst ihre Frage brachte ihn wieder zu sich. »Was meinst du, Roderich, würde er auch uns eine Antwort verweigern?«

»Hören Sie mich an, Madame«, begann er eifrig und dringend, »ich habe in den letzten zwei Jahren hier so viel gesehen und erfahren wie mancher nicht in Jahrzehnten. Er wird auf Sie nicht hören. Verlassen Sie das Schiff, es ist kein Ort für Frauen. Verlassen Sie es, selbst wenn Sie es mit dem Boot vertauschen müßten, in dem Sie hier ankamen.«

»Dein Rat kommt wohl zu spät. Aber sage mir doch mehr von diesem ungewöhnlichen Schiff. Und du bist sicher auch nicht geboren, um eine solche Stelle zu bekleiden.«

Der Junge schüttelte den Kopf, hob aber die Augen nicht auf und schien abgeneigt, über diesen Punkt etwas zu sagen.

»Und wie kommt es, daß das Schiff jeden Tag eine andere Flagge trägt? Und warum ist es seit Tagen anders bemalt, so daß es dem Sklavenhändler von Newport durchaus nicht mehr gleicht?«

»Wenn sich nicht mehr geändert hätte als die Farben, dann ließe es sich noch immer glücklich darauf leben.«

»So bist du nicht glücklich? Soll ich den Kapitän um deine Entlassung bitten?«

»Ich möchte keinem anderen dienen.«

Nach einer Pause, während der sie ihn scharf beobachtet hatte, drang Mrs. Wyllys weiter in ihn.

»Kommen solch wüste Szenen wie heute öfter vor?«

»O nein, Sie brauchen vor den Leuten keine Angst zu haben. Der, welcher sie wieder zur Ordnung brachte, versteht sich darauf, sie zu bändigen.«

»Sind sie denn auf königlichen Befehl angeworben?«

»Auf königlichen? Ja, der ist ein König, der keinen mehr über sich hat.«

Der Junge verriet durch einen Blick, daß er ihre Verstellung, als wäre sie mit den Verhältnissen auf einem Schiff nur wenig vertraut, durchschaut habe.

»Und glaubst du, Roderich«, fragte Mrs. Wyllys jetzt ganz offen ohne Verstellung, »glaubst du, daß uns der – Kapitän

Heidegger erlauben würde, im nächstbesten Hafen an Land zu gehen?«

»Wir sind schon an vielen vorübergefahren, seit Sie im Schiff sind.«

»Vielleicht waren es Häfen, die er nicht gerne ansteuern möchte. Aber wenn wir einen erreichen, den er ohne Gefahr anlaufen kann?«

»Da gibt es nur wenige.«

»Aber wenn ein solcher Hafen kommt, wird er uns dann nicht erlauben zu landen? Wir haben Gold.«

»Er macht sich nichts aus Gold. Er gibt mir immer eine Handvoll, wenn ich ihn darum bitte.«

»Da bist du ja glücklich.«

»Nein. Ich würde alles für einen freundlichen Blick von ihm hingeben.«

Dann traten ihm Tränen in die Augen.

»Hast du denn keine Mutter?«

»Ich weiß es nicht«, war die halberstickte Antwort.

23

Mrs. Wyllys und Gertraud hatten nicht viel Zeit, über das Gespräch nachzudenken, denn kaum hatte Roderich die Kajüte verlassen, klopfte es, und der Rote Korsar selbst trat ein.

Gertraud erschrak, doch ihre ältere Freundin bewahrte die Fassung und nahm die Entschuldigung für den unzeitigen Besuch gelassen entgegen. »Ich freue mich, Ihnen sagen zu können, daß an Bord vollkommene Ruhe herrscht. Gegen die Gefahr einer Meuterei sind Sie gesichert.«

»Wie gegen jede andere auch, hoffe ich«, entgegnete Mrs. Wyllys.

»Wir leben auf einem wilden, unbeständigen Element«, gab der Kapitän zur Antwort, während er sich am Tisch niederließ,

»aber Sie kennen das ja selbst. Und wenn es heute wilder zuging als sonst, dann war es auch meine Schuld. Doch jetzt sind die Leute so ruhig wie draußen der Ozean.«

»Eine willkommene Nachricht. Und ist Mr. Wilder ebenfalls geneigt, Nachsicht zu üben? Auf ihn hatten es die Meuterer besonders abgesehen.«

»Aber er war nicht ohne Freunde. Haben Sie bemerkt, wie sehr die beiden Männer, die ihm zu Hilfe kamen, an ihm hängen?«

»Allerdings. Es ist erstaunlich, wie er die beiden in so kurzer Zeit so fest an sich binden konnte.«

»Vierundzwanzig Jahre sind eine lange Zeit, Madame.«

»So weit geht diese Freundschaft zurück?«

»So hat man mir gesagt. Es muß eine ganz besondere Bindung zwischen ihnen bestehen, und sicher war dies nicht der erste Dienst, den sie ihm geleistet haben.«

Sehr zu ihrem Kummer glaubte sich Mrs. Wyllys in ihrer Meinung bestätigt, daß Wilder auch zu den Piraten zähle, und dennoch traute sie ihm nicht zu, daß er sie und das Mädchen dem rohen Haufen ausliefern wolle. Jetzt konnte sie sich auch seine Warnungen erklären, wie ihr auch vieles andere, das mit dem Sklavenschiff zusammenhing, klarer wurde. Jetzt, da sie den Roten vor sich sah, kam ihr auch wieder die Erinnerung an jenen Kerl, der in Newport aus dem Tauwerk des Sklavenjägers die auslaufende »Carolina« gegrüßt hatte. Jetzt begriff sie auch, wie schwierig die Lage Wilders war, als er ihnen trotz ihrer Bitten das Geheimnis nicht lüftete, nicht lüften durfte, obwohl er damit riskierte, ihre Achtung zu verlieren. Kurzum, es löste sich manches Rätsel, wenn auch anderes noch im dunklen blieb. Mrs. Wyllys hatte Zeit, diesen Gedanken nachzuhängen, denn ihr Gast schien sie nicht unterbrechen zu wollen.

»Merkwürdig«, begann er schließlich, wie aus einem Traum erwachend, »merkwürdig. Tausend blanke Taler würde ich dafür geben, wenn ich die Geschichte des jungen Mannes erfahren könnte.«

»Sie kennen Ihn also nicht?« unterbrach ihn Gertraud eifrig.

»Wer kann schon von sich behaupten, die Menschen zu kennen?«

24

Mit Tagesanbruch kam ein frischer Wind auf und setzte das Schiff in Bewegung. Tage vergingen, Nächte vergingen, und immer weiter ging es in südlicher Richtung, bis endlich die blauen Inseln eine nach der anderen über dem Horizont auftauchten.

Während der ganzen Zeit fiel keine Frage, die dem Roten Korsaren auch nur im entferntesten verraten hätte, daß man seine Absichten durchschaute. Gertraud war traurig bei dem Gedanken an ihren Vater, der wohl glauben mußte, sie sei ein Opfer der Schiffskatastrophe geworden, aber sie ließ sich nichts von ihrem Kummer anmerken. Das Gespräch mit Wilder vermied sie, da sie glaubte, sich in ihm getäuscht zu haben. Andererseits suchten auch weder der Kommandant noch sein Stellvertreter die Gesellschaft der Frauen. Sie beschränkten sich auf die unerläßlichen Höflichkeiten.

Tagelang hatte das Schiff zwischen den Inseln gekreuzt und hundert Segel waren aufgetaucht und wieder am Horizont verschwunden, denn der Pirat vermied jede Begegnung in einem Meer, in dem es von Kriegsschiffen wimmelte. Erst als sie die Kette der Antillen-Inseln hinter sich und wieder offenes Meer vor sich hatten, atmeten Kapitän und Besatzung freier.

Anders war es mit den Frauen. Denn als die letzte Spitze der Inselgruppe hinter ihnen versank, da ging auch die Hoffnung dahin, man werde sie bei günstiger Gelegenheit irgendwo absetzen und der Obhut einer Kolonialregierung anvertrauen.

»Ich hatte gehofft«, begann Mrs. Wyllys daher eines Tages, »Sie würden uns sobald wie möglich auf einer Insel absetzen, die dem König von England gehört, Mr. Heidegger. Ich fürchte, es ist für Sie beschwerlich, Ihre eigene Kajüte so lange von Fremden besetzt zu sehen.«

»Sie kann nicht besser besetzt sein«, antwortete er ausweichend. »Ich segle unter der Flagge der Schönheit«, fügte er mit ironischem Unterton hinzu. »Und jetzt ziehe ich die Zeichen des Dienstes auf, in dem ich mich befinde.«

»Während der 15 Tage, die ich auf Ihrem Schiff zubringe, hatte ich noch nie das Glück, die Flagge zu sehen, unter der Sie dienen.«

»Nicht?« rief der Korsar und blickte sie durchdringend an. »Nun, dann sollen Sie am 16. Tag von Ihrer Ungewißheit befreit werden. Hallo, wer ist dort hinten?«

»Kein besserer und kein schlechterer Mann als Richard Fid, stets zu Euer Gnaden Befehl.«

»Er ist der Freund unseres Freundes«, erklärte der Korsar, »der soll mein Dolmetscher sein. Komm her, ich hab' ein Wort mit dir zu reden.«

»Tausendmal zu Euren Diensten, Sir.«

»Wie gefällt es dir an Bord?«

»Ein schöneres Fahrzeug findet sich selten, und eines, das leichter zu handhaben wäre, gibt es kaum.«

»Und die Fahrt selbst? Ist sie so, wie sie ein Seemann mag?«

»Schauen Sie, Sir, ich bin früh aus der Schule genommen worden. Da nehme ich's mir nur selten heraus, das Schiffspatent des Kapitäns lesen zu wollen.«

»Und trotzdem seid Ihr gerne hier?« forschte Mrs. Wyllys weiter.

»Was heißt gerne«, erwiderte Fid und machte einen artigen Kratzfuß zu den Damen, »mir fehlt es nicht an edlen Gefühlen, wenn mich auch das Glück nicht immer begünstigt hat.« Und dann berichtete er von seinem Pech mit den Frauen, von denen die eine schon mit drei Männern verheiratet war, und bei der anderen »wollten die Schiffsartikel nicht stimmen«.

»Und das hat sich alles nach deiner Bekanntschaft mit Mr. Wilder zugetragen?«

»Vorher, vorher. Vierundzwanzig Jahre werden es im nächsten Mai, daß mich Mr. Harry ins Schlepptau genommen hat. Und seitdem besitze ich nun auch so eine Art von eigener Familie.«

»Vor 24 Jahren habt Ihr die Bekanntschaft mit Mr. Wilder gemacht?«

»Bekanntschaft! Du lieber Gott, gnädige Frau, der wußte damals noch nichts von Bekanntschaft. Aber wenn Sie hinter die Wahrheit der Sache kommen wollen, ja, dann brauchen Sie's bloß zu sagen, und ich lege Ihnen alles vor in glaubwürdiger Sprache.«

Der Vorschlag wurde gerne angenommen, und man begab sich an einen Platz, wo man den neugierigen Blicken der Mannschaft weniger ausgesetzt war. Fid hatte durchaus nichts dagegen, die Geschichte ausführlich zu erzählen; er räusperte sich umständlich, stopfte frische Tabakblätter in den Mund und traf weitere Vorkehrungen, und nachdem alles seine Richtigkeit hatte, begann er folgendermaßen:

»Ich bin früh von meinem Vater zur See geschickt worden; er war ein Mann, der wie ich mehr Zeit auf dem Wasser zubrachte als auf dem Land, wenn er auch nur ein Fischer war. Ich aber machte ohne weiteres eine Reise in die offene, weite See und umfuhr schon bei meinem ersten Ausflug das Horn gleich zweimal, was für einen Anfänger keine kleine Reise ist. Aber sehen Sie, da ich nun erst acht Jahre war...«

»Acht! Sprecht Ihr von Euch selber?« unterbrach ihn Mrs. Wyllys.

»Versteht sich, Madame. Zwar könnte man von Leuten sprechen, die vornehmer sind, aber schwer wäre es, von einem zu sprechen, der es besser versteht, ein Schiff auf- und abzutakeln. Ich habe mit meinem achten Jahr begonnen, ohne mich mit meiner Geburt, mit meinem Namen und dergleichen mehr aufzuhalten.«

»Fahrt ruhig fort«, erwiderte sie, als sie sah, daß nichts übrigblieb als geduldige Ergebung.

»Ich fuhr also zweimal ums Horn«, nahm Fid den Faden

wieder auf, »und kreuzte vier Jahre in jenen Gegenden, die damals keine von den besten waren und es auch heute noch nicht sind. Dann machte ich in der königlichen Flotte den ganzen Krieg mit, wurde dreimal blessiert und erfocht viel Ehre; und damals traf ich mit Guinea zusammen. Das ist der Schwarze dort, gnädige Frau.«

»Schon gut.«

»Und es lebt außer Mr. Harry keine ehrlichere Haut auf der See und keiner, in dessen Gesellschaft ich mich wohler fühle. Er wurde also mein Schiffsgenosse und Freund für die nächsten fünf Jahre, und dann kam der Schiffbruch in Westindien.«

»Was für ein Schiffbruch?« fragte der Kapitän dazwischen.

»Verzeihen Euer Gnaden, ehe ich mich auf den Schiffbruch einlasse, muß ich erst meine Gedanken überblicken, ob nichts vergessen ist, was von Rechts wegen hierher gehört.«

Als der Kapitän bemerkte, daß seine Gesellschafterin ungeduldig wurde und die Fortsetzung der Erzählung wünschte, bedeutete er ihr, man müsse den wackeren Mann seine eigenen Wege gehen lassen, wenn man alles erfahren wolle. Fid, der nun nicht mehr unterbrochen wurde, erzählte auf seine Art alles noch einmal, und da er nun zum Glück herausfand, daß er nichts vergessen habe, ging er nun zum wesentlicheren Teil seiner Geschichte über.

»Gut, Guinea war damals ebenso wie ich an Bord der ›Proserpina‹, eines schnellsegelnden Zweiunddreißigers. Da stießen wir zwischen den Inseln und der spanischen See auf einen winzigen Schmuggler, aus dem der Kapitän ohne weiteres Prise machte. Und wir beide sollten ihn in den Hafen schleppen. Aber das Fahrzeug hatte seine letzte Fahrt gemacht und strandete ein paar Tage später in einem Orkan, der uns eingeholt hatte. Nun, es war nur ein kleines Ding, und da es sich freundlicherweise erst auf die Seite legte, ehe es sank, rutschte ich ins Wasser. Hier war's, wo Guinea mir den ersten guten Dienst tat, denn er sprang mir nach.

»Das heißt, wenn er nicht gewesen wäre, dann wärst du ertrunken.«

»Das will ich nun nicht gerade sagen, Euer Gnaden, denn man kann nicht wissen, welcher glücklicher Zufall mir denselben guten Dienst hätte leisten können. Aber da ich nicht besser und nicht schlechter als eine Kanonenkugel schwimmen kann, so war ich immer geneigt, dem Schwarzen meine Rettung zuzuschreiben, obgleich wir niemals viel über diese Sache gesprochen haben. Nun, wir machten das Boot des Schmuggelschiffes flott und steuerten landwärts. Was zu einem Dienst im Boot gehört, brauche ich der Dame nicht ausführlich zu schildern, da sie ja selbst ihre Erfahrungen gemacht hat. Aber eines kann ich sagen: Ohne das Boot vom Schmuggelschiff wäre es ihr neulich im Boot nicht so gut ergangen.«

»Was soll das heißen?«

»Ich meine das Boot, das Mr. Harry so wacker über Wasser gehalten hat.«

»Aber was hat denn Euer Schiffbruch mit Mr. Wilder zu tun?« fragte Mrs. Wyllys, die ihre Neugier nicht länger bezähmen wollte.

»Sehr viel, gnädige Frau, und das werden Sie mir zugeben, wenn Sie erst den tragischen Teil unserer Erzählung gehört haben. Also, Guinea und ich, wir ruderten im Meer herum, hatten Mangel an allem, nur nicht an Arbeit, und steuerten nach den Inseln zu, bis wir bei Tagesanbruch ein Schiff gewahrten, auf dem nichts mehr als die Stümpfe der drei Masten aufrecht stand, ohne Tau oder einen Fetzen Segel und ohne ein Zeichen, woran man seine Nationalität hätte erkennen können. Als wir es näher betrachteten, meinte ich, es müsse in England gezimmert worden sein.«

»Ihr habt es geentert?«

»Das war keine schwere Arbeit, zumal ein halbverhungerter Hund die ganze Bemannung war.«

»Das Schiff war verlassen?«

»So war's. Ob es die Mannschaft verlassen hatte oder ob sie von den Wellen weggespült wurde, das hab' ich niemals herausbringen können. Da war also der Hund. Sonst bekamen wir nicht viel zu sehen.«

»Und dann habt ihr das Wrack verlassen.«

»Noch nicht, gnädiger Herr, denn wie wir so herumsuchten, sagte Guinea auf einmal: ›Mr. Dick, ich höre von dort unten ein jämmerliches Geschrei.‹ Nun, ich hatte das Geschrei auch gehört, aber ich dachte, es seien die Geister der Mannschaft, und hatte geschwiegen, um den Schwarzen nicht zu ängstigen. Aber nun lauschten wir angestrengt, und das Schreien hatte tatsächlich etwas Menschenähnliches. Unser guter Wille und eine Axt halfen uns bald, hinter das Geheimnis zu kommen.«

»War es ein Kind?«

»Ein Kind mit seiner Mutter. Das Wasser war noch nicht zu ihnen vorgedrungen, aber der Hunger hatte sein Werk getan. Die Frau war in den letzten Zügen, als wir sie heraufbrachten; und der Knabe, den Sie jetzt stattlich und kräftig dort auf der Kanone sehen, war so übel dran, daß er nur mit Mühe etwas Wasser und Wein zu sich nehmen konnte, was wir eben noch übrig hatten.«

»Und die Mutter?«

»Die hatte den einzigen Zwieback, der ihr geblieben war, dem Kind gegeben und starb, damit er am Leben bleibe. Als wir nun sahen, daß die Luft durch das Loch, das wir geschlagen hatten, rasch entwich und das Wrack schnell zu sinken begann, hielten wir's für geraten, uns davonzumachen, und es war nicht zu früh. Es ging unter, als wir unser Boot weit genug gerudert hatten, um nicht mehr in den Strudel zu geraten.«

»Und das arme verlassene Kind?«

»Das nahmen wir mit, wie auch den Hund. Wir hatten noch eine lange Reise vor uns, und unsere Lage war so ernst, daß ich mich mit Guinea beriet. ›Guinea‹, sagte ich, ›wir müssen entweder den Hund hier oder den Knaben essen. Essen wir das Kind, dann sind wir Menschenfresser, wie es sie bei dir zu Hause noch geben soll; essen wir den Hund, dann reicht er vielleicht zur Not für uns, und wir können dem Kind das übrige geben.‹ Da sagte Guinea: ›Ich gar nichts zu essen brauchen, dem Kind Essen geben.‹ – Dem Kleinen wollte der Hund jedoch nicht recht schmecken. Und als wir ihn gegessen hatten, ging eine hungrige Zeit los. Aber wir mußten das Leben in dem Burschen festhalten, sonst wäre es uns unter den Fingern zerronnen.«

»Ihr habt dem Kind gegeben und selbst gefastet.«

»Nicht ganz, gnädige Frau, wir haben unsere Zähne an der Haut des Hundes geübt, schmackhaft war sie freilich nicht. Und da uns das Essen nicht zuviel Zeit wegnahm, konnten wir wacker rudern und erreichten auch nach einiger Zeit eine der Inseln. Schwach waren wir allerdings, als wir wieder die erste Küche zu Gesicht kriegten.«

»Und das Kind?«

»Der Junge fühlte sich ganz wohl. Die kleinen Portionen haben ihm nicht geschadet, wie uns hinterher die Doktors sagten.«

»Habt ihr nicht nach seinen Freunden gesucht?«

»Er war eigentlich schon bei seinen besten Freunden, gnädige Frau. Wir hatten keine Möglichkeit, seine Familie ausfindig zu machen. Er nannte sich Master Harry, ein Beweis, daß er von vornehmer Geburt sein mußte. Aber sonst konnte ich nichts erfahren. Doch da er englisch sprach und auf einem englischen Schiff gefunden wurde, ist zu vermuten, daß er in England gezimmert wurde.«

»Habt Ihr den Namen des Schiffes nicht erfahren können?« fragte der Kapitän, der mit größter Aufmerksamkeit zugehört hatte.

»Sehen Sie, Sir, ich hatte wenig mit Schulen zu tun, und Guinea hat zu Hause in Afrika auch nicht viel Gelehrsamkeit angesammelt. Selbst wenn der Name des Schiffs noch über Wasser gewesen wäre, hätten wir ihn nicht lesen können. Aber auf einem Eimer, der auf dem Deck herumrollte, stand etwas, was mir Guinea mit Schießpulver in den Arm tätowierte. Sehen Sie selbst.«

Fid zog seine Jacke aus und krempelte den Ärmel bis zum Ellbogen zurück, wo die bläuliche Schrift noch deutlich zu erkennen war: »Arche von Lynnhaven.«

»Das wäre ein Schlüssel zur Auffindung der Verwandten

gewesen«, bemerkte der Kapitän, nachdem er die Schrift entziffert hatte.

»Wir nahmen das Kind mit an Bord der ›Proserpina‹, und unser ehrlicher Kapitän spannte die Segel auf. Aber niemand konnte uns eine Nachricht geben von einem Schiff ›Arche von Lynnhaven‹. Und nach einem Jahr oder so mußten wir die Suche aufgeben.«

»Konnte das Kind nichts von seinen Verwandten berichten?«

»Nur wenig. Der Junge wußte ja von sich selbst nicht viel. Drum gaben wir die Sache endlich auf und machten uns selbst, das heißt der Kapitän, ich, Guinea und alle übrigen, daran, dem Burschen eine Erziehung zu geben. Sein Seemannshandwerk hat er von Guinea und mir gelernt, vielleicht auch seine guten Sitten. Die Kunst, ein Schiff zu führen, und sein Latein hat er vom Kapitän, der sein Freund geworden ist.«

»Und wie lange blieb Mr. Wilder auf einem königlichen Schiff?« fragte scheinbar ohne besonderes Interesse der Kapitän.

»Lange genug, um alles zu lernen, was es dort zu lernen gibt«, war die ausweichende Antwort. »Aber was sehe ich dort drüben? Ein Segel oder nur eine Möwe?«

»Segel ahoi!« schrie der Ausguck im Mastkorb.

Fid benutzte die Ablenkung, um sich aus dem Staub zu machen. Die Unterbrechung schien ihm nicht unangenehm zu sein.

25

Der Ruf »Segel ahoi« versetzte die ganze Mannschaft in Erregung. Viele Wochen waren nun durch die undurchschaubaren Pläne des Kapitäns nutzlos verstrichen; der Untergang der »Carolina« hatte ihnen eine fette Beute geraubt; und jetzt zeigte sich endlich eine Gelegenheit, Versäumtes nachzuholen und eine gute Prise zu machen. Das fremde Segel tauchte in einer Gegend auf, wo Hilfe kaum zu erwarten war, so daß die Freibeuter genug Zeit haben würden, ihren Erfolg bis zum äußersten auszunutzen. In gespannter Erwartung sahen sie alle den kommenden Ereignissen entgegen.

Auch der Kapitän teilte die allgemeine Stimmung, denn ihm war nicht entgangen, daß ein Erfolg, eine gewinnbringende Tat notwendig sei, um der Verdrossenheit der Mannschaft entgegenzuwirken. Und lange Erfahrung hatte ihn gelehrt, daß er sich auf jeden einzelnen verlassen durfte, wenn er selbst entschlossen seine Kraft und seine Fähigkeiten einsetzte. Er ging zu den Leuten in das Mannschaftlogis, sprach mit ihnen und hielt es nicht für unter seiner Würde, auch nach ihrer Meinung über das fremde Schiff zu fragen. Auf diese Weise ließ er sie stillschweigend fühlen, daß er ihnen die Meuterei nicht weiter nachtragen wolle. Dann ließ er Wilder, den General und ein paar andere Offiziere zu sich auf die Brücke kommen, um mit ihnen genauere Beobachtungen anzustellen.

Eine Zeitlang blieb es still. Der Himmel war wolkenlos, der Wind frisch, ohne daß es stürmte, die See ging in langen, gleichmäßigen, keineswegs hohen Wellen. Kurz, alle Voraussetzungen schienen günstig.

»Ein voll aufgetakeltes Schiff«, bemerkte schließlich einer und lächelte zufrieden.

»Unter so viel stolzen Masten fährt gewiß keine Kleinigkeit«, sagte der Kommandant. »Was meinen Sie, Mr. Wilder?«

»Ein Schiff von ungewöhnlicher Größe«, erwiderte Wilder, der bisher geschwiegen hatte. »Trügt mich mein Glas oder . . .«

»Oder was?«

»Sehen Sie die großen Untersegel?«

»Ja, sie haben gesetzt, was nur immer ziehen will. Und sein Kurs ist gerade auf uns zu. Die Untersegel sind eben erst gesetzt worden.«

»Das mein' ich auch, aber . . .«

»Was aber, Sir? Die nehmen uns die Mühe, Jagd auf sie zu machen, wir brauchen uns gar nicht zu beeilen.«

Während die anderen allerlei Möglichkeiten erörterten, ob

es ein Spanier sei und welche Fracht es trage, sah Wilder unverwandt hinüber.

»Hängt der Fremde nicht Signale aus?« bemerkte er schließlich gedankenvoll.

»Hat er uns schon gesehen? Eine aufmerksame Wache. Wer so auf der Hut ist, führt sicher eine kostbare Ladung.«

Es entstand wieder eine Pause, während der alle von neuem ihre Gläser ansetzten und hinüberspähten. Die Meinungen waren verschieden. Einige bestätigten, die anderen bezweifelten die Signale. Der Kapitän beobachtete scharf, äußerte sich aber nicht.

»Wir haben unsere Augen überanstrengt«, sagte er endlich. »Es empfiehlt sich, ausgeruhte Augen zu Hilfe zu nehmen, wenn die eigenen nachlassen. Komm her!« rief er einem Matrosen zu, der in der Nähe beschäftigt war. »Komm her und sag mir, was du dort drüben entdeckst!«

Der Mann, den er ausgewählt hatte, war kein anderer als Sip. Ehrfurchtsvoll legte dieser seine Mütze ab, dann nahm er das Glas vors rechte Auge und bedeckte das linke. Kaum hatte er sein Ziel im Auge, da ließ er das Glas sinken und blickte verblüfft hinüber zu Wilder.

»Hast du das Segel gesehen?« fragte der Kapitän.

»Herr, ich kann sehen mit dem bloßen Auge.«

»Gut, aber was entdeckst du daran mit dem Fernglas?«

»Ist ein Schiff.«

»Ja. Hat es aber Signale gesetzt?«

»Hat drei neue Stück Tuch im großen Bramsegel, Sir.«

»Dann hat er seine Segel hübsch ausgebessert. Hast du aber Flaggen gesehen?«

»Zeigt keine Flaggen, Sir.«

»Und wie groß mag das Schiff sein?«

»Ist just 750 Tonnen, Sir.«

»Was soll das heißen, Mr. Wilder? Ihr Neger ist so genau wie das Winkelmaß eines Zimmermanns. Der Kerl gibt die Größe eines Schiffs an, dessen Rumpf noch gar nicht zu sehen ist. Genauer könnte es kein königlicher Zolleinnehmer.«

»Scipio ist ein ungebildeter Mann, wenig geschickt, so viele Fragen zu beantworten«, versuchte Wilder abzulenken.

»Ungeschickt?« erwiderte der Kapitän und blickte rasch von Wilder auf den Neger und dann hinüber zu den fremden Segeln. »Ich weiß nicht. Der Mann sieht nicht aus, als ob er zweifle. Kann das Schiff nicht größer oder kleiner sein?«

Scipio rollte seine dunklen Augen und schien verwirrt, als er auf Wilders Stirn aufsteigenden Zorn las. Seine Zuversicht schwand, er schien plötzlich unsicher zu werden.

»Es ist alles so, wie der Herr wünscht«, erklärte er schließlich und schwieg dann.

»Wer weiß, ob es überhaupt ein Segel ist«, rief der Kapitän ungeduldig. »He, da vorne, holt mir mal den Mann namens Fid herauf. Ihre Leute, Mr. Wilder, sind so verständig und so treu, daß ich mich von ihnen gerne belehren lasse.«

Wilder unterdrückte eine Antwort, da er sah, daß der Kapitän aufs äußerste gereizt schien, und die anderen schwiegen, da sie die Launen ihres Kommandanten kannten. Es dauerte nicht lange, bis der Topgast erschien und der Kommandant noch einmal eine Frage an Scipio richtete:

»Hältst du es für zweifelhaft, ob es überhaupt ein Segel ist?«

»Ist sicher ein Ding, das wegfliegt«, erwiderte hartnäckig der Neger.

»Ihr hört, was Euer Freund sagt, Mr. Fid. Er meint, das Ding dort sei gar kein Segel.«

Fid blickte kurz hinüber und wandte sich dann an Scipio: »Und was, zum Teufel soll es denn sonst sein? Eine Kirche?«

»Vielleicht eine Kirche«, wiederholte der Schwarze beifällig.

»Gott steht dir bei, du Narr! Der Kerl ist ein richtiger Seemann, Euer Gnaden, und sein eigener Stolz sollte . . .«

»Schon gut, Mr. Fid«, unterbrach der Kapitän. »Nehmt ein Fernglas und sagt uns Eure Meinung.«

Fid machte einen tiefen Bückling, legte bedächtig seinen Hut auf die Planken und setzte mit Kennermiene das Glas ans Auge. Lange und sehr genau schaute er hinüber. Dann nahm er es wieder herunter, äußerte aber nicht seine Meinung, sondern blickte angestrengt zu Boden, als ob er etwas zu überlegen habe.

»Ich warte auf Eure Meinung«, sagte der Kapitän schließlich, als er glaubte, die Pause sei lang genug gewesen, um selbst die Meinung eines Richard Fid heranreifen zu lassen.

»Eine Kirche ist es jedenfalls nicht«, erwiderte Fid mit großer Bestimmtheit.

»Läßt er Signale sehen?«

»Er spricht vielleicht durch seine Flaggen. Aber um zu sagen, was er damit meint, dazu gehört ein größerer Gelehrter als Richard Fid. Soviel ich sehe, hat er drei neue Stücke Leinwand in seinem großen Oberbramsegel, aber kein Flaggentuch.«

»Dann sieht man uns noch nicht. Meine Herren«, wandte sich der Kapitän jetzt an die Offiziere, nachdem die beiden Matrosen wieder weggeschickt worden waren, »unsere Muße ist zu Ende. Ob das Schiff vor uns 750 Tonnen groß ist, das kann ich Ihnen nicht sagen. Aber nach der Art, wie die oberen Rahen gebraßt sind, und an der Größe der Segel erkenne ich, daß es ein Kriegsschiff ist. Ist jemand anderer Meinung? Mr. Wilder, sprechen Sie.«

»Ich stimme Ihnen bei.«

Das Mißtrauen, das der Kapitän während der vorangegangenen Szene gelegentlich hatte spüren lassen, schien nachzulassen, als ihm Wilder so unumwunden zustimmte.

»Sie glauben also, daß es die königliche Flagge führt. Ihre klare Aussage gefällt mir. Der nächste Punkt, den wir zu überlegen haben: Sollen wir uns auf ein Gefecht einlassen?«

Auf diese Frage eine Antwort zu geben, fiel nicht so leicht. Jeder Offizier wollte erst in den Augen seiner Kameraden lesen, ehe er sich selbst festlegte. Daher kam die nächste Frage direkt.

»General, das ist ein Punkt, der Sie besonders angeht. Sollen wir der königlichen Flagge den Kampf anbieten, oder sollen wir die Flügel ausbreiten und davonfliegen?«

»Auf Rückzug sind meine Burschen nicht einexerziert. Geben Sie ihnen ein Stück Arbeit zu tun.«

»Und sollen wir uns auf das Wagnis einlassen ohne besonderen Grund?«

»Wollen wir dem Fremden erst den Puls fühlen?« erwiderte einer der Offiziere. »Hat er mehr an Bord als seine Kanonen, dann wird er uns auszuweichen suchen. Ist er aber arm, dann wird er kampflustig wie ein hungriger Tiger sein.«

»Der Rat ist vernünftig«, stimmte der Kapitän zu. »Meine Herren, gehen Sie an Ihre Posten. Wir haben noch eine halbe Stunde, ehe der Rumpf aus dem Wasser steigt. Visitieren Sie die Kanonen. Ein Beschluß zum Kampf ist noch nicht gefaßt. Lassen Sie sich also nichts anmerken.«

Er winkte, und die Gruppe zerstreute sich. Wilder war im Begriff, sich mit den übrigen zu entfernen, als sein Vorgesetzter ihm ein Zeichen gab zu bleiben.

»Wir sind gerüstet, zum Kampf wie zum Gefecht«, begann der Kapitän, indem er die Vorbereitungen überblickte, die die Offiziere in die Wege leiteten. »Ich will es Ihnen gestehen, Mr. Wilder, es würde mir Freude machen, wenn der Narr dort das Patent des Königs von England führte. Wie schön wäre es, seine Flagge im Meer versinken zu sehen.«

»Ist es Ihnen um die Ehre zu tun? Sollten wir uns nicht um edleres Metall schlagen als um Eisen und Stahl?«

»So urteilt die Welt über den Piraten. Aber ich möchte lieber die Kreaturen des Königs demütigen als den Schlüssel zu seinem Schatz erbeuten. Habe ich recht, General«, fügte er hinzu, als dieser gerade herantrat, »oder gilt Ihnen die Ehre nichts?«

»Hm, um Ehre habe ich die Hälfte eines ziemlich langen Lebens gefochten, und am Ende hatte ich nicht mehr als am Anfang. Die bloße Ehre kann man von mir wohlfeil haben.«

»Lassen Sie gut sein. Der Dienst bleibt derselbe. Nehmen Sie also Ihre Gründe her, wo Sie wollen. – Was soll das? Wer hat sich unterstanden, das Bramsegel dort oben zu heißen?«

Der plötzliche Wandel machte alle, die ihn hörten, zittern. Jeder blickte hinauf, um zu sehen, auf wessen Haupt sich der furchtbare Zorn des Kapitäns entladen würde. Und da gab es nichts zu verbergen: Fid stand auf der Spiere, der er zugeteilt war, und das Segel flatterte hoch und weit in den Wind hinein. Das Rauschen der Leinwand mußte Fids Ohr betäubt haben, denn anstatt auf den wütenden Anruf von unten zu hören, stand er da und betrachtete sein Werk. Erst ein zweiter, noch lauterer Ruf erreichte ihn.

»Auf wessen Befehl wagst du es, das Segel zu heißen?«

»Auf Befehl Seiner Majestät des Windes, Euer Gnaden. Der beste Seemann muß nachgeben, wenn eine Bö die Oberhand behält.«

»Holt es auf!« schrie der Kapitän.« Und schickt mir den Kerl herunter, der es wagt, eine andere Autorität als die meine anzuerkennen!«

Ein Dutzend Matrosen kletterte hinauf, um Fid zu helfen, und nach wenigen Augenblicken war das Segel festgemacht, und Fid kam herunter. Wilder hatte seinen Kommandanten noch nie so erregt gesehen und bangte nun um das Schicksal seines alten Gefährten. Darum trat auch er näher heran, um für ihn zu sprechen, wenn es nötig wäre.

»Wie kannst du es wagen, ein Segel loszulassen?«

»Euer Gnaden werden zugeben, daß auch dem gescheitesten Mann einmal der Verstand durch die Finger schlüpft. Warum nicht auch ein Stück Leinwand? Ich bin bereit, dafür zu büßen.«

»Das sollst du. Du sollst mit der Peitsche Bekanntschaft machen!«

»Ist keine neue Bekanntschaft, Euer Gnaden.«

»Darf ich Fürbitte tun?« mischte sich Wilder eifrig ein. »Er macht oft dumme Streiche, aber es fehlt ihm nie am guten Willen.«

»Verlieren Sie kein Wort darüber, Master Harry«, warf Richard Fid mit einem sonderbaren Seitenblick ein. »Das Segel flatterte allerliebst im Wind, da gibt es nichts zu leugnen. Da wird Richard Fid eben seinen Buckel hinhalten müssen.«

»Ich bitte um Pardon. Ich verspreche in seinem Namen, das war seine letzte Disziplinlosigkeit.«

»Mag's vergessen sein«, erwiderte der Kapitän und kämpfte mühsam seinen Zorn nieder. »Ich will in diesem Augenblick nicht unsere Eintracht stören, Mr. Wilder, und Ihnen eine kleine Bitte abschlagen. Der Vorfall kann aber üble Folgen haben, das brauche ich Ihnen nicht erst zu sagen. Geben Sie mir das Glas. Ich will doch sehen, ob das Segel drüben bemerkt wurde.«

Fid warf Wilder einen verstohlenen, aber triumphierenden Blick zu und verschwand dann, während Wilder an die Seite seines Kommandanten trat.

26

Das fremde Schiff kam so rasch näher, daß man es nun auch mit dem bloßen Auge ganz deutlich erkennen konnte. Der kleine weiße Punkt, der anfangs kaum wahrnehmbar über dem Horizont geschwebt hatte, war in der letzten halben Stunde allmählich emporgestiegen, bis sich eine wahre Pyramide von Segeln über dem Wasser erhob. Mit einem Blick gab der Kapitän seinem Leutnant zu verstehen: Sie sehen, die Nachlässigkeit Ihres Mannes hat uns bereits verraten. Es lag aber kein Vorwurf in dem Blick, eher Bedauern, und kein Wort fiel.

»Unser Nachbar hat einen guten Ausguck. Er hat gewendet und legt sich vor unseren Vorsteven. Bald werden wir seine Batterien zu Gesicht bekommen. Und dann werden wir sehen, was zu tun ist.«

»Wenn Sie den Fremden zu nahe herankommen lassen, dann wird es schwer sein, ihn abzuschütteln, wenn es sich herausstellt, daß er uns überlegen ist.«

»Das Fahrzeug müßte sehr schnell segeln, dem die ›Delphin‹ nicht davonfährt.«

»Ich weiß nicht, Sir. Mir ist selten ein Schiff vorgekommen, das so rasch emporstieg wie dieses.«

Der junge Mann sprach mit so viel Eifer, daß der Kommandant aufmerksam wurde.

»Mr. Wilder«, sagte er entschieden, »Sie kennen das Schiff!«

»Ich will es nicht länger leugnen. Es ist, wie ich sicher glaube, ein Schiff, das zu schwierig für die ›Delphin‹ ist und von dem wir besser die Finger lassen.«

»Seine Größe?«

»Die wissen Sie bereits von Scipio.«

»Der kennt es also auch?«

»Ein Topgast irrt sich nicht so leicht, wenn er Monate und Jahre auf einem Schiff zugebracht hat.«

»Jetzt verstehe ich auch die drei neuen Tücher im Bramsegel. Mr. Wilder, es ist noch nicht lange her, daß Sie dieses Schiff verlassen haben.«

»Kurz bevor ich auf dieses hier kam.«

Der Kapitän schwieg und überlegte; Wilder wartete gespannt auf das Ergebnis dieser Überlegungen.

»Wieviel Kanonen hat er«, fragte er endlich knapp.

»Vier mehr als die ›Delphin‹.«

»Das Kaliber?«

»Ist stärker. Das Schiff ist in jeder Hinsicht dem Ihrigen überlegen.«

»Und es gehört dem König?«

»Ja, sicher.«

»Dann soll es seinen Herrn wechseln. Es muß mein werden.«

Wilder schüttelte den Kopf und antwortete nur mit einem ungläubigen Lächeln.

»Sie zweifeln. Kommen Sie her, und sehen Sie auf Deck hinunter. Hat der königliche Kreuzer Kerle wie diese hier, die seinem Wink gehorchen?«

Die Bande auf der »Delphin«, ausgewählt von einem Mann, der sich meisterhaft auf das verstand, was zu einem Matrosen gehörte, bestand aus Leuten von allen Völkern der christlichen Welt. In ganz Europa gab es keine seefahrende Nation, die hier nicht vertreten gewesen wäre. Ein wildes Abenteuererleben hatte sie alle auf ihr gesetzloses Treiben vorbereitet. Und nimmt man hinzu, daß sie von einem Willen beherrscht wurden, der sich ihr Tun und Lassen despotisch unterworfen hatte, dann konnte man nicht bestreiten, daß sie einen rauhen, unwiderstehlichen Haufen bildeten. Ihr Kommandant lächelte triumphierend.

»Ist das nichts?« fragte er. »Sehen Sie sich doch die Burschen einzeln an!« Dann nannte er diesen und jenen, zählte ihre Vorzüge auf, erzählte, was er von ihrer Vergangenheit und Herkunft wußte, und rühmte ihren Mut. Dann änderte sich wieder sein Ton. Er nahm wieder die Miene des Befehlshabers an und gab seine Anweisungen. Nightingale blies das Signal und rief dann mit rauher Stimme: »Setzt Segel!«

Auch die Matrosen hatten sich mittlerweile ihre Gedanken über das herannahende Schiff gemacht. Die einen triumphierten bei der Aussicht auf eine gute Prise; andere, die mit den Gewohnheiten des Kapitäns besser vertraut waren, hielten es noch gar nicht für sicher, daß es überhaupt zu einem Gefecht kommen werde; und einige wenige schüttelten die Köpfe; sie schienen die Begegnung für bedenklich zu halten. Aber alle warteten geduldig auf die Entscheidung ihres Kommandanten. Als nun die Befehle ergingen, bewies der allgemeine Eifer, daß der Mannschaft in diesem Augenblick nichts willkommener sein konnte.

Ein Segel nach dem anderen fiel, bis sich das Fahrzeug vor dem Wind beugte und bereit war, jeden erwünschten Kurs zu nehmen. Wilder, der all diese Vorkehrungen überwacht hatte, stieg wieder auf die Brücke zu seinem Kapitän, um Meldung zu erstatten. Soeben tauchte der Rumpf des Fremden über der Wasserfläche auf und gab den Blick auf eine langgezogene gelbe Linie frei, die durch schwarze Punkte regelmäßig unterbrochen war. Jeder wußte, daß die Punkte die Geschützpforten waren. Mrs. Wyllys und Gertraud hatten sich ebenfalls auf der Brücke eingefunden und beobachteten die Vorgänge mit großer Aufmerksamkeit.

»Wir sind fertig und warten auf Ihre Befehle«, meldete Wilder.

Der Kapitän schrak bei diesen Worten zusammen; dann trat er nahe an seinen Leutnant heran und fragte ihn eindringlich:

»Sind Sie auch ganz gewiß, daß Sie dieses Schiff dort kennen?«

»Ganz gewiß.«

»Ist es nicht ein königlicher Kreuzer?« fiel ihm Mrs. Wyllys ins Wort.

»Allerdings. Das habe ich schon gesagt.«

»Mr. Wilder, wir wollen seine Geschwindigkeit auf die Probe stellen. Lassen Sie die Untersegel setzen und die Focksegel anbrassen!«

Der junge Mann machte eine knappe Verbeugung und führte dann die Anweisungen seines Kommandanten aus. Doch war in seiner Stimme ein Beben zu bemerken, das sogar dem einem und dem anderen unter den Matrosen nicht entgehen konnte, so daß sie einander verstohlene Blicke zuwarfen. Die Befehle aber führten sie pünktlich aus, als kämen sie von ihrem gefürchteten Kommandanten selbst. Die Segel füllten sich, und das Schiff kam langsam in Bewegung. Nach und nach gewann es an Fahrt. Ein spannender Wettlauf konnte beginnen.

Der Fremde war in diesem Augenblick etwa eine halbe Stunde leewärts von der »Delphin« entfernt. Jeder Kundige an Bord der »Delphin« hatte sich eine Vorstellung von der Beschaffenheit und der Stärke des anderen gemacht. Jede Einzelheit der Takelung und der Bestückung war in dem klaren Sonnenlicht zu erkennen. Im Tauwerk waren einzelne Gestalten zu erkennen, aber im übrigen herrschte drüben eine Ruhe, die strenge Ordnung und Disziplin erahnen ließ.

Als der Kapitän das Rauschen der durchschnittenen Wogen vernahm und das Bugwasser schäumen sah, gab er seinem Stellvertreter einen Wink, sich neben ihn zu begeben und mit ihm seine Beobachtungen anzustellen.

»Mr. Wilder, den Kreuzer muß ich schon einmal gesehen haben. Ein bißchen Farbe hat ihn zwar äußerlich verändert, aber die Masten kommen mir bekannt vor.«

»Schon möglich. Er kreuzt meistens im Atlantik.«

»Haben Sie lange auf ihm gedient?«

»Jahrelang.«

»Und Sie verließen das Schiff . . .«

»Um zu Ihnen zu gehen.«

»Sagen Sie, Wilder, hat man Sie wie einen Menschen niedrigeren Ranges behandelt, wie einen, der nur aus den Kolonien stammt? Wurden Sie nur als Amerikaner behandelt?«

»Genug, ich habe das Schiff verlassen, Kapitän Heidegger.«

»Sie werden Ihre Gründe gehabt haben. Aber sagen Sie, waren Sie noch während der Frühjahrs-Tag-und-Nachtgleichen an Bord?«

Wilder bejahte.

»Aha. Und kämpften Sie da mit einem Fremden im Sturm?«

»Ja. Wir hatten Sie erkannt und glaubten schon, Ihre Stunde habe geschlagen.«

»Ihre Offenheit gefällt mir. Aber ich will keine Fragen mehr an Sie stellen. Hauptsache, Sie fahren jetzt unter meiner Flagge.«

»Und welche ist das?« fragte ihn plötzlich eine Stimme.

Der Kapitän wandte sich um und begegnete dem ruhigen, prüfenden Blick von Mrs. Wyllys.

»Eine Dame muß zwei Seeleute an ihre Pflicht erinnern!« rief er. »Wir haben alle Höflichkeit vergessen. Lassen Sie aufziehen, Mr. Wilder, wir wollen die Bräuche nicht verletzen.«

»Aber der andere fährt auch mit nackter Gaffel.«

»Und wenn schon. Wir kommen ihm mit unserer Höflichkeit zuvor.«

Wilder öffnete das Kistchen, in dem wohl ein Dutzend der gebräuchlichsten Flaggen zusammengerollt lag.

»Und welche soll ich aufziehen?« fragte er zweifelnd.

»Die Flaggen der Verbündeten werden ihn nicht zum Zorn reizen«, überlegte der Kapitän, »soll er sich die weiße Flagge ansehen!«

Wilder gehorchte schweigend, und die weiße Fahne Frankreichs stieg in die Höhe. Kaum hatte sie die Gaffelspitze erreicht, da erhob sich vom Deck des Fremden wie ein ungeheurer Vogel ein breites, glänzendes Tuch und breitete sich oben im Wind. Gleichzeitig stieg eine Rauchsäule aus seiner Seite empor und trieb schon rückwärts durch die Takelage, noch ehe das Dröhnen des Schusses auf der »Delphin« gehört werden konnte.

»Das weiße Tischtuch scheint ihm nicht zu behagen«, bemerkte trocken der Kommandant. »Soll er sich die Farbe noch eine Weile ansehen, bis wir was anderes finden.«

Und wirklich schien das weiße Tuch auf den Fremden zu wirken wie das rote Tuch auf den Stier. Rasch setzte er noch mehrere kleine Segel bei, die zwar keinen besonderen Nutzen hatten, aber bewiesen, daß er den Augenblick nicht erwarten konnte, mit dem Feind in Gefechtsberührung zu kommen. Der Wettlauf war in vollem Gang. Wie berühmt die »Delphin« auch als Schnellsegler war, so konnte auch das schärfste Auge nicht erkennen, daß sie dem anderen überlegen gewesen wäre. Keines der Schiffe konnte dem anderen einen sichtbaren Vorsprung abgewinnen, denn jeder Windstoß füllte die Segel des einen wie des anderen.

»Der ist schnell wie ein Vogel«, bemerkte der Korsar. »Aber woher kommt Ihr Widerwille, sich mit ihm zu messen?«

»Weil ich seine Stärke kenne und die Hoffnungslosigkeit eines Kampfes mit einem so überlegenen Feind richtig einschätze«, erwiderte Wilder mit Festigkeit. »Kapitän Heidegger, Sie haben nicht die geringste Hoffnung auf Erfolg, wenn Sie sich mit ihm einlassen. Vielleicht können Sie ihm nicht einmal mehr entfliehen.«

»Das ist die Meinung eines Mannes, der den Gegner überschätzt. Ich verlasse mich auf meine Kraft. Ich war der königlichen Flagge schon näher, und dennoch führte ich diesen Kampf auf Leben und Tod weiter.«

»Hören Sie die Trommel? Er besetzt die Kanonen.«

Es war das wohlbekannte Signal, das die Besatzung eines Linienschiffes auf ihre Posten ruft.

»Wir wollen ihrem Beispiel folgen, Mr. Wilder.«

Und dann ertönte auch auf der »Delphin« das gleiche Signal, und jedermann begab sich auf seinen Platz. Eine tiefe Stille folgte. Die Offiziere vergewisserten sich, daß alles in Ordnung war. Munition wurde verteilt, und zwar in einem Maß, daß jeder verstand, es müsse Großes bevorstehen.

27

Mit einigem Befremden hatte der Kapitän bemerkt, daß Wilders Benehmen nicht ganz dem eines verantwortungsvollen Offiziers in einer entscheidenden Lage entsprach. Seine Haltung war zwar nicht zu tadeln, aber in seiner Miene war Unsicherheit zu lesen, und seine Stimme hatte geschwankt. Und da es dem Kapitän auch nicht entgehen konnte, daß Fid und der Neger unruhige und fragende Blicke austauschten und bedeutungsvoll zu ihrem Herrn hinübersahen, sprach er endlich Fid, der in seiner Nähe stand, in vertraulichem Tone an.

»Ich hoffe, Master Fid, man hat Euch an eine Kanone gestellt, die zu sprechen versteht.«

»Es gibt auf dem ganzen Schiff kein glatteres Rohr und kein größeres Maul«, und dabei strich er fast liebkosend über das Geschütz. »Guinea, leg mir noch ein paar Kugeln zurecht. Wenn alles vorüber ist, dann können die, die noch am Leben sind, an Bord des Feindes gehen und sehen, wie Richard Fid seine Körner gepflanzt hat.«

»Ihr seid kein Neuling in diesen Dingen, Master Fid?«

»Behüte Gott, was denken Euer Gnaden? Ich mache mir aus Schießpulver nicht mehr als aus einer Prise Schnupftabak, obwohl ich gestehen muß . . .«

»Was?«

»Ich meine, wenn einmal mit Steinen geschmissen werden muß, dann sehe ich's lieber, wenn des Nachbars Geschirr entzweigeschmissen wird als das meiner Mutter.«

Der Kapitän zog sich gedankenvoll zurück und begegnete dem Blick Wilders.

»Mr. Wilder«, sagte er ohne Schärfe, »nun begreife ich, was in Ihnen vorgeht. Da nicht alle auf dem Schiff dort Sie beleidigt haben, wäre es Ihnen lieber, Sie könnten Ihren Dienst bei uns mit einem anderen Gegner beginnen. Überdies ist kaum mehr als Ehre in diesem Kampf zu gewinnen. Er soll um Ihretwillen vermieden werden.«

»Es ist zu spät.« Wilder schüttelte traurig den Kopf.

»Sie werden sehen, daß Sie sich irren. Führen Sie unsere Gäste hinab, wo es sicherer ist als in der Kajüte. Und wenn Sie zurückkehren, dann wird sich die Szene geändert haben.«

Mit Vergnügen eilte Wilder in die Kajüte und meldete dort die Absicht des Kommandanten, ein Gefecht zu vermeiden. Dann geleitete er die Damen ins Schiff hinunter, damit sie nicht durch einen Zufall Schaden nähmen. Nachdem dies erledigt war, eilte er rasch wieder an Deck.

Obwohl er glaubte, er sei nur ein paar Augenblicke weggewesen, hatte sich die Szene tatsächlich gründlich verändert. Statt der Fahne Frankreichs sah er Englands Fahne in der Gaffel, während zwischen beiden Fahrzeugen ein reger Austausch von Signalen stattfand. Der Wind füllte nur noch die Bramsegel, während die übrigen lose herabhingen. Das Schiff selbst lief schnurgerade auf den Fremden zu, der seinerseits, offenbar ungern, da ihm jetzt eine sichere Prise entging, die leichteren Obersegel einholte.

»Dem Kerl tut's leid, daß er uns jetzt als Freunde anerkennen muß«, sagte der Kapitän und machte Wilder auf die Signale aufmerksam, mit denen er den anderen täuschte. »Es wäre verlockend, aber ich verzichte, Ihretwegen.«

Der Leutnant antwortete nicht, und es war auch wenig Zeit zum Reden. Die »Delphin« schoß schnell dahin, und jeden Augenblick zeichneten sich die Einzelheiten drüben deutlicher ab: Kanonen, Blöcke, Taue, Bolzen, Menschen und sogar Gesichtszüge. Noch wenige Minuten, so fuhr der Fremde, nachdem er den größten Teil seiner kleinen Segel geborgen hatte, mit dem Wind heran, und bald darauf kam er zum Stehen.

Auf der »Delphin« gab es keinen, der nicht auch in der

gefährlichsten Lage der Klugheit und der Entschlossenheit seines Kommandeurs rückhaltlos vertraut hätte. So steuerte der Pirat zuversichtlich seinem arglosen Nachbarn entgegen, bis er einige hundert Fuß von dessen Luvseite einen Halbkreis beschrieb und zum Stehen kam. Indessen konnte Wilder, der alle Vorgänge mit stummen Staunen beobachtet hatte, bemerken, daß die »Delphin« eine Position einnahm, die es im Ernstfall erlaubte, das Schiff leichter zu handhaben.

Noch war das Schiff nicht ganz zur Ruhe gekommen, als von drüben auch schon die rauhe Aufforderung kam, Name und Absichten mitzuteilen. Mit einem vielsagenden Blick auf Wilder setzte der Kapitän das Sprachrohr an den Mund und nannte den Namen eines wohlbekannten königlichen Schiffs, dessen Größe und Stärke genau dem seinen entsprach.

»Richtig«, kam die Antwort, »ich hab' mir's schon bei Euren Signalen gedacht, daß Ihr kein anderer sein könnt.«

Nun erfolgte ein Gegengruß mit Nennung des Namens und eine Einladung von seiten des Befehlshabers an seinen Herrn Kollegen, seinem Vorgesetzten einen Besuch abzustatten.

Bis jetzt war nichts vorgefallen, was nicht den herkömmlichen Gebräuchen auf See entsprochen hätte. Doch jetzt kam der Augenblick, wo es den meisten schwergefallen wäre, die Täuschung länger aufrechtzuerhalten. Aber kein Zaudern, keine Unsicherheit war in der Haltung des Kapitäns zu bemerken. Man hörte drüben die Trommel, die die Mannschaft von ihren Kanonen abrief; der Pirat folgte dem Beispiel, so daß zwischen den Schiffen, die eigentlich Todfeinde hätten sein müssen, Freundschaft und Vertrauen hergestellt zu sein schienen.

»Sie hören, daß ich dem Herrn im königlichen Dienst einen Besuch abstatten soll«, sagte der Kapitän mit einem ironischen Lächeln. »Möchten Sie nicht mit von der Partie sein?«

Wilder gab sich keine Mühe, seine Überraschung zu verbergen. Er konnte kaum Worte finden, ehe er endlich antwortete: »Sie werden doch nicht so tollkühn sein, in die Höhle des Löwen zu gehen.«

»Wenn Sie für Ihre Person etwas befürchten, so kann ich auch allein gehen.«

»Befürchten! Ich habe keine Furcht, Kapitän Heidegger. Aber meine Gegenwart müßte uns verraten. Auf diesem Kreuzer ist niemand, der mich nicht kennt.«

»Ja, daran habe ich nicht gedacht. Gut, so bleiben Sie hier, und lassen Sie mich allein mit dem Kapitän Seiner Majestät Komödie spielen.«

Zusammen stiegen sie hinunter in die Kajüte, wo sich nun der Kapitän seinem Äußeren widmete. Er brachte seine Haare in Ordnung, kleidete sich sorgfältig und veränderte sein Gesicht so geschickt, daß man annehmen konnte, dergleichen Veränderungen seien nichts Ungewöhnliches bei ihm.

»Es sind schon schärfere Augen getäuscht worden«, bemerkte er zu seinem Leutnant, »als die des Kapitäns Bignall.«

»Sie kennen ihn?«

»Mr. Wilder, die Umstände bringen es mit sich, daß ich manches wissen muß, was andere nicht wissen. Das Abenteuer ist leicht zu bestehen. Ich bin sicher, daß an Bord der ›Pfeil‹ kein Mensch ist, der das Schiff, das ich vorhin genannt habe, je gesehen hat. Es ist nämlich erst kürzlich aus der Werft ausgelaufen. Zweitens ist es nicht anzunehmen, daß ich einem der Offiziere bekannt bin, denn Sie wissen, daß die ›Pfeil‹ seit Jahren nicht mehr in Europa war; und wenn Sie hier nachlesen, dann sehen Sie, daß ich der Sohn eines Lords bin, eines privilegierten Sterblichen also, und daß die ›Pfeil‹ England verließ, noch lange ehe ich zum Kommando reif genug war.«

»Daran habe ich freilich nicht gedacht. Aber wozu wollen Sie das Wagnis überhaupt unternehmen?«

»Wozu? Vielleicht möchte ich sehen, ob es sich lohnt, die Prise zu nehmen; vielleicht ist's eine Laune von mir. Das Abenteuer reizt mich.«

»Und die Gefahr?«

»Die achte ich nicht. Wilder«, fuhr er mit einem Blick offenen Vertrauens fort, »ich vertraue Ihnen mein Leben und meine Ehre an. Denn es wäre eine Entehrung für mich, meine Leute im Stich zu lassen.«

»Verlassen Sie sich auf mich«, erwiderte Wilder. Der Korsar tat noch einen festen Blick auf das ehrliche Gesicht seines Gefährten, lächelte dann, als wollte er seine Dankbarkeit für diese Versicherung ausdrücken, machte mit der Hand eine Bewegung des Abschieds und wandte sich, um die Kajüte zu verlassen. Da traf sein Blick noch eine Gestalt.

»Was willst du in dieser Aufmachung, Roderich?« fragte er streng.

»Meinem Herrn ins Boot folgen.«

»Junge, man braucht deinen Dienst nicht.«

»Selten braucht man mich in letzter Zeit.«

»Wozu noch ein Leben in Gefahr bringen, wo alles zu verlieren und nichts zu gewinnen ist?«

»Wagt Ihr Euer Leben, dann wagt Ihr alles, was ich habe.«

Nachdenklich betrachtete der Korsar das Gesicht des Jungen, als wollte er dessen tiefste Geheimnisse lesen.

»Gut, Roderich, wir gehen zusammen«, entschied er endlich.

Dann stiegen sie nach oben. Noch einmal überprüfte er die Masten und die Rahen und die Segel, nichts entging seinem Blick. Doch als er im Begriff war, das Boot zu besteigen, das längst für ihn bereitstand, überschattete zum erstenmal Mißtrauen und Zweifel sein Gesicht. »Davis«, rief er hinunter, »verlaß das Boot, und ruf mir den Maat vom Vorkastell«, denn er wußte, daß sich Davis auf Verrat verstand und der andere zu schweigen wußte.

»Wilder, leben Sie wohl! Ich lasse Sie zurück als Anführer meiner Leute und als Herrn meines Schicksals. Ich weiß, daß ich beides einem Würdigen anvertraue.«

Ohne eine Antwort abzuwarten, stieg er ins Boot und ließ sich zum Kreuzer hinüberrudern. Unter den üblichen Ehrenbezeigungen empfing ihn drüben an Bord der ehrliche Veteran, dessen gegenwärtiges Kommando nur eine magere Belohnung für eine lange und schwere Dienstzeit war.

Der führte nun nach der ersten Begrüßung seinen Gast in

seine eigenen Räume und forderte ihn auf, Platz zu nehmen. Im Gespräch gelang es dem Piraten, die Rolle eines jungen, verwöhnten englischen Aristokraten zu spielen, der dank seiner Beziehungen schon in jungen Jahren zu einem Kommando gekommen war, sich aber in seiner Stellung langweilte und eigentlich wieder zurückstrebte nach England.

»Geduld indessen!« meinte er. »Nach dieser Reise werde ich mir schon Gönner sichern, damit man mir ein Wachschiff in der Themse anvertraut. Sie wissen, Bignall, heutzutage braucht man weiter nichts als Gönner.«

Der Alte verschluckte mühsam seinen Ärger und versuchte, das Gespräch auf einen anderen Gegenstand zu bringen.

»Ich hoffe, Kapitän Howard« – so nannte sich der Korsar jetzt – »ich hoffe, es ist noch nicht aus der Mode gekommen, die Flagge von England über dem Palast der Admiralität wehen zu lassen. Sie trugen heute morgen so lange die Lilien Frankreichs, daß die nächste halbe Stunde uns wohl schon im Gefecht gesehen hätte.«

»Ha, das war meine exzellente Kriegslist, für die man mich gewiß loben wird.«

»Eine großartige List. Aber besser war's doch, daß Sie Ihren französischen Humor aufgaben. Beim Himmel, Sir, noch fünf Minuten, und meine Kanonen wären von selbst losgegangen.«

»Besser so, besser so. Aber wie amüsieren Sie sich denn in dieser gottverlassenen Gegend?«

»Ei nun, Kapitän Howard, die Zeit, die ich nicht brauche, um den Feinden Seiner Majestät im Nacken zu sitzen, die vertreibe ich mir in Gesellschaft meiner Offiziere, besonders meines ersten Leutnants.«

»Ah, wer ist denn dieser erste Leutnant? Etwas altmodisch wohl, wenn Sie sich in seiner Gesellschaft die Zeit vertreiben können.«

Kapitän Bignall überhörte die Unhöflichkeit und antwortete: »Ein junger Mann, Harry Arche ist sein Name. Ihm fehlen nur ein paar Tropfen Ihres adeligen Blutes, sonst könnte er einst an der Spitze der königlichen Flotte stehen.«

»Nun, wenn er ein außerordentlicher Mann ist, dann möchte ich doch bitten, daß er uns mit seiner Gesellschaft beehre. Ich pflege mich meinem Leutnant täglich eine halbe Stunde zu widmen – wenn er von Adel ist, versteht sich.«

»Der arme Junge! Gott weiß, wo er in diesem Augenblick steckt. Er hat aus freiem Willen einen höchst gefährlichen Auftrag übernommen, und ich weiß von seinem Erfolg nicht mehr als Sie. Das Wohl der Nation forderte diesen Dienst, und ein Mann von niederer Herkunft muß sich eine Beförderung anders erwerben als die Herren von St. James. Der gute Kerl verdankt sogar seinen Namen nur einem Schiffswrack, auf dem er als Kind gefunden wurde.«

»Und doch ist er Ihr erster Leutnant?«

»Und wird es hoffentlich bleiben, bis er ein eigenes Kommando bekommt. Aber gütiger Himmel, Kapitän Howard, was ist Ihnen? He, ein Glas Grog!«

»Ich danke Ihnen, Sir«, erwiderte ruhig lächelnd der Korsar, indem er das Getränk ablehnte. Das Blut, das ihm aus dem Gesicht gewichen war, kam zurück. »Es ist weiter nichts. Ein Übel, das ich von meiner Mutter ererbt habe.«

»Gott sei's gedankt.«

»Wissen Sie, heutzutage behält niemand lange sein Gesicht. Und dieser Mr. Arche ist am Ende wohl auch niemand.«

»Er ist jedenfalls ein Mann von Verdiensten, und wenn die Treue zum König in England noch etwas gilt, dann wird Harry Arche bald eine Fregatte befehligen.«

»Wenn ich nur wüßte, welche Verdienste es sind, dann könnte ich vielleicht in einem Briefchen ein Wörtchen fallen lassen, das ihm nützen könnte.«

»Wenn ich von seinem Auftrag nur etwas sagen dürfte«, erwiderte der redliche Bignall voll Eifer. »Aber melden Sie immerhin, daß er ein Mann von Ehre ist, der stets das Wohl der Untertanen Seiner Majestät im Auge hat. Ich leugne nicht, daß ich noch vor einer Stunde glaubte, sein Unternehmen sei ihm vollständig geglückt. – Übrigens, pflegen Sie oft Ihre oberen Segel beizusetzen, während die Untersegel fest bleiben?«

»Weil mein großes Bramsegel flatterte, als Sie mich zuerst sahen?«

»Ja. Wir hatten wohl Ihre Spieren durch die Gläser gesehen, dann aber verloren wir Sie wieder ganz aus den Augen, bis auf einmal der Ausguck die wehende Leinwand entdeckte. Es war auffallend, um mich vorsichtig auszudrücken.«

»Ich liebe solche Späße. Aber lassen wir das. Ich habe auch einen besonderen Auftrag in diesen Gewässern hier.«

»Und der wäre?«

»Mich nach einem gewissen Schiff umzusehen. Eine Zeitlang glaubte ich, Sie wären der, dem ich nachzuspüren habe.«

»Und für wen hielten Sie mich denn, wenn man fragen darf?«

»Für den berüchtigten Roten Korsaren!«

»Wie, zum Teufel, kommen Sie darauf? Glauben Sie denn, daß irgendwo ein Freibeuter auf See schwimmt, der ein solches Segelwerk führt wie die ›Pfeil‹?«

»Na, Bignall, Ihr seid so lange von Hause weg, daß Eure ›Pfeil‹ ein recht seeräuberisches Aussehen angenommen hat. Nehmen Sie mir die Bemerkung nicht übel.«

»Wenn Sie mir schon die Ehre erweisen, mein Fahrzeug für ein Piratenschiff zu halten«, erwiderte der alte Seebär und versuchte, seine Wut durch eine erzwungene Heiterkeit zu verbergen, »dann haben Sie am Ende diesen Herrn für den leibhaftigen Gottseibeiuns gehalten. Wie?«

Dabei wies er auf einen Dritten, der eingetreten war. Als der angebliche königliche Offizier seinen scharfen Blick auf den Neuankömmling richtete, verlor er für einen kurzen Augenblick die Fassung. Er erhob sich unwillkürlich und musterte den anderen. Dann erwiderte er die Begrüßung eines alten Mannes, dessen Blick Milde und Demut ausdrückte, mit der gewinnenden Art, die ihm zu Gebote stand.

»Der Herr ist Ihr Kaplan, Sir?«

»Mein Kaplan und mein Freund, der bisher auf dem Admiralsschiff war. Dieser Herr, lieber Doktor, ist der Ehrenwerte Mr. Howard, Kapitän des königlichen Kreuzers ›Gazelle‹.«

Auch im Gesicht des Geistlichen zeichnete sich Überraschung ab, als er den würdigen Sproß der Familie Howard erblickte, doch trat sie weniger in Erscheinung als vorher beim Korsaren. Er verbeugte sich, sprach aber nicht mehr als die üblichen Worte der Begrüßung.

»Kapitän Bignall«, setzte Howard das Gespräch fort, »es ist meine Pflicht, Ihnen hier zu gehorchen. Denn da wir, wie ich annehmen darf, den gleichen Auftrag haben, so können wir, gestützt auf Ihre reichere Erfahrung, einen Plan entwerfen, der uns gemeinsam zum Ziel führen soll.«

Die Anerkennung, die aus diesen Worten sprach, besänftigte Bignall. Mit herzlichen Worten lud er den Jüngeren zu einem Gastmahl, das am Nachmittag stattfinden sollte. Howard nahm an und benutzte die Einladung gleichzeitig als Vorwand, sich zu verabschieden, um die Offiziere auszuwählen, die ihn begleiten sollten. Der alte, hochverdiente Bignall verabschiedete den vermeintlichen Sohn einer einflußreichen Adelsfamilie am Fallreep mit ausgesuchter Höflichkeit und unter beständigen Verbeugungen. Der Gast hingegen prüfte argwöhnisch die Gesichter der Umstehenden, ohne dabei seine lässige, überlegene Haltung preiszugeben. Als er schon im Begriff war hinabzusteigen, flüsterte der Kaplan seinem Kapitän etwas ins Ohr, was diesen veranlaßte, den scheidenden Gast zurückzurufen, um mit ihm und dem Geistlichen noch ein Wort zu wechseln.

»Kapitän Howard«, brachte Bignall sein Anliegen vor, »haben Sie einen Geistlichen an Bord?«

»Zwei, Sir«, war die rasche Antwort.

»Zwei! Eine Seltenheit an Bord eines Kriegsschiffes! Aber bei Ihrem Einfluß am Hof könnten Sie wohl auch einen Bischof haben. Mein Freund hier hat mich ausdrücklich gebeten, die geistlichen Herren auf Ihrem Schiff in meine Einladung einzuschließen.«

»Sie sollen sie haben, die ganze Theologie, ich schwöre es!«

»Und ich nenne Ihnen noch einmal ausdrücklich auch Ihren ersten Leutnant.«

»Oh, der soll mit von der Partie sein, tot oder lebendig,

verlassen Sie sich darauf!« erwiderte der Korsar in einem Ton, daß die beiden Zuhörer fast erschraken.

Dann stieg er das Fallreep hinab. Bignall winkte ihm gutmütig nach, nicht ahnend, daß er einen Mann von Bord gehen ließ, dessen Gefangennahme ihm die lange und heiß ersehnte Beförderung gebracht hätte.

28

An der stolzen Haltung und dem kühnen Blick, mit dem der Korsar wieder seine eigenen Planken betrat, schlossen seine Leute, daß wichtige Dinge bevorstünden. Einen Augenblick weilte er auf der Brücke und blickte über sein Schiff, dann ging er mit raschen Schritten hinunter in seine Kabine, ohne darauf Rücksicht zu nehmen, daß er sie anderen zur Verfügung gestellt hatte. Den erschrockenen Frauen verkündete ein plötzlicher, furchtbarer Schlag auf den chinesischen Gong, in welcher Laune der Herr des Schiffes zurückgekehrt sei.

»Man sage dem ersten Leutnant, daß ich ihn erwarte«, war sein Befehl.

Als der Genannte eintrat, hätte auch der schärfste Beobachter nichts von dem wilden Zorn bemerken können, den der Korsar in der kurzen Zwischenzeit in sich niedergekämpft hatte. Jetzt erst nahm er Notiz von den eingeschüchterten Damen und beeilte sich, ihnen eine entschuldigende Erklärung zu geben. Er führte sie mit einer artigen Geste zu ihren Sitzen und gab dann auch Wilder ein Zeichen, sich niederzulassen.

»Seiner Majestät Schiffszimmerleute haben schon schlechtere Fahrzeuge gebaut als die ›Pfeil‹«, begann er. »aber seine Minister hätten einen gewandteren Mann zum Kommandeur ernennen sollen.«

»Kapitän Bignall besitzt den Ruf eines tapferen und redlichen Mannes.«

»Der Ruf ist ihm zu gönnen, denn streift man diese Eigenschaften ab, dann bleibt wenig übrig. Er gab mir zu verstehen, daß er in diese Breiten mit einem ganz besonderen Auftrag geschickt worden sei: nämlich ein Schiff aufzubringen, von dem man überall spricht, Gutes oder Schlechtes. Ich meine den Roten Korsaren.«

Mrs. Wyllys schreckte unwillkürlich zusammen und legte ihren Arm um das Mädchen, wie um es zu beschützen. Doch schien der Korsar diese Bewegung nicht zu bemerken, wie auch Wilder seine Unbefangenheit zu wahren wußte.

»Seine Reise wird erfolglos sein, wenn nicht sogar gefährlich«, erwiderte er ruhig.

»Vielleicht beides.«

»Es geht ihm vielleicht wie allen anderen. Er macht sich einen falschen Begriff von dem, den er sucht.«

»Wieso falsch?« forschte der Korsar.

»Weil er meint, es handle sich um einen gemeinen Seeräuber, um einen rohen, erbarmungslosen, wie andere seiner Art.«

»Aber er müßte doch wenigstens eine Beschreibung von dem Schiff haben, auf das er Jagd macht.«

Wilder mußte trotz aller Mühe, die er sich gab, vor dem durchdringenden Blick seines Kapitäns die Augen senken, ehe er antwortete: »Vielleicht hat er die Kenntnis.«

»Vielleicht. Er hat mir angedeutet, daß sein Spion das Geheimnis besitzt. Er hat mir unumwunden gestanden, daß sein Erfolg von der Geschicklichkeit dieses Spions abhängt.«

»Nannte er die Person?«

»Ja.«

»Es ist . . .«

»Harry . . . Arche, sonst auch Wilder genannt.«

»Ich will es nicht leugnen«, sagte der junge Mann, äußerlich ganz ruhig, und erhob sich von seinem Platz. »Ich sehe, Sie kennen mich.«

»Als einen treulosen Verräter.«

»Kapitän Heidegger, Sie wagen nichts, wenn Sie sich hier an diesem Ort eine solche Beschimpfung erlauben.«

Der Kapitän kämpfte mit sich, bis es ihm gelang, seiner Empörung Herr zu werden.

»Dann melden Sie Ihrem Vorgesetzten auch dieses«, höhnte er, »daß das Ungeheuer des Meeres, der Unhold, der arme Fischer ausplündert und ungeschützte Küsten verheert und der Flagge des Königs ausweicht, unter dem Schutz von 150 Freibeutern seine Meinung frei heraussagen darf.«

Wilders erste Bestürzung war indessen vorüber. Nun konnten ihn weder Schmähungen herausfordern noch Drohungen einschüchtern. Gelassen und mit verschränkten Armen sagte er: »Ich habe das Wagnis auf mich genommen, um eine Pest des Ozeans zu vertilgen, der anders nicht beizukommen war. Ich wußte, was ich wagte, und ich werde vor der Strafe nicht fliehen.«

»Nein, das sollen Sie nicht!« erwiderte der Korsar und schlug nochmals auf den Gong. »Laßt den Neger und seinen Gesellen in Fesseln legen, und erlaubt ihnen unter keinen Umständen irgendeinen Kontakt mit dem Kreuzer!« Nach diesem Befehl wandte er sich wieder Wilder zu. »Unsere Gemeinschaft, in die Sie sich verräterisch eingeschlichen haben, hat ein Gesetz, das sie zusammenhält. Und dieses Gesetz überliefert Sie und Ihre Mitverschworenen der Rahnock in dem Augenblick, wo ich die Tür öffne und Ihren Verrat verkündige. Dann sind Sie den barmherzigen Händen der Mannschaft überantwortet.«

»Das werden Sie nicht tun! Nein, das werden Sie nicht tun!« jammerte eine Stimme neben ihm.

»Und welches Los hätte er mir und meinen Leuten bereitet?«

»Er hatte wenigstens die Gesetze auf seiner Seite. Hören Sie auf die Stimme der Vernunft und der Gnade!« Mrs. Wyllys hielt dem furchtbaren Blick des Piraten stand.

»Hören Sie auf, Madame. Mein Entschluß war bereits von Anfang an gefaßt. Und nichts vermag ihn zu ändern. Mr. Wilder, Sie sind frei. Wenn Sie mir nicht so treu gedient haben, wie ich erwartete, dann habe ich wenigstens etwas aus unserer Begegnung gelernt. Ich verstehe mich nun noch besser auf Menschen und ihre Gesichter.«

Beschämt und gedemütigt stand Wilder da. Auf seinen Zügen spiegelte sich der Kampf, den er in seinem Inneren ausfocht.

»Ich kann Sie nicht verlassen, Kapitän Heidegger, ohne ein Wort der Rechtfertigung.«

»Wie? Kann der tugendsame Diener der Krone das Bedürfnis fühlen, dem vogelfreien Piraten eine Erklärung zu geben?«

»Höhnen Sie nur, Sie können mich jetzt nicht beleidigen.«

»Sprechen Sie frei, Sie sind mein Gast.«

Der beißendste Spott hätte Wilder in diesem Augenblick nicht tiefer verwunden können als die Großmut des Korsaren.

»Wenn ich spreche, dann erwarten Sie die Wahrheit, Kapitän Heidegger, und urteilen Sie selbst. Ist es erstaunlich, daß ich für den Dienst an einer Sache, die Sie selbst einst für ehrenvoll hielten, das Leben wagte, um eine Tat zu vollbringen, die Belohnung und Ruhm bedeutet hätte? Das waren die Gründe, das Wagnis zu unternehmen. Doch Ihr Vertrauen hatte mich schon halb entwaffnet, als ich noch kaum Ihre Schwelle überschritten hatte.«

»Und dennoch kehrten Sie nicht um.«

»Vielleicht waren noch stärkere Gründe vorhanden«, sprach Wilder weiter und warf unwillkürlich einen Blick auf die Frauen. »Ich blieb meinem Wort in Newport treu. Und wären meine beiden Leute damals nicht auf Ihrem Schiff gewesen, so hätte ich es nicht mehr betreten.«

»Ich möchte Ihnen gerne glauben. Sie haben ein gewagtes Spiel gespielt. Sie werden sich eines Tages freuen, es verloren zu haben. Nun gehen Sie. Ein Boot wird Sie zur ›Pfeil‹ hinüberbringen.«

»Täuschen Sie sich nicht, Kapitän Heidegger. In dem Augenblick, wo ich vor Kapitän Bignall stehe, wird Ihr Gewerbe verraten.«

»Ich erwarte es nicht anders.«

»Es hängt von Ihnen ab, ob ich hier als Opfer meines Irrtums sterben soll. Doch wenn ich frei bin, bin ich Ihr Feind, auch in dem Kampf, der unausweichlich ist.«

»Wilder«, der Korsar reichte ihm die Hand, »vielleicht hätten wir uns früher begegnen sollen. – Gehen Sie jetzt. Wenn meine Leute die Wahrheit erfahren sollten, dann kann ich Ihnen nicht mehr helfen.«

»Als ich auf die ›Delphin‹ kam, war's in Begleitung.«

»Ist's nicht genug«, erwiderte Heidegger kühl, »daß ich Ihnen Freiheit und Leben schenke?«

»Was sollen weibliche Wesen auf einem Schiff wie dem Ihren?«

»Sie sind auf meinem Schiff so sicher wie auf jedem anderen. Und wer sagt Ihnen denn, daß die Damen Sie als Beschützer vorziehen. Ihre Bekanntschaft mit Ihnen ist nicht älter als die meine, und Sie haben sicher keinen Grund gefunden, sich über die Behandlung hier zu beklagen. Sprechen Sie selbst, meine Damen, wer soll Ihr Beschützer sein?«

»Ach, wenn Sie Mitleid haben, dann erlauben Sie uns, Ihr Schiff zu verlassen«, flehte Gertraud.

Und als Mrs. Wyllys noch etwas hinzufügen wollte, unterbrach er sie: »Genug! Sie sollen Ihren Freund begleiten. Es wird dann leer sein auf diesem Schiff, so leer wie in meinem Herzen.« Er gab sich keine Mühe, die tiefe Bewegung, die ihn erschütterte, zu unterdrücken.

»Riefen Sie?« fragte eine Stimme neben ihm, leise, aber doch unüberhörbar.

»Roderich«, antwortete er verwirrt, »geh nach unten. Verlaß mich auf einen Augenblick.«

Dann gab er, um dem Auftritt so rasch wie möglich ein Ende zu machen, erneut ein Signal mit dem Gong. Er befahl, Richard Fid und den Schwarzen in das Boot zu bringen, wo auch die wenigen Habseligkeiten der anderen verstaut wurden. Dann führte er die Damen durch die Reihen seiner erstaunten Leute zum Fallreep und wartete, bis alle in der Pinasse Platz gefunden hatten. Dann winkte er ihnen ein stummes Lebewohl zu und verschwand.

Da Wilder sich sehr wohl an die Drohung erinnerte, die Mannschaft der »Delphin« könnte sich selber Recht verschaffen, lenkte er das Boot so, daß es schnell aus dem Bereich der

Kanonen kam. Als sie unter dem Heck des Korsaren vorüberruderten, kam ein rauher Anruf über die Wasserfläche. Es war der Kapitän selbst, der den Kommandeur der »Pfeil« unterrichtete: »Ich schicke Ihnen einige Ihrer Gäste. Die ganze Theologie meines Schiffes ist darunter!«

»Hilf Himmel!« rief Bignall, als er die weiblichen Gestalten bemerkte, »der junge Schlingel schickt uns da ein paar Schürzen an Bord. Das nennt der gottlose Bursche seine Theologen. Nicht schwer zu erraten, wo er die aufgelesen hat. Na, es ist sicher keine Sünde, wenn man sich mal ohne Geistlichkeit behilft.«

Bignall schien nicht abgeneigt, die vermutete Frechheit des Jüngeren nicht so genau zu nehmen, und beruhigte die Umstehenden. Als aber Gertraud erschien, rieb sich der alte Haudegen die Augen, als wäre sie eine Erscheinung von oben.

»Der herzlose Schurke!« rief er jetzt. »Ein so junges, unschuldiges Geschöpf zu verführen! Und was ist das? Mein eigener Leutnant! Was soll das, Mr. Arche? Gibt es denn noch Zeichen und Wunder?«

Da unterbrach ihn der Geistliche.

»Kapitän«, bemerkte er, »Sie verkennen diese Dame«, wobei er auf Mrs. Wyllys deutete. »Ich habe sie vor zwanzig Jahren gesehen, und doch kann ich mich für sie verbürgen.«

»Führt mich in die Kajüte«, sagte Wyllys leise. »Ich kann die Menschen jetzt nicht ertragen.«

Man gehorchte ihr und entzog sie den neugierigen Blicken der Zuschauer. In der Kajüte fand sie ihre Fassung wieder im Gespräch mit dem Pfarrer.

»Ein spätes Wiedersehen«, sagte sie endlich. »Gertraud, das ist der geistliche Herr, der mich einst traute.«

»Trauern Sie nicht über den Verlust. Ihr Mann starb einen Tod, wie er ihn sich wünschte.«

»Aber war es nicht genug mit einem Leben? Mußte ich aller beraubt werden?«

»Fassen Sie sich, Madame. Was geschehen ist, geschah nach dem Willen Gottes.«

»Sie sprechen die Wahrheit. Ich will versuchen zu vergessen. Doch wie sind Ihre Tage verflossen seit der Zeit, von der wir reden?«

»Ich bin der Hirte einer wandernden Herde. Nun bin ich auf diesem Schiff, um einen Monat mit einem Freund zu verbringen, dessen Bekanntschaft noch älter ist als die unsrige.«

»Gewiß, Madame«, mischte sich hier Bignall ein, der die Szene bisher mit Anteilnahme verfolgt hatte. »Wir haben auf dieser Reise alte Erinnerungen wieder aufgewärmt. Und jetzt schätze ich mich glücklich, daß eine Dame von Ihrem Rang gekommen ist, um hier mit von der Partie zu sein.«

Da unterbrach ihn der Geistliche rasch: »Sie sehen in dieser Dame die Tochter des verstorbenen Kapitäns und die Witwe vom Sohn unseres ehemaligen Konteradmirals de Lacey.«

»Merton«, gab der Kapitän zurück, »mein Freund, die Dame war mir als Ihre Freundin willkommen und ist es mir doppelt als die Witwe und Tochter der beiden tapferen Männer, die Sie nannten.«

»De Lacey«, flüsterte Gertraud.

»Ja, den Namen darf ich führen. Das Geheimnis ist gelüftet. Mein Vater war Kapitän auf dem Admiralsschiff, wo auch Ihr junger Verwandter diente und mir Gesellschaft leistete. Ich kannte den Stolz und auch die Armut meines Vaters zu gut, um ihn über mein Schicksal entscheiden zu lassen. Wir wurden heimlich getraut, und weder sein Vater noch der meine ahnten etwas davon.«

»Mister de Lacey und sein Schwiegervater starben in derselben Schlacht, ohne etwas von diesen Beziehungen erfahren zu haben«, bestätigte Mr. Merton, der Zeuge dieses Ereignisses gewesen war.

»Aber Harry!« schrie nun Bignall, indem er sich so gewaltig räusperte, daß man ihn auch auf Deck hören mußte, und packte seinen Leutnant am Arm. »Harry, was zum Teufel geht denn hier vor? Wie kommt's, daß Sie in dem Augenblick, wo Sie den Piraten spielen sollen, hier auf einem königlichen Schiff auftauchen? Und wie kommt der adelige Gelbschnabel dort drüben zu einer so stattlichen Gesellschaft und zu einem so wackeren Schiff?«

Wilder schien aus einem Traum zu erwachen und war nur mit Mühe von einem Ort wegzuziehen, wo er noch lange hätte verweilen können.

29

Oben auf der Brücke konnten Bignall und sein Leutnant ihren Blick hinüber schweifen lassen zur »Delphin«, die sich eben, wenn auch nicht schnell, zu bewegen begann. Von Flucht konnte keine Rede sein; vielmehr hatte Wilder allen Grund anzunehmen, es handle sich um Vorkehrungen für den zu erwartenden Kampf.

»Aha«, brummte Bignall mißmutig, »unser Seeheld hat seine drei Bramsegel voll, als ob er vergessen hätte, daß er bei mir zum Essen geladen ist. Na, wenn er Hunger hat, wird er schon kommen. Übrigens versteht er es, mit seinem Schiff umzugehen. Wahrscheinlich hat er einen tüchtigen Leutnant an Bord, der ihm die Arbeit macht.«

»Es gibt nur wenige Menschen, die von der Seefahrt so viel verstehen wie der Kapitän dort drüben«, bemerkte Wilder.

»Den Teufel versteht er.«

»Lassen Sie sich nicht täuschen. Das könnte gefährlich sein.«

»Mich täuscht so schnell keiner, Harry. Aber wo zum Teufel steuert denn der Kerl hin?«

»Er steuert wirklich seewärts!« rief Wilder sichtlich erleichtert.

»Dann wollen wir ihm noch etwas Raum geben, damit er nachher um so kräftiger rudern kann. Jawohl, das machen wir.«

Minuten später bewegte sich auch die »Pfeil«, jedoch in entgegengesetzter Richtung, so daß bald ein breiter Wasserstreifen die beiden Schiffe trennte.

»So, jetzt soll er sehen, wie er zu uns herüberkommt«, knurrte Bignall.

»Aber nun sagen Sie mir endlich, wie sind denn Sie auf dieses Schiff geraten. Sie haben uns ja noch kein Sterbenswörtchen erzählt.«

»Ich habe Schiffbruch erlitten, Sir, seit Sie meinen letzten Brief erhalten haben.«

»Was? Dann hat also den Roten Korsaren doch endlich der Teufel geholt?«

»Nein, ich war auf einem Schiff aus Bristol, wo ich als eine Art Prisenmeister angestellt war. – Tatsächlich, er hält sich langsam, aber stetig nordwärts.«

»Lassen Sie den Stutzer laufen! – Und dort hat man Sie also aufgenommen. Aber wie kam's, daß dieser Mr. Howard sich stellte, als hätte er Ihren Namen noch nie gehört?«

»Nie gehört? Vielleicht ...«

»Kein Wort mehr, mein Junge, der adelige Windbeutel wollte Sie nicht kennen.«

»Ich war auf dem Schiff mit meinem angenommenen Namen bekannt. Auch die Damen kennen mich nur als Mr. Wilder.«

»Ja, das war vernünftig. Dann haben wir dem Mr. Howard eben unrecht getan. Na, Mr. Fid, wie geht's? Du bist willkommen hier auf der ›Pfeil‹.«

»Ich habe mir die Freiheit genommen, mich selbst schon willkommen zu heißen, gnädiger Herr«, erwiderte Fid, der sich in der Nähe zu schaffen machte, vermutlich, um seine Aufmerksamkeit auf sich zu lenken. »Ein hübsches Fahrzeug, ein kühner Kapitän und eine wackere Mannschaft dort drüben. Aber es ist mir doch lieber, auf einem Schiff zu segeln, das sein ehrliches Patent vorzeigen kann.«

Wilder errötete und wagte nicht, seinem Befehlshaber ins Auge zu sehen.

»Verstehe ich recht, Mr. Arche? Jeder Offizier der königlichen Flotte führt die christliche Befugnis zu seinem Amt mit sich. Sonst könnte er in eine Lage kommen, die nicht minder kitzlich wäre als die eines Piraten.«

»Eben das meinte ich, Sir. Guinea und ich haben die Lage oft besprochen. Und wir waren uns einig, daß es angenehmer ist, auf einem ehrlichen Schiff getötet zu werden als an Deck eines Piraten.«

»Eines Piraten?« schrie der Kapitän und brachte vor Staunen den Mund nicht mehr zu.

»Kapitän Bignall«, nahm nun Wilder das Wort, »ich habe vielleicht Ihre Nachsicht mißbraucht, daß ich so lange geschwiegen habe. Aber hören Sie meinen Bericht, und ich hoffe, daß manches zu meinen Gunsten spricht. Das Fahrzeug, das Sie dort sehen, ist der berüchtigte Rote Korsar – unterbrechen Sie mich nicht, ich beschwöre Sie, sondern hören Sie zuerst.«

Als der Alte sich etwas beruhigt hatte, war er in der Lage, der ruhigen, klaren Erzählung seines Leutnants zu lauschen; und noch ehe dieser fertig war, verstand er die Gründe sehr wohl, die den jungen Mann bewogen hatten, seinen Retter nicht zu verraten.

»Wunderbar!« rief er, als der Erzähler geendet hatte. »Ein Jammer, daß ein so grundehrlicher Kerl ein solcher Spitzbube ist. Aber, Harry, trotz allem können wir ihn nicht einfach laufenlassen. Unsere Pflicht und unser Glauben verbieten es uns. Wir müssen wenden und auf ihn losfahren. Und wenn er mit guten Worten nicht zu gewinnen ist, dann müssen wir uns schlagen.«

»Ich fürchte, unsere Pflicht läßt uns keine Wahl«, seufzte Wilder.

»So war also der Schwätzer, der mich besuchte, nicht einmal der Kapitän selbst.«

»Der Mann, der an Bord der ›Pfeil‹ kam, war der Korsar.«

»Ha! Der Rote auf meinem Schiff, in meiner persönlichen Gegenwart!« schrie der alte Haudegen mit einem Ton, aus dem Abscheu sprach. »Aber Sie halten mich zum besten, Sir!«

»Nehmen Sie meine feierliche Versicherung, es war kein anderer.«

»Unbegreiflich! Ganz außerordentlich! Aber wo war sein

borstiger Backenbart? Wo seine grauenerregende Stimme? Die ganze barbarische Erscheinung?«

»Damit hat ihn das Gerücht ausgestattet.«

»Und war es dieses Schiff, mit dem wir im vergangenen März handgemein wurden?«

»Ja.«

»Hören Sie, Harry, Ihretwegen will ich großmütig mit dem Schelm verfahren. Einmal ist er uns entwischt, daran aber waren der Verlust der Bramstenge und das Wetter schuld. Aber jetzt brauche ich nur zu wollen, und er ist mein. Denn ich bin sicher, er wird nicht reißaus nehmen.«

»Ich fürchte, nein«, erwiderte Wilder.

»Er hat keine Aussicht auf Sieg. Drum wollen wir versuchen, was wir mit Verhandlungen erreichen. Wollen Sie ihm meine Bedingungen überbringen? Aber vielleicht reut es ihn jetzt, daß er Sie hat ziehen lassen.«

»Er wird Wort halten«, antwortete Wilder voll Eifer, »lassen Sie eine Kanone leewärts lösen, lassen Sie eine Parlamentärsflagge aufziehen. Dann will ich es auf mich nehmen.«

»Beim heiligen Georg, es wäre eine christliche Tat. Und wenn wir auch auf den Sieg verzichten, so werden unsere Hängematten dort oben um so weicher sein.«

Kaum war der Plan beschlossen, da wurde er schon in die Tat umgesetzt. Das Ruder wurde leewärts gelenkt, und als sich das Vorkastell dem Wind zuwandte, schlug eine Feuersäule aus einer der Geschützpforten auf Lee, das Zeichen, daß man eine Mitteilung zu machen habe. Gleichzeitig stieg am Hauptmast eine schneeweiße Flagge hoch, während die Fahne Englands herabgelassen wurde. Eine halbe Minute gespannter Erwartung, dann stieg von der »Delphin« eine Rauchwolke hoch, und gleich darauf antwortete das dumpfe Grollen des Schusses. Eine Flagge ging hoch, hell wie eine Taube, doch kein Signal deutete auf die Nationalität des Schiffes hin.

»Der Kerl ist bescheiden, daß er in unserer Gegenwart mit nackter Gaffel fährt«, bemerkte Bignall. »Wir wollen noch ein Stück heranfahren, und dann gehen Sie ins Boot.«

Als sie auf einen halben Kanonenschuß herangekommen waren, stoppten sie, um den anderen nicht mißtrauisch zu machen. Das Boot wurde zu Wasser gelassen und bemannt; eine weiße Flagge wehte am Bug.

Kapitän Bignall wiederholte alle Instruktionen und übergab Wilder ein Papier, auf dem die Bewaffnung und Bemannung der »Pfeil« verzeichnet war und das dem Piraten zeigen sollte, wie sehr er im Nachteil war. »Ich denke«, schloß der Kapitän seine weitschweifigen Ausführungen, »Sie können ihm Verzeihung für das Geschehene zusichern, wenn er sich in unsere übrigen Bedingungen fügt. Jedenfalls werden wir alles tun, um für ihn Begnadigung zu erreichen. Und nun, Gott bewahre dich, mein Junge.«

Ein paarmal kam Wilder der Gedanke, ob es wohl klug war, sich auf dieses Wagnis einzulassen, aber er verscheuchte im Vertrauen auf die ehrliche Gesinnung des Korsaren jede trübe Einbildung. Als er aber an Bord der »Delphin« den wilden, drohenden Blicken, die ihn von allen Seiten trafen, begegnete, da zögerte er erneut. Doch die Gegenwart des Kapitäns ermutigte ihn. Auf einen Wink hin zogen sich beide in die Kajüte zurück.

»Meine Leute mißtrauen Euch, Mr. Arche«, begann der Kapitän, »obwohl sie im Augenblick noch nicht recht wissen, was sie eigentlich glauben sollen. Es fehlt nicht an Stimmen, die Ihnen nicht wohlgesonnen sind. Es war nicht klug, noch einmal zurückzukehren.«

»Ich bin auf Befehl meines Vorgesetzten hier und unter dem Schutz der weißen Flagge.«

»Darum kümmern wir uns wenig. Aber wenn Sie eine Botschaft bringen, dann darf ich annehmen, daß sie für mich bestimmt ist.«

»Wir sind nicht allein, Kapitän Heidegger.«

»Der Mast hört nicht mehr als Roderich. Reden Sie.«

»Nun gut. Der Kapitän der ›Pfeil‹ hat mir befohlen, Ihnen folgendes zur Überlegung vorzulegen: Unter der Bedingung, daß Sie dieses Fahrzeug mit seinen sämtlichen Magazinen,

Waffen und Munition unbeschädigt übergeben, will er sich mit zehn Mann aus Ihrer Besatzung, die das Los bestimmen soll, mit Ihrer Person und mit einem Offizier als Geiseln begnügen. Den Rest will er in königliche Dienste übernehmen oder auseinandergehen lassen.«

»Das ist die Großmut eines Fürsten! Ich wollte hinknien und Planken küssen vor einem, dessen Mund solche Gnadenworte entströmen.«

»Ich wiederhole die Worte meines Vorgesetzten«, fuhr Wilder fort, und das Blut schoß ihm in die Wangen. »Was Sie selbst betrifft, so macht er sich anheischig, sich für Sie zu verwenden, um Pardon für Sie zu erreichen, vorausgesetzt, daß Sie nie wieder zur See fahren und den Namen eines Engländers auf ewig ablegen.«

»Letzteres ist bereits geschehen. Aber sagen Sie mir, warum macht man einem wie mir solche Bedingungen?«

»Kapitän Bignall hat erfahren, wie großmütig Sie seinen Offizier und wie korrekt Sie die Tochter und die Witwe seiner ehemaligen Kameraden behandelt haben.«

Diese Anerkennung verfehlte ihre Wirkung auf den Piraten nicht, doch er vermied es, seine Gefühle zu äußern.

»Und warum das alles?« fragte er kühl und zurückhaltend. »Gibt es keinen anderen Grund als sein hohes Belieben?«

»Doch! Diese Beschreibung seiner Streitkräfte. Sie können sich selbst überzeugen, daß Widerstand hoffnungslos ist.«

Rasch überflog der Korsar das Verzeichnis, ohne sich mehr als ein flüchtiges Interesse anmerken zu lassen. Nur bei einigen wenigen Punkten verweilte er länger.

»Geben Sie zu, daß Sie uns unterlegen sind?« fragte Wilder, als der Kapitän wieder aufblickte.

»Ja.«

»Und was ist Ihr Entschluß?«

»Sagen Sie mir zuerst, welchen Rat gibt Ihr eigenes Herz. Das hier ist nur die Sprache des Dritten.«

»Kapitän Heidegger«, erwiderte Wilder, »ich hätte manches sicher anders formuliert. Aber aus dankbarer Erinnerung heraus rate ich Ihnen dringend zur Annahme. Überdies glaube ich zu wissen, daß Sie bei Ihrem jetzigen Leben nicht die Befriedigung finden, nach der Sie sich sehnen.«

»Sie glauben also, mich durchschaut zu haben. Und was haben Sie außerdem noch vorzubringen?«

»Nichts«, antwortete Wilder.

»Doch, doch, er hat noch etwas zu sagen«, meldete sich da eine eifrige Stimme, »verlassen Sie ihn noch nicht, Mr. Wilder. Sprechen Sie ihm von seiner Jugend, von dem Wesen, das er liebte. Sein Ohr kann nicht taub sein.«

»Roderich hat oft seine Träume«, unterbrach der Kapitän den Jungen.

»O nein, es sind keine Träume, Mr. Wilder, verlassen Sie ihn nicht! Reden Sie mit ihm, aber nicht von Ihren Kanonen, denn Drohungen verhärten ihn nur. Mahnen Sie ihn als Freund! Ein einziges Wort könnte ihn retten!«

»Wilder, das Kind erschrak vor Ihren Kanonen. Er fürchtet den Zorn Ihres Königs. Schenken Sie ihm einen Platz auf Ihrem Boot, und empfehlen Sie ihn der Gnade Ihres Vorgesetzten.«

»Nie! Nie! Ich kann dich nicht verlassen! Was bleibt mir dann noch?« schrie Roderich dazwischen.

»Doch. So ist es am besten. Hier ist viel Gold, und Sie, Mr. Wilder, werden ihn der Obhut der trefflichen Mrs. Wyllys anvertrauen, die schon das Mädchen bemuttert, das nicht weniger einsam ist, wenn auch weniger . . .«

»Schuldig! Sprich es aus, das Wort, Walter! Verdient habe ich es!«

Roderich griff nach der Börse, die mit Gold gefüllt war. »Dies kann ich wegwerfen. Aber das Band, das uns verbindet, kann nie zerrissen werden.« Und kaum hatte er dies gesagt, da schleuderte er den Schatz durch das offene Kajütenfenster ins Meer.

»Roderich würde einen schlechten Zahlmeister abgeben«, bemerkte der Kapitän. »Doch es ist noch nicht zu spät, ihn den Seinigen zurückzugeben.«

»Nein, niemals. Ich bleibe in deiner Nähe«, flüsterte der

Junge kaum hörbar. »Gehen Sie, Mr. Wilder. Ihr Bleiben ist zwecklos. Ihr Boot wartet.« Wilder erhob sich.

»Mr. Heidegger, da ich als Abgesandter meines Vorgesetzten hier bin, so darf ich nun eine Antwort auf unseren Vorschlag erwarten.«

Der Kapitän nahm ihn am Arm und führte ihn an eine Stelle, von der aus man sehen konnte, was draußen vor sich ging. Er zeigte hinauf zu den Spieren. Das Schiff hatte nur wenig Segel gesetzt.

»Sir, Sie sind Seemann, und was Sie sehen, wird Ihnen meine Absichten verraten. Ich werde den stolzen Kreuzer Ihres Königs weder suchen noch vermeiden.«

30

»Sie bringen mir die dankbare Unterwerfung des Piraten!« begrüßte Bignall seinen Unterhändler.

»Nein«, war die Antwort.

»Und Sie haben ihm alles gesagt?«

»Alles.«

»Dann meint er, er kann uns entwischen?«

»Sieht er so aus?« Wilder deutete hinüber zum Piratenschiff, das mit entblößten Spieren regungslos dalag. »Er gibt uns lediglich die Versicherung, daß er nicht angreifen werde.«

»Beim heiligen Georg! Er meint es gut mit uns. Er will mit seiner buntscheckigen Seeräuberhorde nicht unter die Kanonen eines britischen Kriegsschiffes rennen. Zum Teufel! Die Leute an die Kanonen beordert, Sir!«

»Kapitän Bignall, Sie kennen mich. Erlauben Sie mir, einem Mann von Ihrer Erfahrung einen Rat zu geben. Lassen Sie uns noch abwarten.«

»Abwarten? Abwarten, wenn uns der Hohn des Feindes an unsere Pflicht erinnert?«

»Sir, mißverstehen Sie mich nicht. Ich zögere nicht, um das Gefecht zu vermeiden. Ich bitte um Zeit, damit ich die ›Pfeil‹ auf den Kampf vorbereiten kann, der sicher nicht leicht werden wird.«

»Aber wenn er uns entwischt . . .«

»Ich schwöre Ihnen, das wird er nicht tun. Ich kenne den Mann, und ich kenne seine Mittel. Eine kleine halbe Stunde, und dann sind wir bereit.«

Unwillig gab der Kapitän nach und brummte über die Schande, daß ein britisches Kriegsschiff den Piraten nicht mit einer einzigen Salve in die Luft jagte. Aber Wilder kümmerte sich nicht weiter um diese prahlerischen Reden, die er sehr wohl kannte, sondern ging an seine Aufgabe.

Der Befehl, das Schiff kampffähig zu machen, erging noch einmal und wurde pünktlich befolgt. Die Trommeln rasselten, die Vorkehrungen für die Schlacht wurden getroffen. Dann wurden die Achter angebrasst, und das Schiff geriet in Bewegung.

Indessen lag der Pirat etwa eine Viertelstunde völlig ruhig auf dem Wasser, ohne, dem Anschein nach, von den Vorkehrungen auf dem Kreuzer Notiz zu nehmen. Als aber die »Pfeil« dem Druck des Windes nachgab und ihre Geschwindigkeit allmählich vermehrte, da füllte sich auch drüben das Bramsegel, und die »Delphin« geriet in Bewegung. Der Kreuzer ließ die britische Flagge von der Gaffel wehen, während der Korsar kein Zeichen von den Masten wehen ließ.

Wolkenlos war der Tag bisher gewesen. Jetzt aber, während die beiden Schiffe einander Raum abzugewinnen versuchten, bezog sich der Horizont, so daß Himmel und Meer ineinanderzufließen schienen. Dieser Wechsel entging zwar den Mannschaften der beiden Schiffe nicht, aber man hielt die Gefahr noch für zu weit entfernt, um sich von dem bevorstehenden Kampf ablenken zu lassen.

»Im Westen braut sich was zusammen«, meinte Bignall. »Aber wir können mit dem Kerl dort schon fertig sein, ehe es gefährlich wird.«

Wilder stimmte ihm zu, der Pirat hingegen verringerte seine Segel, als ob er dem Wetter gar nicht traue.

Die »Pfeil« verdoppelte indessen ihre Geschwindigkeit unter dem Druck der Segel und war bereits auf der Luvseite des Gegners, ohne daß dort irgendwelche Gegenmaßnahmen zu bemerken gewesen wären. Der Abstand war nach Bignalls Meinung immer noch zu groß, um den Kampf zu eröffnen; andererseits wäre es bedenklich gewesen, noch mehr Segel zu setzen, die im Gewühl der Schlacht die Verwirrung unter Umständen nur vermehren konnten.

»Versuchen wir's mit einem Schuß«, meinte Bignall schließlich.

Eine Kanone wurde gelöst. Die Kugel sprang in kleinen Bogen von Woge zu Woge, spritzte eine Wasserwolke aufs Deck des Feindes und flog harmlos am Rumpf vorüber. Ein zweiter, ein dritter Schuß folgte, aber die Wirkung war nicht größer.

»Was ist denn das?« schrie unwillig der Kapitän. »Hat er einen Zauber für sein Schiff, daß alle Kugeln vorbeifliegen? Master Fid, könnt Ihr denn gar nichts tun zur Ehre der königlichen Flagge?«

»Kann ich! Achtung, beiseite getreten!«

Richard hatte mit großer Ruhe sein Ziel anvisiert, legte nun mit eigener Hand die Lunte an und schickte seinen Schuß übers Wasser. Ein paar Augenblicke der Erwartung folgten, und dann verkündeten die Fetzen, die drüben herumfolgen, daß die Kugel durch das Segelwerk der »Delphin« gegangen war. Augenblicklich und wie durch Zauber änderte sich das Bild.

Mit einem Schlag fiel die weiße Leinwandblende, die vom Bug bis zum Heck die Kanonenpforten verdeckt hatte, und enthüllte einen breiten, blutroten Gürtel, aus dem die Kanonenschlünde hervorgähnten. Zugleich stieg die rote Fahne des Korsaren hoch und wehte herausfordernd von der Gaffel.

»Jetzt zeigt er sein wahres Gesicht!« schrie Bignall aufgeregt. »Jetzt fletscht er seinen blutigen Rachen. Achtung, Leute, jetzt wird's ernst!«

Bignall hatte noch nicht ausgesprochen, als längs des roten Streifens, der seine Wirkung auf die abergläubischen Matrosen nicht verfehlte, eine leuchtende Flammenwand hervorbrach und gleich darauf das Donnern von rund einem Dutzend Kanonen folgte. Die Kugeln rauschten durch die Luft heran und taten ihre verheerende Wirkung. In das Krachen der Einschläge mischte sich das Schreien der Getroffenen, die zwischen zerschmetterten Planken, losgerissenen Tauen und Hölzern lagen. Die Kanoniere des Piraten hatten gut gezielt. – Doch nur einen Augenblick dauerte der Schreck und die Verwirrung. Die Briten erholten sich von diesem ersten Schlag und erwiderten ihn mit einer Lage aus ihren Kanonen.

Und dann begann mit regelmäßigen Salven die Schlacht. Beseelt von dem Wunsch, das Ende möglichst schnell herbeizuführen, drängten sich die beiden Schiffe immer näher aneinander heran, bis schließlich der Rauch der Geschütze zu einer großen Wolke zusammenfloß. Der Wille zur Vernichtung erfüllte beide Mannschaften, und doch gab es da einen bemerkenswerten Unterschied. Lautes Geschrei begleitete jede volle Lage des Engländers, während die Piraten ihr Werk in der Totenstille der Verzweiflung taten.

»Der Kerl versteht sein Handwerk!« schrie Bignall in das Getöse, und er hatte auch allen Grund, denn zerfetzte Segeltücher, zersplitterte Spieren und wankende Masten zeigten nur zu deutlich die Wirkung der feindlichen Geschütze.

Doch war es jetzt nicht der Augenblick, um viele Worte zu machen. Die beiden Schiffe lagen nun so, daß sie nebeneinander vor dem Wind liefen, wobei sie nicht aufhörten, Flammen zu speien und Vernichtung zu verbreiten. Da bemerkte man auf der »Pfeil«, daß sich das Schiff nicht mehr mit der Leichtigkeit regieren ließ, die gerade jetzt so nötig gewesen wäre. Man meldete es Wilder, der es wiederum dem Kapitän meldete. Eine eilige Beratung fand statt.

»Sehen Sie!« rief Wilder, »die Segel flappen wie Lumpen gegen die Masten.«

»Und jetzt dröhnt uns auch noch die Artillerie des Himmels

dazwischen. Die Bö ist uns schon über den Köpfen. – Ruder backbord, raus aus dem Rauch! Hart backbord, sag' ich!«

Die träge Bewegung des Schiffes entsprach durchaus nicht der Ungeduld des Kapitäns und nicht der Notwendigkeit des Augenblicks. Es schien unmöglich, aus der dichten Wolke herauszukommen, die alles einhüllte, Himmel, Schiff und Wasser; selbst die Gestalten der Kanoniere, die weiter an ihren Geschützen arbeiteten, waren nur für Augenblicke und dann schemenhaft zu erkennen.

»So was habe ich noch nie erlebt«, knurrte Bignall, »Ruder hart backbord! Die Kerle wissen recht gut, daß sie um ihr Leben kämpfen, Harry.«

»Wir fechten ganz allein!« schrie da der zweite Offizier von den Kanonen her. »Schon seit einer Minute hat er mit keinem einzigen Schuß geantwortet!«

»Beim heiligen Georg, die Schurken haben genug!« rief Bignall begeistert.

»Vorsicht«, unterbrach ihn Wilder, »so weit sind wir noch nicht. Die Kanonen schweigen, aber warten Sie, bis sich der Rauch verzieht. Wenn wir aufhören zu feuern, dann sehen wir bald mehr.«

Die Leute an den Batterien jauchzten und deuteten hinaus, wo der Pirat davonzusegeln schien. Aber in diesem Augenblick zuckte ein Blitz durch das dunstige Gewölk, und ihm folgte ein Krach, gegen den das Donnern einer Batterie nur ein Murren gewesen wäre.

»Rufen Sie die Leute von den Kanonen weg!« ordnete Bignall an. »Alle! Und bergen Sie die Segel!«

Die Männer verließen ihre Plätze an den Geschützen und stiegen hinauf in die Masten, so weit sie noch in der Lage waren.

»Soll ich bloß reffen oder ganz beschlagen lassen?« fragte Wilder, das Sprachrohr an den Lippen und bereit, die nötigen Befehle hinaufzurufen.

»Halt, noch einen Augenblick, dann sehen wir mehr.«

Und wirklich kam jetzt der Rauch des Kampfes in Bewegung, wurde vom Wind erfaßt und trieb davon. Der Himmel war von einem ungeheuren schwarzen Schleier bedeckt, und die Oberfläche der See spiegelte unheilvoll die düstere Farbe wieder. Die Wogen stiegen und sanken nicht mehr regelmäßig wie zuvor, sondern taumelten hin und her; die Blitze kamen nicht rasch aufeinander, doch die wenigen, die die Wolken durchbrachen, waren von gleißender Helligkeit, und der Donnerschlag, der sie jedesmal begleitete, versetzte die Mannschaft in lähmenden Schrecken. Leicht und behende lief dagegen das Schiff des Korsaren mit eingezogenen Segeln dahin. Kein Augenblick war zu verlieren, dem Beispiel zu folgen. Die Mannschaft bemühte sich, die zerfetzte Leinwand einzuholen, aber kostbare, vielleicht unwiederbringliche Augenblicke waren durch das vorangegangene Zögern verloren.

»Beschlagt alles!« schrie Wilder hinauf, »kappt, wenn's zu spät ist, kappt mit Messern und Zähnen! Nicht einen Fetzen oben lassen! Und dann alle herunter!«

Einige Dutzend Gestalten glitten herab, keine Sekunde zu früh, wie sich sofort zeigen sollte. Denn das hohe Spierenwerk, das von keinem Tau mehr gehalten wurde und schon längst geschwankt hatte, wurde nun eine Beute des Sturms. Eine Stenge nach der anderen stürzte herab, bis nichts mehr stand als die drei kahlen Masten, die nun, da sie leergefegt waren, nichts mehr nützten. Die meisten Matrosen konnten sich noch retten, aber einige hatten Wilders Befehl überhört und wurden nun mit den Trümmern hinausgeschleudert und hoffnungslos abgetrieben.

Mitten im Sturm und in der Nacht des Gewitters, die immer wieder durch grelle Blitze erleuchtet wurde, und angeschlagen durch das Gefecht, blieb die Mannschaft des britischen Kreuzers ihrem alten Ruf treu. Die Stimmen der Offiziere, die sich gegen den Sturm kaum durchzusetzen vermochten, erteilten nicht nur Befehle, sondern versuchten auch, die Mannschaft wieder aufzumuntern. Zum Glück war die Wut der Elemente nur von kurzer Dauer; die Bö war bald vorüber, und der ruhigere, gleichmäßige Passatwind gewann wieder die Oberhand.

Doch da gewahrte die Mannschaft der »Pfeil« eine neue, nicht weniger furchtbare Gefahr. Das Korsarenschiff, dessen schönes Ebenmaß vom Sturm und von der Schlacht unberührt schien, hißte schon wieder zahlreiche Segel und nahm, vom Wind begünstigt, Kurs auf den nahezu manövrierunfähigen englischen Kreuzer.

»Bei Gott, Mr. Arche, das Glück ist heute nicht auf der Seite des Rechts«, sagte Bignall, als er bemerkte, daß der Seeräuber den Kampf wohl wieder aufnehmen werde. »Schicken Sie die Leute wieder auf ihre Posten, und lassen Sie feuern.«

»Warten wir«, riet Wilder dringend, »warten wir, denn wir kennen seine Absicht noch nicht.«

»Niemand soll den Fuß auf Deck setzen, der nicht die Autorität des königlichen Herrn anerkennt«, erwiderte streng der Alte. »Gebt's ihm, Leute! Blast die Kerle von den Kanonen!«

Alle Warnungen Wilders kamen zu spät, denn die »Pfeil« hatte dem Korsaren erneut eine volle Ladung entgegengeschleudert, was jede friedliche Absicht, die er vielleicht haben mochte, vernichten mußte. Die Salve saß, aber eine leichte Wendung brachte das Schiff in eine Position, daß eine zweite nicht treffen konnte. Dann jagte der Korsar auf den hilflosen Kreuzer zu und rief durch das Sprachrohr den Befehl herüber, die Flagge zu streichen.

»Kommt her, ihr Schurken!« schrie Bignall wütend. »Kommt und holt sie euch selber!«

Eine volle Ladung aus den Rohren des Piraten traf todbringend die »Pfeil« – und dann krachten die beiden Schiffe aufeinander. Fünfzig wüste Kerle sprangen, zum Nahkampf gerüstet, an Deck des Kreuzers und feuerten mit ihren Handwaffen aus nächster Nähe in die völlig überraschte und wie gelähmt dastehende Mannschaft. Als Bignall und sein Leutnant die Lage überblickten, riefen sie einen Haufen Krieger zusammen, an dessen Spitze sie sich dem vordringenden Feind entgegenwarfen.

»Heran, ihr Raubmörder!« schrie der alte Haudegen, und die Seeräuber wichen tatsächlich zurück. Aber in diesem

Augenblick blitzte es aus einer leeren Stückpforte des Korsaren, und hundert tödliche Geschosse lichteten die Reihen der letzten Getreuen. Bignalls Schwert flog durch die Luft, er selbst brach röchelnd zusammen und starb, ohne zu wissen, daß er den Rang erhalten hatte, nach dem er ein langes mühevolles Leben gestrebt hatte.

Damit begann der letzte Kampf. Wilder versuchte immer wieder, das Häuflein durch Zurufe zusammenzuhalten und zu ermutigen; er konnte es aber nicht verhindern, daß die wenigen, die ihm verblieben waren, niedergemacht oder nach allen Seiten zerstreut wurden.

»Ha!« kreischte eine Stimme, die er wohl kannte, »Tod den Verrätern! Spießt den Spion auf wie einen Hund! Auf ihn!«

»Weg, du Hund!« schrie Fid dagegen.

Noch ehe der General den Seemann mit einem Streich niederstrecken konnte, warf sich eine dunkle, halbnackte Gestalt dazwischen und fing die herabfahrende Klinge mit einer Pike auf, die wie ein Schilfrohr entzweigehauen wurde. Und obwohl er nun waffenlos war, brach sich Scipio Bahn bis dorthin, wo Wilder kämpfte.

»Gib's ihnen!« feuerte Fid ihn an. »Ich komm', wenn ich den General erledigt habe.«

Nichts half in diesem Augenblick dem unglücklichen General seine Fechtkunst. Er verhinderte nicht den gewaltigen Hieb, den Fid gegen ihn führte und der ihm durch die Entermütze und die Hirnschale bis zum Genick den Schädel zerschmetterte.

»Halt, ihr Mörder!« rief Wilder, als er sah, wie zahllose Hiebe den ungeschützten Leib des Negers trafen. »Schlagt euch mit mir und nicht mit einem Wehrlosen.«

Da sah er, wie Scipio, zwei von den Angreifern mit sich reißend, niedersank. Im gleichen Augenblick gebot eine wohlbekannte Stimme dem Blutvergießen Einhalt: »Unser Werk ist getan. Wer noch einen Schlag tut, macht mich zu seinem Feind!«

31

Der Rote Korsar stand nur wenige Schritte von Wilder entfernt. Seine Hand ruhte auf dem Griff eines türkischen Säbels, und die Blutstropfen, die an der gekrümmten Klinge herabrannen, ließen keinen Zweifel, welchen Dienst die Waffe im Gefecht getan hatte. Der Fuß des Piraten trat die britische Flagge, die herunterzureißen sein Stolz war, in den Staub. Ruhig und ohne eine Regung zu zeigen, überblickte der Sieger das Schlachtfeld, das mit den Leichen der Erschlagenen beider Seiten bedeckt war. Andere, die noch dazu in der Lage waren, begannen mit der Plünderung des Schiffes oder versuchten, ihre Habe in Sicherheit zu bringen.

Kein Schuß fiel mehr, keine Waffe wurde gezückt, ein Beweis, wie sehr die Autorität des Piratenkapitäns die Mannschaft im Zaume hielt. So manchen seiner Kameraden bemerkte Wilder unter den Toten, aber besonders ergriff ihn der Anblick des tapferen Bignall, dessen Züge noch im Tod vom Zorn gezeichnet waren.

»Kapitän Heidegger«, begann er schließlich, »das Glück hat sich heute auf Ihre Seite geschlagen; ich bitte um Gnade und Schonung für die Übriggebliebenen.«

»Beides soll denen, die Anspruch darauf haben, gewährt werden. Ich wünschte, dieses Versprechen könnte für alle gelten«, erwiderte der Kapitän feierlich und bedeutungsvoll.

Wilder hätte den Sinn vielleicht nicht ganz verstanden, wenn nicht in diesem Augenblick eine Rotte von Seeräubern herangetreten wäre, darunter vor allem jene, die sich bereits bei der Meuterei auf der »Delphin« hervorgetan hatten.

»Wir fordern die Vollstreckung unseres Gesetzes!« begann kurz und dreist der Anführer des Haufens.

»Was wollt ihr?«

»Den Tod der Verräter!« war die Antwort.

»Ihr kennt unsere Bedingungen. Wenn sich Verräter in unserer Gewalt befinden, dann führt sie ihrer Strafe zu.«

Wilder und seine beiden Gefährten wurden ohne Umstände ergriffen und vor den Kapitän geschleppt. Wohl hing auch er am Leben, aber er verschmähte in diesem Augenblick jede Bitte, die wohl doch vergebens gewesen wäre. Statt dessen blickte er dem Mann, der ihn vielleicht noch retten konnte, scharf ins Gesicht. Wohl war in den Zügen des Siegers für einen Augenblick Mitleid zu lesen, dann aber gewann die kühle Überlegung des Kommandanten einer Seeräuberbande die Oberhand, und Wilder wußte, daß nun alle Hoffnung geschwunden war.

»Was wollt ihr?« fragte der Kommandant nach einer Pause.

»Das Leben der Verräter!«

»Ich verstehe euch. Geht! Sie sind euch überlassen.«

Obwohl Wilder bisher versucht hatte, Haltung und Ruhe zu bewahren, so wurde er jetzt, als das Urteil ruhig und feierlich ausgesprochen war, zutiefst erschüttert. Ein schneller, schmählicher Tod wartete auf ihn, der Gedanke daran schien seine Vernunft für einen Augenblick zum Wanken zu bringen. Dann faßte er sich wieder und sprach mit fester Stimme: »Für mich verlange ich nichts. Ich weiß, die Gesetze, die Sie sich selbst gegeben haben, verurteilen mich zu einem elenden Tod. Doch für die Getreuen, die mir in blindem Vertrauen folgten, bitte ich um Gnade. Sie wußten nicht, was sie taten, und ...«

»Wenden Sie sich an diese hier«, unterbrach ihn der Kapitän und zeigte auf den Haufen. »Die sind Ihre Richter, und sie können Gnade gewähren.«

Wilder überwand sich. »So will ich mich vor ihnen demütigen. Ihr seid Menschen, Seefahrer ...«

»Fort mit ihm!« fuhr Nightingale dazwischen. »Er will uns eine Predigt halten. Fort mit ihm an die Rahnock!«

»An die Rahnock! Alle Drei!« wiederholten zwanzig Stimmen.

Wilder und seine Gefährten wurden dorthin gestoßen, wo die Vorbereitungen zur Hinrichtung schon im Gange waren. Rohe Scherze begleiteten die drei Verurteilten auf ihrem letzten Gang; rauhes Gelächter belohnte jede Grobheit. Fid, der die

Behandlung bis jetzt geduldet hatte, weil er glaubte, sein Vorgesetzter sei besser geeignet, das wenige vorzubringen, was zu ihrer Verteidigung zu sagen war, Fid also platzte jetzt heraus: »Schert euch zum Teufel, ihr Schufte! Ihr Halsabschneider. Euer Schiffspatent habt ihr vom Teufel. Und trotzdem habt ihr nicht gelernt, ein Tau anständig um einen Hals zu legen. Aber das werdet ihr bei Gelegenheit sicher noch lernen.«

»Aufgehißt! Hoch mit ihm!« brüllten ein paar Stimmen. »Auf zum Himmel!«

Zum Glück wurden die Henker in diesem Augenblick unterbrochen. Rauher Lärm erhob sich bei den Luken, und schließlich drang eine Stimme durch: »Ein Priester! Ein Priester! So ist's recht. Pfeift die Schurken erst zum Gebet, ehe sie in der Luft ihr Tänzchen machen.«

Doch kein einziger wagte es, den Geistlichen zu beleidigen oder gar Hand an ihn zu legen, denn jetzt befahl eine gebieterische Stimme: »Beiseite, sag ich, und laßt den Kaplan heran! Und keiner beleidigt ihn auch nur mit einem Blick!«

Der Geistliche trat näher.

»Sie sind ein Diener Gottes«, sagte der Kapitän. »Wenn Sie etwas tun können, um diesen Verurteilten den letzten Augenblick zu erleichtern, dann tun Sie es jetzt.«

»Und was haben sie verbrochen?« fragte der Geistliche, der erst jetzt seine Sprache wiederfand.

»Gleichviel. Doch ihre letzte Stunde ist gekommen. Wenn Sie mit ihnen beten wollen, fürchten Sie nichts. Denn Spötter sind stumm und Ungläubige ehrfurchtsvoll, wenn ich es will. Reden Sie frei!«

»Ist das Urteil unwiderruflich?«

»Ja.«

»Wer sagt das?« fragte eine Stimme dicht neben dem Korsaren, leise und doch sehr eindringlich.

»Das Gesetz.«

»Das Gesetz?« wiederholte Mrs. Wyllys. »Können die, die alle menschlichen Gesetze mit Füßen treten, von Gesetzen sprechen? Sagen Sie lieber: Rachgier. Aber nicht das will ich

Ihnen sagen. Ich komme, um Ihnen Lösegeld zu bieten. Nennen Sie den Preis, und seien Sie nicht bescheiden. Ein dankbarer Vater wird ihn freudig entrichten.«

»Kann Gold euch zufriedenstellen? Kann man euch das Leben der Verurteilten abkaufen? Was meint ihr Leute? Wollt ihr Lösegeld?«

Kurz war die Pause der Überlegung. Dann verkündete dumpfes Murren, das sich schließlich zu lautem Gebrüll steigerte, daß die Mannschaft auf ihre Rache nicht verzichten wollte und daß die Leben gegen Lösegeld nicht zu haben waren.

»Vergessen Sie Ihre Pflicht nicht«, richtete der Kapitän das Wort an den Geistlichen. »Sie haben nicht mehr viel Zeit.«

»Wenn Sie wollen, daß ich in Frieden sterbe«, wandte sich Wilder noch einmal an den Korsaren, »dann geben Sie mir noch eine feierliche Versicherung.«

»Welche?«

»Schwören Sie, daß die, die mit mir aufs Schiff kamen, bald an Land gesetzt werden.«

»Ich schwöre!«

Der Geistliche wandte sich indessen den beiden Kameraden Wilders zu, in deren Befinden eine wesentliche Änderung eingetreten war. Mit aufgeknöpfter Weste, den Strang um den Hals, saß Fid auf dem Deck und stützte dem Neger, nach dem schon der Tod griff, das Haupt. Der Geistliche trat hinzu und erkundigte sich.

»Sein letzter Augenblick ist nahe. Wollt Ihr, daß ich ein Gebet spreche?«

»Ich weiß nicht, ich weiß nicht«, erwiderte Fid. »Vielleicht sollten wir ihn fragen, ob er noch etwas zu sagen hat, was für seine Verwandten in Afrika bestimmt ist. Seht, er versucht schon, etwas zu sagen.«

»Master Fid, nimm Halsband ab«, stammelte der Neger.

»Schon gut«, erwiderte Fid und räusperte sich. »Es wird schon gut und das andere auch. Du sollst ein Grab haben, so tief wie das Meer, und ein christliches Begräbnis, wenn der Prediger da seine Schuldigkeit tut. Und mir verzeih, wenn ich dir manchmal grob gekommen bin und mir auf meine helle Hautfarbe zuviel eingebildet habe.«

Der Neger machte einen vergeblichen Versuch, sich zu erheben, und suchte umher nach Fids Hand, die er endlich zu fassen kriegte. »Misser Fid, der Herr droben hat alles vergessen, Misser Fid, er nicht mehr dran denkt.«

Eine Pause entstand. Da machte Scipio eine Bewegung, als wolle er Wilder etwas sagen. Dieser beugte sich zu ihm hinab und faßte die Hand des Sterbenden. Dann war alles vorüber.

»Fort mit ihnen!« schrie eine Stimme aus dem Haufen. »Die Leiche ins Wasser, und hinauf mit den Lebenden!«

»Auf zum Himmel!« stimmte Nightingale bei.

»Halt!« Der Geistliche ergriff noch glücklich das Seil, ehe es seinen verhängnisvollen Dienst tun konnte. »Um Gottes Willen, gewährt noch einen Augenblick! Was bedeutet das? ›Arche von Lynnhaven‹!«

»Ganz recht«, erwiderte Fid und machte sich den Strick etwas lockerer, um freier sprechen und um noch einmal ein Stück Kautabak in den Mund schieben zu können. »Sie haben richtig gelesen, obgleich's von einer Hand geschrieben ist, die mit dem Marlpfriemen besser umzugehen verstand als mit der Feder.«

»Aber woher kommen die Worte? Und warum tragt Ihr den Namen auf Eurer Haut? Geduld, ihr Leute. Raubt dem Sterbenden nicht diese eine Minute!«

»Noch eine Minute gewartet!« befahl eine Stimme aus dem Hintergrund.

»Das geht auch mich an!« Mrs. Wyllys trat dazwischen. Ihre Stimme zitterte. »Merton, warum diese Fragen? Was hat mir die Stimme meines Herzens gesagt?«

»Fassen Sie sich. Sie hoffen auf das Unwahrscheinliche.« Der Geistliche suchte sie zu beruhigen. »Arche von Lynnhaven war der Name eines Landgutes, das einem guten Freund gehörte. Und dort empfing ich das Pfand, das Sie mir anvertraut hatten. Und von dort brachte ich es zum Schiff. Aber . . .«

»Weiter!« forderte Mrs. Wyllys. Sie lockerte den Strang, der

Wilder zu ersticken drohte. »Es war also nicht der Name eines Schiffes?«

»Nein. Doch was sollen diese Fragen?«

»Das Halsband? Das Halsband? Wie war's damit?«

»Tja, das war nicht eben viel, gnädige Frau«, erwiderte Fid bedächtig und lockerte seinerseits die Schlinge um seinen Hals, obwohl es einer aus der Mannschaft zu verhindern suchte. »Das Halsband hatten wir an dem Hund gefunden. Hier trägt's der arme Sip am Arm.«

»Lesen Sie es, lesen Sie es«, drängte Mrs. Wyllys, der die Augen den Dienst zu versagen drohten.

»Heiliger Gott! ›Neptun, Eigentum des Paul de Lacey‹!«

Mrs. Wyllys stieß einen Schrei aus und umfaßte Wilder. »Mein Kind! Mein Kind! Sie können, Sie dürfen einer Mutter nicht ihr Kind nehmen! Gebt mir meinen Sohn wieder, und behaltet alles andere, was ich habe. Die Witwe de Laceys, dessen Namen alle Meere kennen, fleht um Gnade für ihr Kind!«

Ringsum herrschte Schweigen. Zweifelnd sahen sich die Seeräuber an. Wohl erkannten sie die Bedeutung des Augenblicks, aber der Wunsch nach Rache saß so tief, daß der Ausgang noch immer ungewiß war.

Da trat einer in ihre Mitte, der noch nie einen Befehl gegeben hatte, den sie nicht befolgt hätten. Mit einer gebieterischen Geste sagte er: »Geht auseinander! Ihr wißt, ich übe Gerechtigkeit. Aber ihr wißt auch, ich fordere Gehorsam. Meinen Willen sollt ihr morgen erfahren.«

32

Als dies »morgen« kam, da hatte sich die Szene gründlich verändert. Friedlich segelten die »Delphin« und die »Pfeil« Seite an Seite dahin. Die Flagge Englands wehte wieder vom

Topp des britischen Kreuzers, während der Pirat die nackte Gaffelspitze wies. Die Schäden, die Sturm und Gefecht verursacht hatten, waren soweit ausgebessert, daß die Schiffe für die Weiterfahrt gerüstet schienen. Ein langer bläulicher Nebelstreifen im Norden deutete die Nähe von Land an, dem offenbar auch ein paar leichte Küstenfahrzeuge zustrebten, die gar nicht allzu fern vom Piratenschiff dahinsegelten.

Was der Rote Korsar wirklich vorhatte, blieb zunächst sein Geheimnis. Die ganze Nacht hatte er schweigend und sinnend auf der Brücke verbracht. Keiner durfte sich ihm nähern, und an keinen richtete er das Wort, es sei denn, es handelte sich um ein kurzes Kommando zur Korrektur des Kurses. Nur Roderich war gelegentlich in seiner Nähe zu sehen, ohne jedoch die Stille zu unterbrechen.

Als aber jetzt die Sonne im Osten emporstieg, wurde eine Kanone abgefeuert, ein Zeichen für eines der Küstenschiffe, längsseits zu kommen. Die Entscheidung mußte unmittelbar bevorstehen. Die Mannschaft des Piratenschiffes versammelte sich auf Deck, die prominenten Gefangenen oben auf der Brücke neben dem Kapitän, der jetzt das Wort an seine Leute richtete:

»Viele Jahre lang hat uns ein gemeinsames Schicksal vereint; lange gehorchten wir demselben Gesetz, dem auch ich mich unterwarf. Doch dieser Bund ist nun zu Ende. Unser gegenseitiges Treuegelöbnis ist gelöst. Geduldet euch, ehe ihr widersprecht! Ihr habt keinen Grund zu Vorwürfen und bösen Verdächtigungen. Seht her«, und damit zog er die rote Flagge weg, hinter der in Säcken das Gold, die Beute ihrer gemeinsamen Fahrten, verborgen war, »seht her! Das war mein und soll nun euch gehören. Bringt es in dieses Küstenschiff und verteilt es unter euch. Das Land ist nahe. Und dort zerstreut euch, zerstreut euch, es ist zu eurem eigenen Besten. Das Schiff hier gehört mir, und vom Rest der Beute verlange ich nichts als die Gefangenen. Lebt wohl!«

Wortloses Staunen folgte auf diese unerwartete Rede. Für einen kurzen Augenblick gab es sogar Anzeichen für eine

Meuterei. Aber auch für diesen Fall hatte der Kapitän vorgesorgt. Neben der »Delphin« lag die »Pfeil«, deren Mannschaft mit brennenden Lunten kampfbereit an den Kanonen stand. Widerstand wäre sinnlos gewesen. Als die Leute das eingesehen hatten, eilte ein jeder, seine Habseligkeiten zu holen und auf dem Küstenschiff sicher unterzubringen. Als alle, bis auf die Bemannung eines einzigen Bootes, die »Delphin« verlassen hatten, wurde ihnen das Gold in den Säcken nachgeschickt, das sie dann wenig später im Schutz einer verborgenen Bucht unter sich aufteilen sollten. Still wie der Tod folgte der Kapitän diesen Vorgängen mit den Augen. Dann wandte er sich an Wilder und sprach, seine Gefühle mühsam unterdrückend: »Und nun müssen auch wir uns trennen. Ihrer Sorgfalt empfehle ich meine Verwundeten. Ich weiß, Sie werden sich darum kümmern.«

»Mein Wort darauf«, erwiderte der junge Mann.

Dann geleitete Wilder seine Mutter und Gertraud zur Pinasse, die längst bereitlag. Er selbst kehrte noch einmal zurück. Es war ihm, als könne er das Schiff nicht verlassen.

»Und Sie?« fragte er. »Was wird aus Ihnen?«

»Ich werde bald vergessen sein. – Leben Sie wohl!«

Die Art, wie der Rote Korsar diese Worte sprach, verbot jedes längere Verweilen. Die beiden Männer drückten sich die Hand, dann schieden sie. Nach dem Tod Bignalls war Wilder Kommandant des britischen Kreuzers geworden. Er gab den Befehl, die Segel zu setzen und den nächsten Hafen seines Vaterlandes anzusteuern. Solange von der »Delphin« noch etwas zu sehen war, wandte keiner von den eben erst Befreiten den Blick ab. Da lag das Schiff in seiner ganzen eleganten Schönheit. Eine menschliche Gestalt hob sich ab, und daneben ein zartes Wesen, das eher zu schweben als zu schreiten schien. Die Umrisse verschwammen, die Einzelheiten entzogen sich den Augen.

Plötzlich blitzte eine Flammenwand aus dem Verdeck hervor und leckte hinauf von einem Segel zum anderen. Dem Rumpf entquoll eine ungeheure Rauchwolke, dann folgte das Brüllen der Kanonen. Eine furchtbare Explosion brachte das Ende. Als sich die Rauchwolke verzogen hatte, war nichts mehr auf dem Wasser zu entdecken, das an das herrliche Schiff erinnert hätte.

Einige Leute, die mit Ferngläsern auf die obersten Stengen hinaufgeklettert waren, glaubten zwar, einen einsamen schwarzen Punkt zu erblicken; ob es aber ein Boot war oder nur ein Teil des Wracks, das hat man nie erfahren können.

Seit dieser Zeit geriet die Geschichte des Roten Korsaren, verdrängt von neuen Ereignissen, allmählich in Vergessenheit. Eine Zeitlang pflegten sich die Seefahrer die langen Nachtwachen mit Erzählungen seiner tollkühnen Streiche zu verkürzen. Das Gerücht bemächtigte sich seiner Gestalt, bis seine Geschichten schließlich mit den Geschichten von anderen Freibeutern zusammenflossen. Vor allem aber traten Ereignisse ein, die man zur Zeit des Korsaren für gänzlich unwahrscheinlich gehalten hätte. Die britischen Kolonien in Amerika empörten sich gegen ihr Mutterland; der Krieg, der sich lange hinzog, führte endlich zum Erfolg. Das Städtchen Newport und sein Hafen waren bald von englischen Truppen, bald von französischen besetzt, die den Amerikanern zu tätiger Hilfe gekommen waren.

Zwanzig Jahre waren seit jenem Freudenfest vergangen, von dem hier zu Anfang die Rede gewesen war, und wieder war Newport Schauplatz eines Siegesfestes, denn die Verbündeten hatten einen großartigen Sieg über die Engländer davongetragen. Als sich der Festtag bereits dem Ende zuneigte, erschien auf der offenen See draußen ein Fahrzeug, das die Flagge der amerikanischen Staaten führte. Draußen vor dem Hafen warf es Anker, und sofort wurde ein Boot sichtbar, das von sechs Männern zum inneren Hafen gerudert wurde. Dort steuerte es eine etwas abgelegene Stelle an und machte am Kai fest. Ein alter Mann, der dort einsam stand und die Vorgänge beobachtete, bemerkte, wie eine Sänfte an Land gebracht wurde, der eine Frauengestalt folgte.

»Sagen Sie mir«, fragte die Frau den Alten, »hat Kapitän de Lacey hier in Newport ein Haus?«

»Hat er, jawohl, hat er«, gab der Alte zur Antwort, »dort oben auf der Anhöhe.«

»Du bist zu alt, um uns den Weg zu zeigen; aber wenn du ein Enkelchen hast, uns zu führen, dann soll es an einer Belohnung nicht fehlen.«

»Ach du lieber Gott, gnädige Frau«, erwiderte der Alte und nahm die Silberstücke selbst, »ich bin zwar alt und geschwächt durch viele wunderbare Abenteuer zu Lande und zu Wasser, aber für Euch will ich den kleinen Dienst doch tun.«

Damit setzte er sich an die Spitze des kleinen Zuges. Als aus dem Inneren der Sänfte ein schmerzlicher Seufzer kam, begann der Alte wieder: »Der kranke Mann leidet, aber der körperliche Schmerz und unser Leid dauern nur eine bestimmte Zeit. Sieben blutige und grausame Kriege habe ich erlebt, und der siebte, der jetzt wütet, wird hoffentlich der letzte sein. Im sechsten habe ich Gefahren ausgestanden und Wunder gesehen, wie noch kein anderes Auge sie geschaut hat, und keine menschliche Zunge kann sie schildern.«

»Die Zeit ist rauh mit Euch umgegangen, guter Mann«, unterbrach ihn die Frau, »hier habt Ihr Gold. Versüßt Euch Euren Lebensabend.«

Der Alte, der übrigens auch noch lahm war, empfing das Geschenk mit großer Dankbarkeit und schwieg, bis sie das Haus des Kapitäns de Lacey erreicht hatten und seine Dienste nicht mehr benötigt wurden.

»Hier ist schon jemand, der uns weiterhelfen wird«, bemerkte die Frau und entließ ihren Führer.

Die kleine Tür wurde geöffnet, und ein Mann mit einem Licht in der Hand erschien auf der Schwelle. Die Erscheinung des Türstehers war nicht eben besonders einladend. Unverkennbar ein Seemann, hatte er irgendwo in einem Gefecht ein Bein verloren, das nun durch ein Holzbein ersetzt war, das seinen immer noch athletischen Körper mit stützen mußte. Seine Züge, auf die jetzt das Licht fiel, hatten etwas Düsteres, ja Wildes.

»Was soll die Bö zur Nacht?« fuhr er die späten Gäste an.

»Hier ist ein verwundeter Seemann«, erwiderte die Frau mit bebender Stimme. »Er kommt, um das Gastrecht bei einem Kriegsgefährten in Anspruch zu nehmen und um eine Herberge für die Nacht zu bitten. Wir wünschen den Kapitän de Lacey zu sprechen.«

»Dann haben Sie an der rechten Küste Anker geworfen«, brummte der alte Seebär, »und der junge Herr Paul wird es im Namen seiner Eltern bestätigen.«

Damit wies er auf einen jungen Mann in der Uniform eines Seekadetten, der dem Alten neugierig über die Schulter geblickt hatte.

»Herzlich gern«, sagte der junge Mann, »ich will den Besuch meinem Vater melden, und du, Richard, suchst einen passenden Raum für unsere Gäste.«

Richard gehorchte und wählte das Wohnzimmer, wo die Träger die Sänfte niederstellten und wo sie entlassen wurden, so daß die Frau nun allein mit der Sänfte und dem groben Richard wartete.

Dann öffnete sich die Tür, und der junge Paul führte drei Personen herein. Zuerst kam ein Mann in mittleren Jahren in der Uniform eines Schiffskapitäns der neuen Staaten von Amerika. Am Arm führte er eine Dame, die zwar auch nicht mehr ganz jung, aber immer noch von hoher Schönheit war. Ihnen folgte eine zweite Dame, die offenbar schon den Abend ihres Lebens erreicht hatte. Die drei grüßten höflich die Fremde, ohne zunächst eine Frage zu stellen, die neugierig oder gar zudringlich erscheinen konnte. Die Fremde weinte lange und schmerzlich, als wäre sie ganz allein. Dann endlich trocknete sie die Tränen und begann zu sprechen:

»Sie sehen diesen Besuch vielleicht als Zudringlichkeit an; doch er, dessen Willen ich mich zu fügen habe, wollte hierher gebracht werden.«

»Und was wünscht er?« fragte der Offizier sanft und rücksichtsvoll.

»Zu sterben«, flüsterte die Dame.

Die Anwesenden erschraken. Der Kapitän trat an die Sänfte,

zog den Vorhang beiseite und warf einen Blick auf den Sterbenden, in dessen Antlitz nur noch die Augen zu leben schienen.

»Können wir etwas für Sie tun?« fragte Kapitän de Lacey nach einer Pause.

Das Lächeln des Sterbenden hatte etwas Gespenstisches, und doch lag darin auch Zärtlichkeit mit Schmerz vermischt. Seine Augen wanderten von einem Gesicht zum anderen und ruhten schließlich auf dem Gesicht der älteren der beiden Damen.

»Mutter«, sagte de Lacey, als er die Bewegung der alten Dame bemerkte.

»Mutter, was fehlt Ihnen?«

»Harry ... Gertraud«, antwortete sie, »ihr habt euer Haus einem geöffnet, der ein Recht hat, es zu betreten. Jetzt erst erkenne ich in diesen bleichen, eingefallenen Zügen, aus denen alles Zufällige entschwunden ist, die Züge unserer Familie.«

»Unser Gast mit uns verwandt?«

»Ein Bruder«, erwiderte sie, »dein Oheim, mein Bruder, einst mein Pflegling, den ich längst verschollen glaubte.«

»Er ist uns willkommen, und die Armut soll ihn nicht von uns trennen.«

»Seht doch«, fuhr die Mutter fort, »seht doch, dies Gesicht ist euch nicht fremd. Ihr liebtet es einst und fürchtetet es zugleich.«

Erstaunt traten die beiden Jüngeren näher und sahen dem Fremden ins Gesicht.

»Wilder«, sagte der mit letzten Kräften, »ich bin gekommen, um mir von Ihnen den letzten Dienst auszubitten.«

»Kapitän Heidegger!«

»Der Rote Korsar!« Gertraud trat unwillkürlich einen Schritt zurück.

»Endlich abgetakelt!« bemerkte Fid grob und ohne Sinn für die Szene.

Als sich die Überraschung einigermaßen gelegt hatte, fuhr der Sterbende fort: »Lange hatte ich mich vor der Welt verborgen gehalten. Aber dieser Krieg rief auch mich. Unser

Vaterland brauchte uns beide und hat uns beide gehabt. Nur durfte ich meinen Namen nicht neben den Euren stellen. Aber wenn man von meinen schlechten Taten spricht, dann möge man auch meine guten nicht vergessen. Meine Schwester, verzeih mir!«

»Gott blickt gnädig auf uns hernieder.« Madam de Lacey begann zu beten.

»Wilder, Wilder!« Der Sterbende raffte sich noch einmal auf. Alle Augen richteten sich auf ihn. Er erhob sich mit scheinbar übernatürlicher Kraft und breitete die Fahne mit den Sternen und Streifen aus. »Wir haben gesiegt!«

Dann fiel er zurück.